图书在版编目（CIP）数据

温文尔雅 / 汪龙麟，何长江主编. --北京：中国画报出版社，2012.7

ISBN 978-7-5146-0488-7

Ⅰ.①温… Ⅱ.①汪… ②何… Ⅲ.①古典诗歌-名句-中国 Ⅳ.①I212.1

中国版本图书馆 CIP 数据核字（2012）第 123979 号

温文尔雅

出 版 人：田辉
主　　编：汪龙麟　何长江
撰　　文：汪龙麟　何长江　储著炎　甘生统　姚淳　汪麒麟
责任编辑：方允仲
出版发行：中国画报出版社
（北京市海淀区车公庄西路 33 号，邮编：100048）
电　　话：010-88417359（总编室兼传真）　010-68469780（发行部）
010-88417417（发行部传真）
网　　址：http：//www.zghbcbs.com
电子邮箱：cpph1985@126.com
印　　刷：北京京晟纪元印刷有限公司
开　　本：787mm×1092mm　1/16
印　　张：27.25
版　　次：2012 年 7 月第 1 版　2012 年 7 月第 1 次印刷
书　　号：ISBN 978-7-5146-0488-7
定　　价：298.00 元

《温文尔雅》2012版珍藏本说明

每年"两会"后，温家宝总理的中外记者见面会，都承载了人们的某种期待。对国计民生问题的阐述，自然是万众瞩目，而温总理在回答这些问题时所引用的诗文，也成了民众关注的另一个焦点。辑录温总理所引诗文的《温文尔雅》一书于2010年9月出版后，海内外读者热切关注，社会各界好评如潮。

随着2012年"两会"的结束，温总理所引诗文伴随新闻媒体在这个春天里传遍大江南北，又一次成了人们热议的话题。

为满足读者的收藏需求，我们印制了《温文尔雅》珍藏本，作为《温文尔雅》一书的特别纪念。2012年是温家宝总理任期的最后一年，我们按照以往体例将温总理在本届"两会"所引五则诗文做了整理和评述，并补缀了9篇2012年之前温总理引用过而第一版未录的诗文。编排方式上，我们不再按诗文类别及诗文写作年代的顺序编排，而是按照温总理引用诗文的时间顺序进行总体编排，并将温总理在本届"两会"所引诗文放在本书的最前面。

珍藏本仅印制3000册，此后不再加印。

序

长江同志送来他和汪龙麟教授主编的解读温家宝总理引用经典诗文名句的书稿，读来倍感亲切，一幕幕感人的场景又清晰地浮现在我的面前。

因为工作关系，我多次现场聆听温家宝总理讲话。温总理在讲话中每每引用经典诗文名句，画龙点睛，生动传神，使我很受教益，留下了深刻印象。记得2003年3月21日在国务院第一次全体会议上讲话中，温总理引用《论语》中孔子的话“政者，正也。子帅以正，孰敢不正?”要求新一届政府各部门负责同志从自身做起，公道正派，严于律己，形成良好的政风，至今言犹在耳。2009年11月12日，温总理在人民大会堂亲切接见了全国机关事务工作协会第四次会员代表大会暨建设节约型机关经验交流会代表，他在讲话中引用出自《道德经》的“难事必作于易，大事必作于细”，勉励我们要把繁杂、琐碎、细小的事当成大事一丝不苟、兢兢业业地办好，同时也说明国家的大政方针要通过一件件细小的工作去落实。这是对机关事务工作重要作用的充分肯定，使我们深受教育和鼓舞。这样的例子还有很多。

本书的编著者收集了温家宝总理自 2003 年以来在不同场合引用的古今诗文名句 117 条。他们把每句话的出处都找出来，有明确作者的都作了介绍，对温总理引用时的语境和环境作了详细说明，还结合引用时的背景对原作进行了文学性和政治性的赏析，阐释了温总理引用诗文名句的用意。诗言志，言为心声。细读书稿，我们在惊叹于温总理读书之广、见识之博、功底之深的同时，更为温总理心系“万民之忧乐”的赤子情怀所感动。这里有一腔报国之志：“亦余心之所善兮，虽九死其犹未悔”、“苟利国家生死以，岂因祸福避趋之”；这里有对民生的高度关注：“心中为念农桑苦，耳里如闻饥冻声”、“衙斋卧听萧萧竹，疑是民间疾苦声”；这里有强烈的忧患意识：“安不忘危，治不忘乱”、“忧患与故”；这里有对解放思想和创新精神的倡导：“周虽旧邦，其命维新”、“如将不尽，与古为新”和坚定执着的改革誓言：“天变不足畏，祖宗不足法，人言不足恤”；这里有对台湾同胞的深情思念和对祖国统一的热切向往：“每逢佳节倍思亲”、“一心中国梦，万古下泉诗”、“度尽劫波兄弟在，相逢一笑泯恩仇”；还有政治理念的阐述、品德修养的砥砺……

温家宝总理引用的名句主要出自中国古典诗文。这些经典诗文是我国悠久灿烂的古代文化的集中载体，凝聚着一个古老民族的传统智慧，其中的名句更是在历史文化的长河中历经不同时代波浪淘洗而保留下来的语言精华。这些宝贵的精神食粮，滋养着一代又一代中华儿女。我们建设中国特色社会主义，实现中华民族的伟大复兴，一项重要任务就是继承弘扬我国传统文化，从传统文化中汲取智慧和营养，切实增强我国文化软实力，实现中华文化的复兴。

腹有诗书气自华。阅读古典诗文，可以丰富知识、修养品行、健全人格；引用经典名句，可以更好地表情达意，增强语言的说服力和感染力。这是弘扬传统文化的具体行动。温家宝总理日理万机，但在一些重大场合的讲话很多还是即席讲话当中，经常挥洒自如地引用经典名句，足见他读书之勤、用功之深。在当前努力建设学习型政党、学习型机关、学习型社会的新形势下，每个共产党员、每个机关工作人员、每个青年都应只争朝夕，爱读书、多读书、读好书，勤奋学习，学以致用。

应本书编著者之邀，写了自己的一点感想，是为序。

2010.5.4.

温文尔雅

目录

第一部分 2012年十一届全国人民代表大会五次会议温家宝总理与中外记者见面会上所引诗文

第二部分 2003年—2012年温家宝总理引用诗文

溫文尔雅

第一部分

2012年
十一届全国人民代表大会五次会议
温家宝总理与中外记者见面会上所引诗文

2012年3月14日上午，十一届全国人民代表大会五次会议在北京人民大会堂举行闭幕会。闭幕会后，温家宝总理在人民大会堂三楼金色大厅与中外记者见面并回答记者提问。

守职而不废，处义而不回

2012年3月14日

德足以怀远，信足以一异，义足以得众，才足以鉴古，明足以照下，此人之俊也；行足以为仪表，智足以决嫌疑，信可以使守约，廉可以使分财，此人之豪也；守职而不废，处义而不回，见嫌而不苟免，见利而不苟得，此人之杰也。

——《素书·正道章第二》(节选)

在中外记者见面会的开场白中，温家宝总理说："记者朋友们，这是我在'两会'之后最后一次同大家见面了。我要感谢多年来记者朋友们对于中国改革和建设事业的关注。今年可能是最困难的一年，但也可能是最有希望的一年。人民需要政府的冷静、果敢和诚信；政府需要人民的信任、支持和帮助。面对国际金融危机和欧债危机的蔓延、发展，关键是把我们自己的事情办好。我将在最后一年**守职而不废，处义而不回**，永远和人民在一起。"

“守职而不废，处义而不回”这句话出自《素书》。《素书》，又名《钤经》、《玉钤经》。据《宋史·艺文志》记载：“宋代有黄石公《素书》一卷，张良所传。”北宋名臣张商英曾为此书作注，据他考证，世传张良从黄石公处所得的《太公兵法》，其实就是《素书》。张良圯桥进履的故事在中国可谓是家喻户晓，张商英在《黄石公素书序》中说：“黄石公圯桥所授子房《素书》，世人多以《三略》（按：即《太公兵法》）为是，盖传之者误也。晋乱，有盗发子房冢，于枕中获此书，凡三百六言，上有秘戒：不许传于不道、不神、不圣、不贤之人。若非其人，必受其殃。呜呼！其慎重如此。黄石公得子房而传之，子房不得其传而葬之，后五百余年而盗获之，自是《素书》始传于世间。”宋人晁公武在《郡斋读书志》中认为此书：“厖乱无统，盖采诸书以成之者也”，“商英之言，世未有信之者”。总体上来看，《素书》分为六章，一曰原始，二曰正道，三曰求人之志，四曰本德宗道，五曰遵义，六曰安礼。全书只有一百三十二句、一千三百六十字，虽然篇幅简短，但是内容丰富，语言精炼、字字珠玑，既有治国安邦的道理，也有为人处世的经验，还有道、德、仁、义、礼五位一体的哲学智慧，在中国谋略史上占据着非常重要的地位。

“守职而不废，处义而不回”这句话在《淮南子》中有着相似的表述，不过《淮南子》作“处义而不比”。张商英注释“守职而不废”时说：“孔子为委吏（主管钱粮的小官）乘田（主管畜牧的小官）之职是也。”《孟子·万章下》说：“孔子尝为委吏矣，曰：‘会计当而已矣。’尝为乘田矣，曰：‘牛羊茁壮长而已矣。’”《史记·孔子世家》亦说孔子:“尝为季氏史,料量平;尝为司职吏而畜息蕃。”有着圣人之称的孔子,即使在当仓库、畜牧之类的管理员时,也会兢兢业业,认真地做好本职工作。“处义而不回”,张商英注云:“迫于利害之际,而确然守义者,此不回也。”综合起来讲,“守职而不废,处义而不回”的意思就是说:无论做什么工作,都要恪尽职守;身处利害荣辱之际,一定要以道义为上,永远做到公平、正直。

2012年的“两会”记者招待会是温家宝总理在任期内的最后一场,笔者认为,这两句话是总理借用来对自己将努力做好任期最后一年工作的承诺,意义非凡。笔者能够感受到,温总理在记者招待会中充满着对中国社会发展的责任感,洋溢着对人民的深情,以及对于中国改革事业向前走的自许与期待。正像他所说的,随着经济的发展,分配不公、诚信缺失、贪污腐败等问题的解决也日益紧迫。解决这些问题,不仅要进行经济体制改革,而且要进行政治体制改革。这就需要我们在总结成就和经验之外,直面问题,深挖根源,以不断的改革与创新来趟过中国改革的深水区。

在这种情况下,温总理要求每个有责任的党员和领导干部不但要有紧迫感,还要有使命感。而每一个领导干部都应当面对中国现代化事业“守职而不废,处义而不回”。

入则恳恳以尽忠，
出则谦谦以自悔

2012年3月14日

> 臣之于君也，入则恳恳以尽忠，出则谦谦以自悔。凡所白于上者，不可泄于外而伐诸人。善则归君，过则归己。其若是者，非欲远嫌避祸，大臣之体所当然也。坤之六二，含章可贞，盖亦此意。
>
> ——张养浩《为政忠告·庙堂忠告·献纳第九》（节选）

新华社记者问："今年是本届政府任期的最后一年，请问总理，您如何评价自己的工作？"

温家宝总理说："在最后一年，我将像一匹负轭的老马，不到最后一刻绝不松套。努力以新的成绩弥补我工作上的缺憾，以得到人民的谅解和宽恕。**入则恳恳以尽忠，出则谦谦以自悔**。我将坚守这个做人的原则，并把希望留给后人。我相信，他们一定会比我做得更好。"

"入则恳恳以尽忠，出则谦谦以自悔"这句话出自元代张养

浩的《为政忠告》,意思是说:为官时要勤勤恳恳忠于职守,离任时要谦谦自省修身正己。

张养浩(1269—1329),字希孟,号云庄,山东济南人,元代著名的散曲家,是唐代名相张九龄之弟张九皋的第23代孙。张养浩自幼好学,诗、文兼擅,尤长于散曲,是著名的元曲大家。他"博学硕德,声名显赫"(艾俊《云庄休居自适小乐府引》),19岁即被荐为东平学正,曾历任堂邑县尹、监察御史、翰林学士、礼部尚书、参议中书省事等职。在任期间,他"力排权奸,几蹈祸而不悔"(黄溍《滨国公张文忠祠堂碑》),后因不满统治集团内部的倾轧与腐朽,便以归养亲老为由,于元英宗至治二年(1322)辞官家居,此后屡召不赴。文宗天历二年(1329),关中大旱,张养浩以陕西行台中丞的身份被派往关中救灾,不料因积劳成疾而死于任上,后被追封为滨国公,谥文忠。

在张养浩所生活的元朝,统治者将治下人民分为"蒙古、色目、汉人、南人"四等,并且针对这四等人分别制定了带有歧视性的各种政策规定,身为汉人的张养浩虽然为很多当权者所不容,但他却能从一个地方小官做到了位高权重的中央大员,最终"以道德政事名于天下",获得了当时及后世的赞誉,这与他高超的政治智慧与娴熟的从政技巧是分不开的。《为政忠告》一书就是张养浩从政经验和为官智慧的总结,《四库全书总目提要》对此书给予了很高的评价,认为:"其言皆切实近理,而不涉于迂阔。盖养浩留心实政,举所阅历者著之。非讲学家务为高论,可坐言而不可起行者也。"

《为政忠告》是中国古代官箴类著作，又名《权力忠告》，是由《牧民忠告》、《风宪忠告》、《庙堂忠告》三种书汇编而成，因此又名《三事忠告》。明代张纶《林泉随笔》认为："张文忠公《三事忠告》，诚有位者之良规。观其在守令则有守令之式，居台宪则有台宪之箴，为宰相则有宰相之谟。醇深明粹，真有德者之言也。盖尝谓读其书，考其为人，能竭忠徇国，正大光明，无一行不践其言。"《三事忠告》编撰于不同时期，并且原先是各自成书，其中《牧民忠告》二卷，分十个纲目，作于张养浩任县令期间；《风宪忠告》一卷，分十篇，作于任御史期间；《庙堂忠告》一卷，亦分十篇，作于入中书之时。明洪武二十二年，当时的广西按察司佥事黄士宏将这三部书合为一卷刊刻，总题《为政忠告》。

可以说，《为政忠告》既是张养浩任职期间的行事准则，也是他对地方官员、监察官员、中央官员的真诚劝诫。书中采集了许多历史知名人物的嘉言善行，是张养浩"各就其居官所得，剀切指陈，欲凡从政者知所法戒"（张元济《四部丛书》影印本跋）。在明清时期，这本书很受统治者的重视，许多君王曾对此书进行官方刊刻，把它作为各级官员立身行政的重要官箴丛书之一。清朝康熙皇帝曾经这样谕教群臣："为官之人，非熟读《权力忠告》，不能体会到'忠、正、勤、廉'四字。"《为政忠告》在国外也很有影响，它很早就传入了日本，如在江户时代，它是德川幕府政要的必读书籍之一。就是在当代，这本书仍然受到日本政要的热捧，如日本前首相大平正芳曾经说过："我幼时就喜欢读《权力忠告》，爱不释手，中国人张养浩君在书中所传授的政治智慧，以及他对政治品格的重视，深刻地影响了我的政治生涯。”

从本文开始所引张养浩《为政忠告·庙堂忠告·献纳第九》中的这几句话，我们不难体会到这位毕其一生勤力王事的封建庭臣的秉性操守。大致而言，其突出强调的有两个方面，一是如何面对“入”和“出”。“入”即为官问政之时，应尽忠国事，勤恳不懈；“出”即卸任致仕之际，应谦恭内省，不可骄矜伐人。故而作者特别说明：“凡所白于上者，不可泄于外而伐诸人。”二是如何面对“善”与“过”。“善则归君，过则归己”，剔除这句话中过分强调臣子于君主的愚忠成分，这句话也可理解为为国谋事者面对功过时应秉持的谦和、理性心态。能够不居功，敢于担责任，这与一味“远嫌避祸”的过分关注自我者自不可同日而语。如能做到上面两点，这样的大臣，其人品风范，恰如坤卦之六三爻辞所说的“含章可贞”。因六三爻为坤卦内卦之上位，阴爻居于阳位，位高而性柔，恰如人臣居高位而不傲，嘴含珠玉，贞洁自持。

温家宝总理所引“入则恳恳以尽忠，出则谦谦以自悔”这句话，让我们深刻地理解到温总理所推崇的执政德操。虽然2012年是温总理任期的最后一年，但执政为民的追求始终没有终点。正如他在本次记者会上所说：“在最后一年，我将像一匹负轭的老马，不到最后一刻绝不松套。努力以新的成绩弥补我工作上的缺憾，以得到人民的谅解和宽恕。”

知我罪我，其惟春秋

2012年3月14日

世衰道微，邪说暴行有作，臣弑其君者有之，子弑其父者有之。孔子惧，作《春秋》。《春秋》，天子之事也。是故孔子曰："知我者其惟《春秋》乎！罪我者其惟《春秋》乎！"

——《孟子·滕文公下》（节选）

新华社记者："今年是本届政府任期的最后一年，请问总理，您如何评价自己的工作？"

温家宝总理："我担任总理已经9年了，这些年过得不易，也不平凡。"最后，温总理动情地说："我秉承'苟利国家生死以，岂因祸福避趋之'的信念，为国家服务整整45年，我为国家、人民倾注了我全部的热情、心血和精力，没有谋过私利。我敢于面对人民、面对历史。**知我罪我，其惟春秋**。"

"知我罪我，其惟春秋"这一典故出自《孟子》。据《孟子》记载，孔子在作完《春秋》之后，说过这样的话：后世的人褒扬我，可能是因为我作了《春秋》;后世的人损毁我,也可能是因为我作了《春秋》。那么,孔子为什么要这样说呢?《春秋》到底是一本什么样的书?

《春秋》,又称《麟经》、《麟史》,记载了从鲁隐公元年(前722)到鲁哀公十四年(前481)共242年的历史,是我国第一部编年体史书。关于《春秋》的作者,孟子认为是孔子;也有人认为是孔子根据鲁国史书《春秋》笔削而成的;因为记述孔子言行的《论语》中没有提及孔子作《春秋》一事,所以近人钱玄同认为"孔子作《春秋》"是孟子伪造出来的。在孟子看来,孔子之所以"作《春秋》"的原因,在于孔子有感于当时社会极为混乱,像"臣弑其君,子弑其父"这样的暴行时有发生,如孟子所说:"孔子成《春秋》,而乱臣贼子惧。"确实,孔子编撰的《春秋》,获得了后世极高的赞誉,被列入儒家重要典籍"五经"之一。西汉史学家司马迁就对《春秋》极为推崇,他在《史记·太史公自序》中说:"拨乱世,反之正,莫近于《春秋》",并且认为,"为人君父而不通于《春秋》之义者,必蒙首恶之名;为人臣子而不通于《春秋》之义者,必陷篡弑之诛,死罪之名。"这正好印证了孟子所引孔子的那句话:"知我者其惟《春秋》乎!"

《春秋》的撰者,采取"笔则笔,削则削"的创作手法,这使得此书对于历史事件的记载非常简约,如书中一段242年的历史仅用了18000多字。所谓"笔削",是指孔子不单纯记载史事,《春秋》的遣词用字体现出一种褒贬的态度,这就是《春秋》的"微言大义",借此以表达孔子对社会现实问题的见解,寄托他的社会理想。然而,《春秋》记事的简略给后人认识这一时期的历史造成了很大的不便,于是就有了《春秋三传》(《春秋左氏传》、《春秋公羊传》、《春秋穀梁传》),对《春秋》的记载进行解释与说明。《春秋》这种独特的文风,"字字针砭"的遣词用字手法就是人们常说的"春秋笔法"。这种笔法虽然可以实现撰者惩恶劝善、匡时救弊的创作意图,但是也使得《春秋》一书与严格的史学著作相悖,以致为后世诟病。如北宋王安石就曾"黜《春秋》之书,不使列于学官,至戏目为断烂朝报";今人胡适认为:"《春秋》那部书,只可当做孔门正名主义的参考书看,却不可当做一部模范的史书看。后来的史家把《春秋》当做史的模范,便大错了。为什么呢?因为历史的宗旨在于'说真话,记实事'。《春秋》的宗旨,不在记实事,只在写个人心中对实事的评判。"

在中国古代,特别是商周时期,学在官府,但是孔子不仅开私人讲学之风,有弟子三千,贤者七十二,而且,因为《春秋》的编撰,他还开后世私家撰史之风。因为《春秋》所记乃"天子之事",一般应当由官方进行,孔子这样做,有僭越之嫌,自然不免会招致后人的非议。孔子清楚后世会有人为此非议他,所以才有"知我者其惟《春秋》乎!罪我者其惟《春秋》乎"一说。在孟子看来,孔子不因后世的责骂与损毁而放弃《春秋》的编撰,这表现出了非常可贵的精神与勇气。

笔者认为,温家宝总理在此引用的"知我罪我,其惟春秋"这句话,活用了"孔子作《春秋》"这一历史典故,意蕴非常丰富。

一方面应当是说作为一个执政者,不应该计较个人得失,要心怀天下,以万民之忧乐为忧乐;另一方面应当是说只有那些“愿以深心奉尘刹,不于自身求利益”的人才能面对历史,经受得住历史的考验。

情天再补虽无术，缺月重圆会有时

2012 年 3 月 14 日

送吕厚庵秀才东归二首（其二）

林朝崧

吾人聚散本难知，分手何须泣路歧。
但使三生盟片石，不应一步阻雷池。
情天再补虽无术，缺月重圆会有时。
珍重莱衣归故里，相思寄我采薇诗。

台湾《中国时报》记者问："今天大家很关心在明年 3 月你退休以后有没有可能到台湾自由行？"

温家宝总理说："至于我在退休以后能不能到台湾去自由行，坦诚地讲，我愿意去，但是还得看条件。不过请你转达对台湾人民的问候。我想起了台湾割让以后，台中有一位诗人叫林朝崧，他曾经写过一句诗，叫'**情天再补虽无术，缺月重圆会有**

时’。我相信，只要全体中华儿女共同努力，祖国统一和民族振兴的大业一定能够实现，这是整个中国人的骄傲。”

“情天再补虽无术，缺月重圆会有时”这两句诗出自林朝崧的《送吕厚庵秀才东归二首》。林朝崧（1875—1915），字俊堂，号痴仙，又号无闷道人，台湾彰化县雾峰乡（今为台中市雾峰区）人。1895 年日本侵占台湾，林朝崧与家人避乱泉州，遍游祖国名山大川，后来返回台湾，与侄幼春及赖悔之、傅鹤亭等诗友倡设“栎社”，相互唱和作诗，一时风靡台中，后来又发动地方乡绅创设台中中学。林朝崧的诗风婉约凄怆，文字清丽多姿，内容大多抒写日本侵占台湾后自己苦闷无奈的心情，其感怀家国之情，常难自已。著有《无闷草堂诗存》五卷，收录各体诗歌共八百余首，附录《诗余》一卷。在台湾地方文学发展史上，林朝崧被誉为“全台诗界泰斗”。

《送吕厚庵秀才东归二首》作于 1895 年，其时，日本侵略者发动了侵台之役，台湾人民奋起抵抗，林朝崧被迫跟随家人避难泉州，其心情之苦闷无奈可想而知，如他在此时所作的《清源山》一诗中云：“更登绝顶望沧海，云涛浩渺家何在？乘风我欲便东归，惆怅故乡人事改。搔首峰头泪满巾，何时海底更扬尘？”诗人虽然已身在泉州，但他的心情仍因台湾被日本入侵而无比沉痛。可以说，诗人对于祖国统一的渴盼与心系故园之情在他的诗集中随处可见。

诗题中的吕厚庵是林朝崧的友人，两人均因避难从台湾来到泉州。吕厚庵因为家人留在台湾，只好东归。

于是，诗人告诫友人：珍重莱衣归故里，相思寄我采薇诗。莱衣，相传春秋时楚国老莱子非常孝顺，七十岁时还身穿彩衣，模仿儿时言行以使父母欢心。采薇，据《史记·伯夷列传》记载，周武王平定天下，伯夷、叔齐因商朝灭亡，义不食周粟，隐居首阳山，以采薇度日。林朝崧的友人吕厚庵东归，诗人告诫友人，回到台湾一定要坚守民族气节，不能与异族侵略者合作。对于那些与侵略者合作的人，诗人无比痛恨，如他在泉州见到洪承畴故第，马上激起了他对那些残害民族同胞、为虎作伥者的声讨："可怜遗臭真千古，此巷如今尚姓洪。"

《送吕厚庵秀才东归二首》虽然为送别而作，但它不同于一般的应酬之作，这主要表现在诗歌脱离了个人离别的小我空间，诗人主要是借离别起兴，所要抒发的乃是诗人的家国之思与民族情怀。如在《送吕厚庵秀才东归二首》其一中，诗人云："楚客共知哀郢苦，宋人未悔划淮差。"前一句是说战国时楚国都城郢被秦国攻陷，百姓流离失所，但楚人不忘家国之恨；后一句是说南宋时期朝廷连连失地，与金朝竟以淮河为界，但朝廷却以苟且为乐。诗歌借用典故，以古喻今，从中我们可以看出诗人对于其时满清政府的嘲讽与控诉。在《送吕厚庵秀才东归二首》其二中，诗人的这种家国之恨，凝聚成了对于台湾回归、祖国统一的坚定信念："情天再补虽无术，缺月重圆会有时。"诗人以缺月必将重圆为喻，表达了对于台湾回归祖国的坚定信心。

每每提及台湾问题，温家宝总理总是满含深情。从温总理历年"两会"的答问中笔者发现，温总理引用的诗文有两个特点。一是所引用的诗文,表达的意蕴非常丰富,可从不同角度、不同层面进行诠释。如2007年总理用唐人刘禹锡“沉舟侧畔千帆过,病树前头万木春”,既表达了总理对两岸必将走向统一、两岸人民必将迎来欣欣向荣的春天的坚定信心,也含有对台湾当局,以及国际上试图将台湾变成一艘制约中国的航空母舰的某些国家的警告,提醒他们不要一意孤行,搞台独分裂,否则台湾将面临的很可能是“沉舟”之痛了。又如2008年引用鲁迅诗“度尽劫波兄弟在,相逢一笑泯恩仇”、2010年引《左传》“兄弟虽有小忿,不废懿亲”,其中不仅表达了两岸同胞如兄弟般的血脉深情,还形象地说明了两岸问题是中国内政,是自家的事情,警告那些别有用心的国家不要多管闲事,自找没趣。二是往往引用台湾诗人的诗作,来表明中国政府对台湾问题的看法。如于右任《望大陆》、丘逢甲《春愁》以及这次在回答台湾《中国时报》记者的提问时引用台湾诗人林朝崧的“情天再补虽无术,缺月重圆会有时”等,这样的引用不仅恰如其分,更重要的,是这些诗作充分证明了台湾先贤们一直和大陆同胞一样,为列强瓜分祖国的耻辱而痛苦,为祖国必将走向统一的未来而充满期盼。

信而见疑，忠而被谤

2012年3月14日

> 屈平正道直行，竭忠尽智以事其君，谗人间之，可谓穷矣。信而见疑，忠而被谤，能无怨乎？屈平之作《离骚》，盖自怨生也。
>
> ——司马迁《史记·屈原贾生列传》（节选）

中央电视台记者问：“我们知道您常常会上网，在网络上您可以看到网民对政府工作、对您本人的肯定和赞扬，但是也会有‘拍砖’的，您怎么看待这些批评的声音？”

温家宝总理说：“政府的一切权力都是人民赋予的，我们应该创造条件让人民提出意见批评政府。因此，在网上听到有‘拍砖’的声音，我并不感到奇怪，我认为这是正常的事情。群众许多批评的意见值得我们深思，而政府重视和决定的许多重大问题，经常是从群众‘拍砖’里头得到的。我甚至考虑，把一些经常批评政府的代表人士请到中南海，面对面地听取他们的意见。如果你们注意的话，在今年政府工作报告听取意见的安排中,我们已经尝试做了,但还很不够。在我担任总理期间,确实谣诼不断,我虽然不为所动,但是心里也不免感到有些痛苦。这种痛苦不是'**信而见疑,忠而被谤**'的痛苦,而是我独立的人格不为人们所理解,我对社会感到有点忧虑。我将坚持人言不足恤的勇气,义无反顾地继续奋斗。"

"信而见疑,忠而被谤"出自《史记·屈原贾生列传》。屈原,名平,字原,又名正则,字灵均。战国末期楚国丹阳(今湖北秭归)人,出身于楚国贵族。屈原是楚武王熊通之子屈瑕的后代,早年深受楚怀王的信任,担任左徒、三闾大夫等职,"入则与王图议国事,以出号令;出则接遇宾客,应对诸侯"。屈原辅佐怀王变法图强,联齐抗秦,使得楚国兵强国富,一度出现了威震诸侯的局面。但是,因为屈原的内政外交触犯了楚国腐朽的贵族集团,加上楚怀王宠妃郑袖以及令尹子兰、上官大夫靳尚等人的谗间,屈原"信而见疑,忠而被谤",被楚怀王逐出郢都,先后流放到汉北、沅、湘一带,过着长期的流放生涯。后来,秦兵攻破郢都,屈原悲愤交加,自感报国无望,遂自沉于汨罗江。

《离骚》是中国古代诗歌史上最早的长篇政治抒情诗。关于"离骚"的命名,司马迁认为:"离骚者,犹离忧也。"至于屈原创作《离骚》的缘由,司马迁认为:"屈平之作《离骚》,盖自怨生也。"司马迁的这种认识正好印证了西方文论中的一句经典名言:"愤怒出诗人。"在司马迁看来,《离骚》所要抒发的就是屈原的"忧愁幽思",屈原的"怨",来自于"信而见疑,忠而被谤"。司马迁因为李陵事件惨遭腐刑,与屈原"信而见疑,忠而被谤"的经历非常相似。正是这种异代同悲,使得司马迁继承屈原这样的前辈先哲“发愤以抒情”的著述精神,终于撰成“史家之绝唱,无韵之《离骚》”的《史记》。司马迁还将“屈原放逐,著《离骚》”与“西伯拘而演《周易》,仲尼厄而作《春秋》”相提并论,将屈原放置到与周文王、孔子等圣贤同等的历史地位,充分肯定了“屈原之怨”的历史价值。

但是,在屈原所处的“普天之下,莫非王土;率土之滨,莫非王臣”的时代,其痛苦的根源毕竟是自己对君主的忠信不能得到认可,屈原的痛苦是对人生际遇的“自怨”;笔者认为,温总理内心深处有着对全国人民的“忠”与“信”,当这种“独立的人格不为人们所理解”的时候,难免会“对社会感到有点忧虑”,这种痛苦的本质是对社会的忧虑,而非“自怨”之痛。

温总理的回答,让我们想起庄子《逍遥游》中的一段话:“举世而非之而不加沮,定乎内外之分,辩乎荣辱之境,斯已矣。”就是说,举世誉之而不加劝,即使全天下的人都在赞美你,你不会因为这种赞美而自鸣得意,并因此而更向前多走一步;即使全天下人都在非难你,你并不因此而沮丧、泄气,你依旧会坚持你认定的想法,坚守你“独立的人格”。自己对做人的道理看得很清楚,内心坚定的信仰不会被外部环境所影响,对于人世间什么叫做光荣、什么叫做耻辱看得很清楚,如此而已。

温总理的回答启示我们,作为人民公仆,应当具有“不以物喜,不以己悲”的修身境界,更要有“居庙堂之高,则忧其民”的高尚情怀。

第二部分

2003年—2012年
温家宝总理引用诗文

苟利国家生死以，岂因祸福避趋之

2003 年 3 月 18 日

赴戍登程口占示家人

林则徐

力微任重久神疲，再竭衰庸定不支。
苟利国家生死以，岂因祸福避趋之？
谪居正是君恩厚，养拙刚于戍卒宜。
戏与山妻谈故事，试吟断送老头皮。

2003 年 3 月 18 日，温家宝总理与采访“两会”的中外记者见面，并回答记者的提问。有德新社记者问：“朱镕基开始当总理的时候，他说，不管前面是地雷阵还是万丈深渊，他都将鞠躬尽瘁，死而后已。和他比起来，你觉得你的工作风格会怎么样？”面对这一问题，温总理回答说：“朱镕基总理是我非常敬佩的一个领导人，他有许多优点值得我学习。至于我自己，大家普遍认为我是一个温和的人。但同时,我又是一个有信念、有主见、敢负责的人。在我当总理以后,我心里总默念着林则徐的两句诗:‘**苟利国家生死以,岂因祸福避趋之**’。这就是我今后工作的态度。”

温总理在上文所引的诗句出自林则徐的《赴戍登程口占示家人》,林则徐写这首诗是在清道光二十二年(1842),那时58岁的林则徐因查禁鸦片、抗击英国侵略者而获罪,被清廷革职查办,从重发往新疆伊犁“效力赎罪”。是年七月,林则徐由西安赴伊犁时口占两首七律与家人告别。本诗是其中之一。

诗是诗人送给家人的,面对自己的遭遇,家人的心情是可想而知的。因此,诗人首联就从自己的身体状况写起。“力微任重久神疲,再竭衰庸定不支”,写出了自己身体之衰老和精力之不济,诗中一“久”字一方面写自己浮身宦海时间之长,同时又暗含自己丢官远戍之频繁,“再”字的使用,又加重了“定”的份量,使这个因果关系的句意显得不容置疑,自己体力如此之差,如果继续担当重任肯定支持不下去,因此被贬谪对自己的身体来说未尝不是件好事,这样的表白客观上起到了劝慰家人的效果。

颔联紧承首联,表达自己的人生态度和胸襟抱负。这两句用了两个典故。出句语出《左传·昭公四年》。春秋时,郑国大夫子产因改革丘赋制度受到别人指责,他坚定地说:“苟利社稷,死生以之。”亦即“如果对国家有利,个人的生死都由它去罢”。对句语出《商君书·定分》中的“万民皆知所避就,避祸就福”。诗人巧妙地化用典故，自铸伟辞，意在强调国家利益高于一切，只要有利于国家，个人的生死可以置之度外。这种思想是诗人一贯的主张，也落实在他一生的为人行事中，在写此诗后不久，诗人在《致姚春木王冬寿书》中同样表达了这一态度：“自念祸福死生，早已度外置之，唯逆焰已若燎原，身虽放逐，安能委诸不闻不见？”对这两句诗，诗人自己也珍爱异常，林昌彝《射鹰楼诗话》云：“盖文忠公（林则徐谥号）矢志公忠，乃心王室，故二句常不去口。”林则徐在世时常常吟诵以鞭策自励，临终前又嘱咐其子将此联写入讣告。而这两句诗也因其整饬的句式、工稳的对仗，以及大气磅礴的精神内蕴，感动了无数仁人志士，成了流传颇广的名言警句。

颈联回应首联，发表对“赴戍”的看法。诗人无罪而被贬谪，爱国却遭诬陷，内心的万千情绪是可想而知的。诗句在此表现的不是一般贬谪诗中的怨天尤人和愤懑不平，而是用略带自嘲的口吻表达着对浩荡皇恩的感念。这种字面上的心平气和、逆来顺受，隐藏的却是内心巨痛，细细咀嚼，似有万丈波澜。

尾联又用一典故。诗人在诗末自注道：“宋真宗闻隐者杨朴能诗，召对，问：‘此来有人作诗送卿否？’对曰：‘臣妻有一首诗云：更休落魄耽杯酒，且莫猖狂爱吟诗。今日捉将官里去，这回断送老头皮。’上大笑，放还山。东坡赴诏狱，妻子送出门，皆哭，坡顾谓曰：‘子独不能如杨处士妻作一首诗送我乎？’妻子失笑，坡乃出。”此注内容，载于《东坡志林》。在肝胆欲裂之时，反而要博老妻和家人的一笑，这给凝重肃谨的篇章点缀了些许戏剧色彩。

整首诗结构严谨,浑然一体:首联、颔联由个人状况说到国家利益,铺排充分;颈联、尾联以轻松笔调负载沉重别情,寓谐于庄,耐人寻味。另外,诗人还善用虚词和典故。“苟”、“岂”、“以”、“之”、“是”等词或强化语义,或衬托承转,运用灵活,使得诗句舒展自如。化用典故自然而贴切,了无雕琢之痕,充分显示了诗人精深的文学修养。

生于忧患，死于安乐

2003年3月18日

孟子曰："舜发于畎亩之中，傅说举于版筑之间，胶鬲举于鱼盐之中，管夷吾举于士，孙叔敖举于海，百里奚举于市。故天将降大任于斯人也，必先苦其心志，劳其筋骨，饿其体肤，空乏其身，行拂乱其所为，所以动心忍性，曾益其所不能。人恒过，然后能改；困于心，衡于虑，而后作；征于色，发于声，而后喻。入则无法家拂士，出则无敌国外患者，国恒亡。然后知生于忧患而死于安乐也。"

——《孟子·告子下》(节选)

在十届全国人大一次会议会后的记者招待会上，温家宝总理在回答中央电视台记者关于如何面对当前困难和挑战的问题时，首先肯定了上一届政府的工作，然后表示："我们现在的全部工作都是在前任的基础上开始的。前人给我们奠定了很好的基础，但是摆在我们面前还有许多困难和问题，还要我们继续进行开创性的工作。我总记着一句古训:**生于忧患,死于安乐**。要居安思危,有备无患。”

温总理在上文中提到的“生于忧患,死于安乐”出自《孟子·告子下》中孟子与弟子的一段对话。这段对话是孟子研读历史、观察现实人生而得来的重要心得,也是我们研究孟子思想的重要材料,其间包含着重要的哲学思想,它的行文方式也体现了孟子的典型文风。

在对话中,孟子首先列举了历史上做大事、立大业的六位成功人物的艰苦经历。其中,傅说为商王武丁的大臣,相传他原是在傅岩从事筑墙的工匠;胶鬲是殷商时人,自殷适周,佐武王以讨殷,原为渔人;管夷吾,即管仲,助齐桓公一匡天下,曾被拘押;孙叔敖,春秋时楚国令尹,曾隐居于海滨;百里奚,春秋时楚国人,秦穆公时名相,曾做过晋国俘虏。这些人早年都经历过种种艰苦和不幸,但最终都建立了不朽的功业,流芳后世。这些活生生的例子就是下文“故天将降大任于斯人也”到“国恒亡”这一段议论最具说服力的论据。在经过列举事例和正反论证之后,文章最后得出“生于忧患,死于安乐”的结论,水到渠成而发人深省。整段文字逐层推论,结构紧凑,一气呵成,势如破竹。如钱基博所说:“儒家之文,至《孟子》而极跌宕顿挫之妙。”本文所选短短一段文字,起承转合、顿挫抑扬,这些为文的妙处几臻于极境。而“生于忧患,死于安乐”由孟子说出后,几成千古名言,它和其他一些类似的名句如“居安思危”、“未雨绸缪”、“防微杜渐”、“曲突徙薪”等,一起揭示了中国文化中最具魅力的思想之一，即防患于未然，“先天下之忧而忧，后天下之乐而乐”的忧患意识。

感情激越，雄辩滔滔，气势充沛，这是本文也是孟子散文的最大特点。宋代苏辙《上枢密韩太尉书》中言：“文者气之所形；然文不可学而能，气可以养而致。孟子曰：‘我善养吾浩然之气。’今观其文章，宽厚宏博，充塞于天地之间，称其气之小大。”李泽厚在《美的历程》中指出：“孟文以相当整齐的排比句法为形式，极力增强它的逻辑推理中的情感色彩和情感力量，从而使其说理具有一种不可阻挡的‘气势’。”这种文风的形成当与孟子所处的时代有关。孟子生当战国中期，正是“处士横议”、百家争鸣最为激烈的时期，激烈争辩的现实需要和策士纵横的社会风气，使《孟子》散文冲破语录体时代的“慎言”格局，呈现出气势磅礴、雄辩滔滔的风格。郑振铎《中国文学史》认为，孟文“沾了战国辩士之风”，因而“辞意峻利而深切，比喻赡美而有趣”。鲁迅《汉文学史纲要》也指出：“（孟子）生当周季，渐有繁辞，而叙述则时特精妙。”他们都精辟地指出了孟子散文闳肆无忌的特点，以及形成这种特点的深刻原因。而本文所选的这段文字，无论从哪种角度看，都充分地体现了孟子的上述文风。

温家宝总理在十届全国人大一次会议上，面对记者的提问，在充分肯定上一届政府工作的基础上，用孟子的这两句话，非常简洁地表达了本届政府对中国现状的清醒认识，充分表现出总理在面对过去、现在和未来诸种问题时不骄不躁的态度和过人的胆识。

生之者众，食之者寡

2003年3月18日

是故君子有大道，必忠信以得之，骄泰以失之。生财有大道。生之者众，食之者寡，为之者疾，用之者舒，则财恒足矣。仁者以财发身，不仁者以身发财。未有上好仁，而下不好义者也。未有好义，其事不终者也，未有府库财，非其财者也。

——《大学》(节选)

在十届全国人大一次会议记者招待会上，温家宝总理就中央人民广播电台记者关于农村税费改革的提问，借用《大学》中的“生财有大道，**生之者众，食之者寡**，为之者疾，用之者舒”一语强调：农村税费改革的实质，是要改革农村不适宜生产力发展的上层建筑的某些环节，最重要的要精简人员。……与此同时，要加大财政对农村的支持力度。最后，温总理表示：“我们的最终目标是要把一切不应该向农民收取的税费，全部减下来，但这需要一个过程。”

《大学》一书以凝练而意蕴丰富的语言涵盖了早期儒家思想的精神内涵，揭示了儒家理想人格修为的一般过程。其中"经"一章提出了"明明德、亲民、止于至善"三条纲领，又提出了"格物、致知、诚意、正心、修身、齐家、治国、平天下"八个条目。实现三条纲领的途径是八个条目，以"格物"为起点，以"平天下"为其奋斗目标的八条目是一个由内到外、相互关联、不能紊乱的统一整体，是一个穷尽内圣外王之道的思想理论体系。在这个体系中，"务在与民同好恶而不专其利"、"亲贤乐利各得其所而天下平"的治国原则是其核心，也是"八条目"的最终归宿。而"生财"又是实现这一治国原则极为重要的一环，是实现"平天下"这一目标必不可少的过程。篇首节选的文段，就是在论述如何"生财"的问题。

《大学》中说，君子靠忠信得天下，骄奢淫逸便失天下，这是治国的大道。同样，理财也有大道，这"大道"的纲领无外乎如下四条：一是生众，二是食寡，三是为疾，四是用舒。也就是说，在作者看来，增长财富的方式就是：增加生产的人，减少消费的人，做事要努力，花费要缓慢，这样财富就会永远充足。过度的聚敛财富，与民争利，甚至伤民之力，那会天灾人祸并至，那时即使有善人，也没有办法了。字面上看，这四条纲领所谈的是生产力水平较为低下时期增加财富的几种手段，但实际上，这种思想是人类社会之所以发展，物质文明之所以日益丰富的重要原因，它道出了一个安定团结、繁荣昌盛的社会所必需的几个条件：生众，亦即尽量扩大就业面，创造尽可能多的生产空间，具体落实到施政层面，就是重农、兴矿等一些能创造就业机会的政策措施；食寡，也就是节约开支，裁汰冗员、裁减胥吏之类制度措施都属于这种类型；为疾，就是尽量加快生产速度，科技的不断进步，工业革命、信息革命就是这种追求的结果；用舒，就是要有计划地去消费。人类社会发展到今天，以上四纲领起了关键性作用。因此，从这个意义上说，《大学》中所提出的这条“生财之道”，是富国强民的有力手段，也是实现大同理想的必由之径。

《大学》所道出的这条“生财之道”，道理虽然简单，但反映的问题却很深刻，因此在后世产生了极大影响。我国古代研究赋税制度最深入、最系统的学者之一，明末清初的思想家黄宗羲在其《明夷待访录 · 田制三》中指出：历史上的赋税制度有“三害”，也即“或问井田可复，既得闻命矣。若夫定税则如何而后可？曰：斯民之苦暴税久矣，有积累莫返之害，有所税非所出之害，有田土无等第之害”。也就是说，历朝历代凡涉及税赋改革结果都是相似的，那就是每改革一次，税就加重一次，而且一次比一次重；再者，农民辛辛苦苦种粮食，却要等着把种出的粮食卖了之后用换来的货币交税，中间还要受商人的层层剥削，而官府征税时，不分土地好坏却都要统一征税。黄宗羲的观点以及所反映的历史现象，被现代学者秦晖在《并税式改革与“黄宗羲定律”》一文中总结为“黄宗羲定律”。黄宗羲对赋税制度的批评以及黄宗羲定律所依据的思想，其精髓实际上就是《大学》中提出的生财“四纲领”。

2003 年 3 月 6 日，温家宝总理在全国人大会议期间，参加湖北省人大代表讨论时说:“历史上每次税费改革,农民负担在下降一段时间后都会涨到一个比改革前更高的水平,走进‘黄宗羲定律’怪圈。”并郑重表示:“共产党人一定能够走出‘黄宗羲定律’怪圈。”在2003年3月18日召开的十届全国人大一次会议记者招待会上,温总理又重申这一问题,并用《大学》的这四句话来作答,这些都深刻地表明了温总理对民生问题的密切关注和他对这一问题的深入思考。

葬我于高山之上兮，望我大陆

2003年3月18日

望大陆

于右任

葬我于高山之上兮，
望我大陆；
大陆不可见兮，
只有痛哭！
葬我于高山之上兮，
望我故乡；
故乡不可见兮，
永不能忘！
天苍苍，野茫茫；
山之上，国有殇！

2003年3月18日，温家宝总理应十届全国人大一次会议新闻发言人姜恩柱的邀请，与采访“两会”的中外记者见面并回答记者提问时说：“我愿意通过记者女士向台湾同胞表示亲切的问候。实现祖国的完全统一是包括台湾同胞在内的全体中国人民的共同愿望。说起台湾，我就很动情，不由得想起了一位辛亥革命的老人、国民党的元老于右任在他临终前写过的一首哀歌：‘**葬我于高山之上兮，望我大陆**；大陆不可见兮，只有痛哭！葬我于高山之上兮，望我故乡；故乡不可见兮，永不能忘！天苍苍，野茫茫；山之上，国有殇！’”

《望大陆》是一首脍炙人口的抒情绝唱。1949 年 11 月，在国民政府的胁迫下，诗人于右任抛家别子，离开大陆飞抵台湾。晚年的他渴望叶落归根，但终未能如愿。这首诗表达的就是漂泊无依的游子思恋故乡、渴望两岸统一的拳拳之忧和殷殷之情。诗的前两节采用重章复沓的手法，反复咏唱，抒发对大陆、故乡的向往和眷恋，感情热烈而激切。就如大诗人白居易所言，“感人心者，莫先乎情”是诗歌艺术的魅力所在。正是这真挚强烈的情感和刻骨铭心的思念，给人以强烈的震撼，引起读者感情与思想的共鸣。接下来，诗歌借用了北朝民歌《敕勒歌》里的两句话，一方面表达了故乡遥不可望的迷茫和失落，另一方面表现了对故乡辽阔、壮美风光的向往。最后两句“山之上，有国殇！”语意双关而寓意丰富，令人回味无穷。《国殇》出自屈原楚辞《九歌》。《九歌》是屈原流放途中模仿楚国南方的祭歌而创作的一组诗篇，《国殇》是其中一首，是追悼将士的挽歌。所谓“殇”，指“未成年而死或在外死去的人”；“国殇”指“为国捐躯的将士”。

诗人巧借“国殇”，抒写了自己死后不能安葬故乡，不能魂归故里的遗憾。古代有鸟返旧林、狐死首丘之说，兽犹如此，人何以堪？由于一些人为的阻挠，使亲人分居、骨肉离散，死后尚不能魂归故里，读来怎能不令人怆然涕下？诗人借此表达出许许多多和诗人有着相同经历的人们的哀愁：他们魂牵梦萦、心中无法忘却的正是祖国的统一。1964 年 8 月，于右任因病住院，1964 年 11 月 10 日与世长辞，终年 86 岁。弥留之际，他没有留下任何遗言，而这首《望大陆》，便成了他永远的遗嘱。他去世后，遗体被埋葬在台北最高的观音山上，人们在海拔 3997 米的玉山顶峰上（我国东南诸省最高峰）为他竖立起一座面向大陆的半身铜像。此举终于了却了作者登高远眺故土的心愿！

于右任早年追随孙中山先生参加革命，是孙中山革命方针的坚定执行者和拥护者，抗战期间也曾与中国共产党真诚合作。退到台湾后，他仍然希望国共两党合作，实现两岸的真正统一。温家宝总理面对台湾媒体的发问，引用于老的这首诗作答，一方面传达了海峡两岸人民渴望和平统一的心声，另一方面也委婉地表达了这样一种信息：希望台湾当局能秉承中山先生的遗愿，能像于右任先生期望的那样，在全国统一的进程中迈出可喜的一步。

政者，正也。子帅以正，孰敢不正

2003年3月21日

季康子问政于孔子。孔子对曰："政者，正也。子帅以正，孰敢不正？"

——《论语·颜渊》

2003年3月21日，国务院召开第一次全体会议，温家宝总理以"恪尽职守，奋发向上，全力做好新一届政府工作"为题发表重要讲话。在谈到政风建设时，温总理说道："全面履行政府的职责，做好今后五年的工作，必须进一步转变作风，严格纪律，形成良好的政风。古人讲：'**政者，正也。子帅以正，孰敢不正？**'为政就是要正。良好的作风至关重要。"

温总理引用的这段话出自《论语·颜渊》。季康子问政于孔子，孔子用词源学的本意来解读政事，认为"政"就是"正"。并以"子帅以正，孰敢不正？"作为补充说明。季康子是鲁国的正卿，孔子以"政"字的本意来回答季康子的提问，并告诫他为政时自己首先要"正",为政者起到表率作用,谁敢不正?

对于"政"的义理,古人多有论述。成书于东汉和帝永元十一年(公元100年)的《说文解字》对"政"的解释直接沿用孔子的说法,即"政,正也"。成书稍晚于《说文解字》的《释名》亦取此说,但有进一步的补充:"政,正也,下所取正也"。《说文解字》与《释名》在解释名源时采用的是声训的方式。所谓声训,就是用声音相同或相近的字来解释词义。声训在先秦典籍中已有采用,孔子对"政"的解读无疑当属于此。

总体而言,在中国的文化传统中,统治者"为政"的方式是一种行为准则,要让被统治者有所遵循。所以说"政"就是"使不正归于正",就是所谓"下所取正也"。

那么何为"正"呢?管子为我们做了详细的说明:

> 政者,正也。正也者,所以正定万物之命也。是故圣人精德立中以生正,明正以治国。故正者,所以止过而逮不及也。过与不及也,皆非正也;非正,则伤国一也。勇而不义伤兵,仁而不法伤正。故军之败也,生于不义;法之侵也,生于不正。故言有辨而非务者,行有难而非善者。故言必中务,不苟为辩;行必思善,不苟为难。

这段话的意思是说:政,就是"正"。所谓正,是用来正确确定万物之命的。因此,圣人总是精修德性,确定中道以培植这个"正"字,宣扬这个"正"字来治理国家。所以,"正",是用来制止过头而补不及的。过与不及都不是“正”。不“正”都一样损害国家。勇而不义损害军队,仁而不“正”损害法度。军队失败,产生于不义;法度的侵蚀,就是产生于不“正”。说话有雄辩而不务“正”的,行为有敬惧而不善良的,所以,说话必须合于务“正”,不苟且强为雄辩;行为必须考虑善良,不苟且保持敬惧。规矩,是矫正方圆的。人虽有巧目利手,也不如粗笨的规矩能矫正方圆。所以,巧人可以造规矩,但不能废规矩而正方圆。圣人能制定法度,但不能废法度而治国家。所以,虽有明彻的智慧、高尚的品德,违背法度而治国,就等于废除规矩来矫正方圆一样。

这段文字出自《管子·法法》篇,该篇讲述法治的推广和施行,篇首开宗明义讲“法”的作用。管子说:不以“法”推行法度,则国事没有常规;法度不用“法”的手段推行,则政令不能贯彻。君主发令而不能贯彻,是因为政令没有成为强制性的法律;成为强制性的法律而不能贯彻,是因为起草政令不慎重;慎重而不能贯彻,是因为赏罚太轻;赏罚重而不能贯彻,是因为赏罚还不信实;信实而不能贯彻,是因为君主不以身作则。所以说:禁律能够管束君主自身,政令就可以行于民众。

由上文可见,作为法家的管子对“正”的解读侧重于制度层面,领导者“帅以正”更多地是带头遵守和执行法律规范,这与儒家单纯从道德层面强调人的模范作用有较大区别。

如果抛开“音训”的方式而以“形训”的方式解读“政”字,则管子所强调的“政”的意义是否会多一些呢?

“政”字右边的偏旁在繁体字中为“攴”字，读作“扑”，本意为轻轻地敲打。我们可以借此认为，要想“为政”者“正”，也需要靠外在的力量经常地敲打。外在的力量可以是法律规范，也可以是民众的监督。如果“为政”者既能自觉具有“至关重要的良好作风”，同时又受到“轻轻的敲打”，那么“正也”的目标就很容易达到了。

在温总理发表这次讲话后的第二年，也就是2004年8月14日，新华网登载了一篇《官德沦丧：对执政党的严峻挑战》的文章，批评有些官员“官德缺失、官德败坏、官德沦丧，已超过了人们的预期，突破了民间的道德底线”。个别官员为政不正的问题可以说已经到了非常严重的地步，温家宝总理引用的这句话在今天仍然意义深远。

安危相易，祸福相生

2003 年 4 月 29 日

安危相易，祸福相生，缓急相摩，聚散以成。此名实之可纪，精微之可志也。

——《庄子·则阳》(节选)

2003 年 4 月 29 日，中国—东盟领导人关于非典型肺炎特别会议在泰国首都曼谷举行，会议主要讨论如何加强地区合作，采取切实措施防治“非典”和消除其威胁的问题。温家宝总理在会上发表了讲话，并在讲话的最后呼吁道：“中国有句古语：‘**安危相易，祸福相生**。’伟大的亚洲人民有着逆境自强的优良传统。中国与东盟国家有着坚实的合作基础。我相信，只要我们同心携手，共赴时艰，就一定能够战胜非典型肺炎，转危为安，迎来亚洲特别是本地区更大的繁荣和发展。”

本引文出自《庄子·则阳》，意思是：安危互相转化，祸福互相生成，缓急互相消长，事物的生死聚散因以形成。这是有名实可以识别的，有精微可以探寻的。所谓“安危相易，福祸相生”

其实是对老子"福兮祸之所倚、祸兮福之所伏"的进一步阐释与发挥,其中所蕴涵的哲学思想非常深刻的。

庄子认为,世界上的物质都是运动变化的,《庄子·秋水》谓"物之生也,若骤若驰,无动而不变,无时而不移",这种认识无疑是合理的,具有朴素的辩证法思想。庄子还提出,物质的运动呈现出一定的规律性,如一年的春夏秋冬之更替,《庄子·天道》谓"春夏先,秋冬后,四时之序也;万物化作,萌区有状,盛衰之杀,变化之流也。夫天地至神而有尊卑先后之序,而况人道乎?"因为天地万物的运作有规律可以依循,而人的活动是效法天地的,所以社会生活的运动变化亦当遵循一定的规律,这就是上文所说的"安危相易,祸福相生,缓急相摩,聚散以成"。在庄子看来,客观事物的运动变化是由于蕴涵在事物中的矛盾双方的相互作用推动的,矛盾双方因为相互作用而相互转化,安可以转化为危,祸可以转化为福,聚可以转化为散,"臭腐复化为神奇,神奇复化为臭腐,故曰通天下一气耳"(《庄子·知北游》),即事物的运动变化总是向着与它相对立的方面转化。无疑,这种认识有着一定的合理性,但在肯定这种转化的同时,庄子抹杀了人的主观能动性对于事物运动的积极影响,这也使得他的立论带有了某种神秘性与不可知性。

另外,由于庄子在肯定事物运动中矛盾双方的对立与统一时,忽略了矛盾转化的相关条件以及转化后新旧质的差别,由此庄子也就陷入了相对主义的泥淖当中无法自拔。例如庄子认为"天下莫大于秋毫之末,而泰山为小;莫寿于殇子,而彭祖为夭"

(《庄子·齐物论》),因此,在庄子看来,世界上不存在是非、美丑、善恶、对错的差别。这种相对主义倾向必然导向怀疑主义,如在《齐物论》中,庄子以人梦见蝴蝶打比方,到底是人梦见变成了蝴蝶还是蝴蝶梦见变成了人呢?庄子认为这难以辨别。它形象地反映了庄子这种认识论的不可知性和怀疑主义的倾向。

但是,庄子意识到了认识的相对性和物质的不定性,对于启发人类的认识活动是很有帮助的。换句话说,庄子的这种“安危相易,福祸相生”的辩证思想告诫人们要辩证地看待问题,要具有忧患意识,“安而不忘危,存而不忘亡,治而不忘乱”,从而居安思危,防患未然,有备无患,使事物尽量向有利的方面转化。

“非典”肆虐期间,温家宝总理在泰国曼谷引用的中国古语“安危相易,祸福相生”,体现了亚洲人民逆境自强的优良传统和处变不惊、战胜“非典”的坚强信念。事实上,温总理在危难时刻对东盟各国所进行的访问本身,以及这些访问后来显示出的作用与影响,也证明了亚洲人民逆境自强的优良传统。特别是在曼谷举行的这次非典型肺炎特别会议成果非常显著,它向全世界表明,虽然面临“非典”的挑战,但只要中国和东盟国家相互支持,共同努力,就一定能战胜这场严重灾害,转危为安,促进亚洲国家的共同发展和繁荣。“非典”的出现对人类来说是一场危机,但危机也能给中国和东盟国家之间的合作带来机遇。如在中国和东盟国家领导人首次举行的特别会议上决定采取的多项措施,就有力地推动了双方今后在卫生领域的交流与合作,共同解决了一些跨国问题。

杜鹃再拜忧天泪，精卫无穷填海心

2003 年 6 月 29 日

赠梁任父同年

黄遵宪

寸寸河山寸寸金，
侉离分裂力谁任？
杜鹃再拜忧天泪，
精卫无穷填海心！

2003 年 6 月 29 日，温家宝总理在香港礼宾府出席 CEPA 协议签字仪式后，向香港社会人士发表演讲时说："写香港的古诗不多，但是在飞机上看到香港美丽景色的时候，我还是想起了一首，那是晚清著名外交家、著名诗人黄遵宪写的。黄遵宪五次途经香港，写过多首关于香港的诗，其中我很喜欢一首，七言、四句：'寸寸河山寸寸金，侉离分裂力谁任？**杜鹃再拜忧天泪，精**

卫无穷填海心！'"“我不多加解释，只把最后两句说一下，就作为我的祝愿，让我们同胞们以杜鹃啼血之情，热爱我们香港，热爱祖国吧！以精卫填海之心去建设香港，去建设祖国吧！”

精卫填海、夸父逐日是中国古典神话中的经典之作，虽然在今天看来，精卫填海和夸父逐日让人们觉得不可思议，但是这是一种自强不息精神的象征。任何一件宏伟大业都无法离开兢兢业业、一点一滴的奉献和付出。温总理在关于香港的建设上提到这两句诗，就是想勉励国人以这样的精神去成就我们伟大祖国的繁荣昌盛。

这首诗是清末杰出的爱国诗人黄遵宪《赠梁任父同年》六首中的第四首。梁任父，即梁启超（1873—1929），字卓如，号任公。父，旧时加在男子名、号下面的尊称。古代科举制度中称同科考中的人为同年。但黄遵宪与梁启超并非同榜登科，称“同年”，可能是依他的胞弟黄遵楷，因为黄遵楷与梁启超是同年举人。称“梁任父同年”，是表示亲切和敬重的意思。1891 年，黄遵宪任驻新加坡总领事，多次途经香港。1842 年 8 月 29 日，清政府与英国签订不平等的《南京条约》，割让香港岛给英国。黄遵宪面对香港惨遭割让、国土被列强瓜分的屈辱现实，写了不少饱含血泪的诗篇。如《香港感怀十首》诗云：“六州谁铸错？一恸失胭脂”（其十）；《到香港》诗云：“登楼四望真吾土，不见黄龙上大旗”。这首《赠梁任父同年》，亦是黄遵宪途经香港有感而作，表达了诗人对国土沦丧的沉痛。诗赠梁启超，含有诗人希望梁启超等人以国事为重，努力救国的期许与勉励。1894 年中日甲午战争爆发，黄遵宪从新加坡被召回国，在上海和友人创办《时务报》，力邀梁启超出任报社总主笔，并高兴地说："吾所谓以言救世之责，今悉卸其肩于梁君矣！"

这首诗的第一句"寸寸河山寸寸金"，意思是说祖国的每一寸土地都像金子一样珍贵。《金史·左企弓传》载："太祖既定燕，从初约以与宋人。企弓献诗，略曰：'君王莫听捐燕议，一寸山河一寸金。'"说的也是这个意思。诗的开篇既表达了祖国山河神圣不可侵犯，又暗含了诗人对清政府割地卖国的谴责。第二句"侉离分裂力谁任"，"侉离"，即割弃。这句的意思是说，谁有力量制止祖国被列强瓜分割占的现实呢？第三句"杜鹃再拜忧天泪"，"杜鹃"又名杜宇，相传为古蜀帝杜宇之魂所化，鸣声极为哀切。杜甫《杜鹃》诗曰："杜鹃暮春至，哀哀叫其间。我见常再拜，重是古帝魂。"诗人以"杜鹃再拜"比喻自己的忧国之思、自己对祖国的忠诚。"忧天"出自《列子·天瑞》："杞国有人，忧天地崩坠，身无所寄，废寝食者。"后人常用"杞人忧天"比喻不必要的忧虑，但在这里，诗人反用其意，表示自己无时无刻不在为国家的前途命运担忧而悲痛泣血。第四句"精卫无穷填海心"，"精卫"的典故出自《山海经·北山经》，相传炎帝的小女儿名女娃，游东海淹死后，化为精卫鸟，天天衔西山木石去填东海，锲而不舍，永无止息。后人常用"精卫填海"作为意志坚定的象征。清初学者顾炎武《精卫》诗云："我愿平东海，身沉心不改。大海无平期，我心无已时。""精卫填海"，既是诗人自己心志的写照，当然也包含有对梁启超等友人的期许。

这首诗借用典故,用事巧妙,笔端饱含爱国深情。“寸寸河山寸寸金”,祖国的每一寸土地都比黄金珍贵,比生命珍贵,都值得人们用生命去捍卫。作者希望国人像杜鹃一样忧国,像精卫一样坚持,以天下为己任。晚年黄遵宪的书房“人境庐”里,悬挂着一幅《时局全图》,上有题词,曰:“沉沉酣睡我中华,那知爱国即爱家!国民知醒宜今醒,莫待土分裂似瓜。”有的学者认为这首题词即是黄遵宪所作。钱仲联先生在《梦苕庵诗话》中谓黄遵宪:“抚时感事之作,悲壮激越,传之他年,足当诗史。”作为“中国十大爱国诗人”之一的黄遵宪,他的诗作所体现的强烈的爱国深情,激励了无数仁人志士为救亡图存而奋斗献身。

温家宝总理多次引用黄遵宪的这首诗,勉励大家“以杜鹃啼血之情,热爱香港,热爱祖国;以精卫填海之心建设香港,建设祖国!”

疾风知劲草

2003 年 6 月 30 日

及光武为司隶校尉，道过颍阳，霸请其父，愿从。父曰："吾老矣，不任军旅，汝往，勉之！"霸从至洛阳。及光武为大司马，以霸为功曹令史，从度河北。宾客从霸者数十人，稍稍引去。光武谓霸曰："颍川从我者皆逝，而子独留。努力！疾风知劲草。"

——范晔《后汉书·铫期王霸祭遵列传》（节选）

2003 年 6 月 30 日，温家宝总理来到香港会展中心，在香港特别行政区政府表扬医护人员及社会各界成功克服"非典"的聚会上发表了感人至深的演讲。演讲中，温总理用"**疾风知劲草**，患难见真情"来形容在抗击"非典"的斗争中，港澳台与祖国大陆人民守望相助、和衷共济，世界各地的华人心系祖国，拳拳相报的情景。

"疾风知劲草"的典故出自《后汉书》，讲述的是东汉光武帝刘秀与开国名将王霸之间的故事。

西汉末年，政治腐败，民不聊生，外戚王莽趁机篡位称帝。建立“新”朝后，王莽急功近利地推行新政，使得天下大乱。当时还只是西汉皇室后裔的刘秀起兵路过颍川时，王霸率领一些同乡前去投奔他。王霸英勇善战，跟从刘秀建立了不少的功勋。特别是昆阳一战，王霸于危急中率领十数骑突破了王莽几十万大军的重围，搬来了救兵，最后内外夹击，将王莽大军消灭于昆阳城下，天下震动。昆阳之战后，由于统治阶级内部的矛盾，刘秀被解除了兵权，王霸等人亦没有得到应有的封赏。他一怒之下解甲归田，回乡闲居。

不久，刘秀被任命为司隶校尉前往洛阳整修宫府，途经颍阳时，王霸与他的父亲商量准备再次投奔刘秀，但其父考虑到自己年老，于是鼓励儿子重归刘秀门下建功立业。后来刘秀任命王霸为功曹令史，随他北渡黄河前往河北各地镇慰州郡。此行可谓凶多吉少，当年跟随王霸一起投奔刘秀的同乡这时都纷纷离开，刘秀的处境非常艰难，但是王霸义无反顾地留了下来，不因前途凶险而改变初衷。刘秀对此非常地感慨：“当年我路过颍川时，和你一起投奔我的人现在都离我而去了，只有你留了下来。你要努力啊，只有疾猛的风才能考验出劲草的品性。”河北之行，王霸辅佐刘秀多次化险为夷。刘秀称帝后，王霸亦多次因功受赏，一度封为富波侯、讨虏将军、淮陵侯等爵职。王霸去世，汉明帝为了表彰他的功绩，在云台阁为王霸绘制了画像，将他列为“云台二十八将”之一。

自此，“疾风知劲草”这句话便在后世流传开来，历代以此称颂那些历经危难，却更显意志坚强的人。如唐太宗李世民曾在凌烟阁放置了二十四功臣的画像，并在萧瑀画像旁边题词道："疾风知劲草，板荡识诚臣。勇夫安知义，智者必怀仁。"另外，南朝宋鲍照有《出自蓟北门行》诗云："时危见臣节，乱世识忠良。"文天祥的《正气歌》中也有"时穷节乃现，一一垂丹青"的诗句。这些都是"疾风知劲草"精神的体现。

2003年对香港来说，是个多事之秋。先是宏观经济形势不佳，不仅经济增长率偏低，而且失业问题严重，通货紧缩加重，财政赤字持续扩大，到了下半年形势趋于好转，全年经济增长超出预期。与此同时，受美伊战争与"非典"疫情的影响，香港旅游业受到很大冲击，"非典"期间，赴港游客锐减一半以上。在这样的非常时刻，温家宝总理的"疾风知劲草"这句话，振奋了中国人的信心，鼓舞了中国人的士气。温总理还鼓励大家："一个民族在灾难中失去的必将在民族的进步中获得补偿。'非典'肆虐，我们经历了一场磨难，也使中华民族的精神得到升华。中国人民更加团结，中华民族更加坚强，在实现中华民族伟大复兴的征程中，我们一定能够克服任何艰难险阻，无往而不胜。"

上不怨天，下不尤人

2003年6月30日

上不怨天，下不尤人。故君子居易以俟命，小人行险以侥幸。子曰：“射有似乎君子，失诸正鹄，反求诸其身。”

——《中庸》（节选）

2003年6月30日，温家宝总理出席香港特别行政区政府表扬医护及各界成功克服非典型肺炎聚会，并发表重要讲话。在讲话中，温总理首先借用《中庸》中的“**上不怨天，下不尤人**”勉励广大香港民众，随后，温总理动情地说：“我们这个民族确实是愈挫愈奋，愈挫愈勇。”“一个民族在灾难中形成的凝聚力，定将推动民族的团结和进步；一个民族在灾难中失去的，必将在民族的进步中获得补偿。”

“上不怨天，下不尤人”这句话告诉我们，当遇到挫折与失败时，不要将自己的失落和苦闷归结于上苍，不要将自己的过错和失误归咎于他人，因为这是一种避世的胆怯，是一种利己的私心。就像射箭一样，当射不中靶子时，要从自身寻找原因，要检讨自己技艺的不足。孔子说："不患人之不己知，患其不能也"，这也是强调个人在道德修养上的批评与自我批评的重要性。

"上不怨天，下不尤人"还是一种积极的人生态度。常言道，"天有不测风云，人有旦夕祸福"，一个人只有放弃无休止的抱怨，才能始终保持乐观健康的良好心态，从而积极向上，有所作为。怨天尤人者，只能是"生年不满百，常怀千岁忧"。《荀子·正名》篇说："心忧恐，则口衔刍豢而不知其味，耳听钟鼓而不知其声，目视黼黻而不知其状，轻暖平簟而体不知其安。"明代著名文学家、史学家于慎行说过："彰怨者多防，匿怨者自戕。"（《谷口笔尘》）我国汉代的道家经典《太平经》也说："人无忧，故自寿也。"

在儒家看来，"上不怨天，下不尤人"代表的不仅是一种积极的人生态度，更是一种个人修养的道德境界。孔子说："不患无位，患所以立。不患莫己知，求为可知也。"不怕你没有取得一定的位置，重要的是你拿什么去自立。在儒家看来，人凭什么自立，当然需要知识，再就是德行，更重要的还有人生的境界。孔子以乐观的心态面对人生，具有快乐的人生情调，他以"发愤忘食，乐以忘忧，不知老之将至"来概括自己一往情深的精神世界。他说："知之者不如好之者，好之者不如乐之者。"由知到好，由好到乐，其实就是人生境界的提升。为此，儒家经典《中庸》强调"中和"的思想。《中庸》第一章即说："喜怒哀乐之未发，谓之中；发而皆中节，谓之和。中也者，天下之大本也；和也者，天下之达道也。致中和，天地位焉，万物育焉。”意思是说，在一个人还没有表现出喜怒哀乐的情感时，心中总是平静的，不偏不倚的，所以叫做“中”。但是人的喜怒哀乐总是要表现出来的，表现出来的时候如果有节度，无过无不及，这就叫做“和”。如果人人都能保持中和的境界，那么整个社会就会和谐向上，天下也就太平无事了。这也正如孔子所说：“君子上达，小人下达。”有追求的人向上进取，无所事事的人向下沉沦。向上者超越，向下者坠落。

温家宝总理在出席香港特别行政区政府表扬各界战胜“非典”聚会上引用《中庸》中的这句话，笔者认为是在告诉大家在面对这场灾难时，不要怨天尤人，而要接受挑战，趋利避害，共渡难关。正如温总理2003年4月在北京大学看望同学们时所说：“这场灾害对政府、对全国人民都是一场考验。我相信，经历这场考验后，我们国家会更大踏步前进。”

心中为念农桑苦，耳里如闻饥冻声

2003年9月10日

新制绫袄成感而有咏

白居易

水波文袄造新成，绫软绵匀温复轻。
晨兴好拥向阳坐，晚出宜披蹋雪行。
鹤氅毳疏无实事，木棉花冷得虚名。
宴安往往欢侵夜，卧稳昏昏睡到明。
百姓多寒无可救，一身独暖亦何情。
心中为念农桑苦，耳里如闻饥冻声。
争得大裘长万丈，与君都盖洛阳城。

2003年9月10日下午，在中秋佳节到来之际，温家宝总理在与国务院参事室和中央文史研究馆的五十多位参事、馆员进行座谈时说："当领导的要心里想着群众，倾听群众呼声，了解真实情况,“**心中为念农桑苦,耳里如闻饥冻声**”。

温总理引用的这两句诗表达的是“为民着想”的思想。早在《孟子·滕文公下》就有“救民于水火之中,取其残而已矣”的说法,古代圣贤更是把“为民立命”作为生存哲学,这种“民本”思想一直延续到今天。温总理曾在多种场合强调当领导的一定要“想民之所想,解民之所难”,提倡为民排忧解难是领导人义不容辞的职责与使命。其知民之难而夜不能寐,心系天下黎民苍生的情怀可见一斑。

白居易的这首《新制绫袄成感而有咏》作于唐文宗大和五年(831),其时,朝政腐败,藩镇割据,牛、李党争,宦官专权,赏罚失度。《旧唐书·白居易传》载:“大和已后,李宗闵、李德裕朋党事起,是非排陷,朝升暮黜,天子亦无如之何。”白居易没有与当时的宦官集团同流合污,也没有介入当时的牛、李党争。诗人多次呼吁,以求“箴时之病,补政之缺”,然而他的意见却是无人采纳,反而遭人排挤,只得“致身散地,冀于远害”。白居易另有《六十拜河南尹》一诗。诗中云:“六十河南尹,前途足可知。老应无处避,病不与人期。”可见诗人虽然老病缠身,流徙江湖,仍然不忘民众苦难。古人云:“一粥一饭,当思来处不易;半丝半缕,恒念物力维艰。”诗人因新缝制的绫袄而想到农民劳作的艰辛,耳际仿佛听到了在饥寒交迫中挣扎的民众的呼号。民间的疾苦,让诗人食不甘味,夜不成寐。诗人虽然官卑职微,年又老迈,无回天之力,却仍有忧民之心。“百姓多寒无可救,一身独暖亦何情。心中为念农桑苦,耳里如闻饥冻声。争得大裘长万丈,与君都盖洛阳城?”这种推己及人、不愿一身独暖惟愿天下皆暖的悲悯情怀,与杜甫在《茅屋为秋风所破歌》中所吟“安得广厦千万间,大庇天下寒士俱欢颜,风雨不动安如山”是一脉相承的。正如清代沈德潜在《唐诗别裁集》中所说:“乐天忠君爱国,遇事托讽,与少陵相同。”将白居易与杜甫并论,确为定评。

在此之前,即唐宪宗元和九年(814),白居易四十三岁时,他因新做了一件布裘,写下了《新制布裘》一诗,诗云:“丈夫贵兼济,岂独善一身?安得万里裘,盖裹周四垠。稳暖皆如我,天下无寒人!”这首诗在布局和立意上,与《新制绫袄成感而有咏》是一致的。“心中为念农桑苦,耳里如闻饥冻声”以其平易质朴的语言与深邃的忧民之思,打动了无数的读者。清代诗人郑板桥曾道:“衙斋卧听萧萧竹,疑是民间疾苦声。”这与白居易这句诗在精神意脉上是相通的,从中可见中国古代士人们“先天下之忧而忧,后天下之乐而乐”的济世情怀,这是中华民族最可宝贵的精神财富。温总理曾多次引用白居易的诗句,从中可见总理的亲民作风。温家宝总理曾说:“关注民生、重视民生、保障民生、改善民生,是我们党全心全意为人民服务宗旨的要求,是人民政府的基本职责。”

读万卷书，行万里路

2003年10月19日

> 画家六法，一气韵生动。气韵不可学，此生而知之，自有天授，然亦有学得处。读万卷书，行万里路，胸中脱去尘浊，自然丘壑内营，立成鄞鄂。随手写出，皆为山水传神矣。
>
> ——董其昌《画禅室随笔》(节选)

2003年10月19日，温家宝总理出席了世界旅游组织第15届全体大会。在会上的致辞中温总理引用了“**读万卷书，行万里路**”这句名言。

“读万卷书，行万里路”出自董其昌的《画禅室随笔》。诚如《四库提要》所评，《画禅室随笔》中的不少见解“颇得书画三昧，盖于此道解悟甚深，故谈言微中，洵足为艺事指南之助”。董其昌(1555—1636)通禅理、精鉴藏、工诗文、擅书画及理论，是晚明最杰出、影响最大的书画家。其画以山水见长，平淡自然，清隽雅逸；书法博采众长，兼容百家，自成一体。他习书学画之心得，多散见于为人所作题跋之中，其中不乏真知灼见。如他曾说“晋人书取韵，唐人书取法，宋人书取意”就是中国书论史上第一次用韵、法、意三个概念划定晋、唐、宋三代书法的审美取向，甚富创意。

篇首节选的这段话说的也是这位书画大师深得书画三昧的心得体会。画家六法之论是南齐时期著名画家谢赫在其《古画品录》中提出的，“六法”包括气韵生动、骨法用笔、应物象形、随类赋彩、经营位置、传移模写六个方面。其中居于首位的便是“气韵生动”。气韵即所画形象的精神气质，也就是东晋画家顾恺之所说的“神”。真正上乘的画作，其所画形象，不仅要有逼真的外形，更重要的是要画出形象的内在神韵，做到形神兼备，也就是“气韵生动”。

但如何才能做到这一点呢？董其昌认为“气韵不可学，此生而知之，自有天授”，也就是说学画者应有良好的天赋，但也并非绝对如此，对于天分不足之人，后天“亦有学得处”，即通过后天的努力学习达到“气韵生动”的境界。这“学得处”便是“读万卷书，行万里路”。“读万卷书”即要求习画者应通过广泛阅读积累深厚的文化素养，“行万里路”则是强调操作践履的实践功夫。前者重在对前贤圣哲的学习，后者注重个人能力的训练。读书在前，故对前人的学习是基础；行路在后，个人操作实践是对读书的落实。两者相结合，到了“万卷”、“万里”之时，个人的境界也必非同一般了，自然会胸无尘染，世事洞明，目有所见，心有所思，随手即成，能为山水传神写韵了。

强调习书学画者应有良好的文化储备和实践经验是董其昌一以贯之的主张，在“画源”中，他评赵孟頫之画时说：

> 昔人评大年画，谓得胸中万卷书更奇。又，大年以宗室不得远游，每朝陵回，得写胸中丘壑？不行万里路，不读万卷书，欲作画祖，其可得乎？此在吾曹勉之，无望庸史矣。

这是从反面强调“读万卷书，行万里路”于习画者之重要，赵孟頫之作固是“秀润天成”，然“不得远游”，所作只是胸中想象之丘壑，终落一筹了。

“读万卷书，行万里路”的思想其实并非最早源于董其昌。唐人杜甫有诗谓“读书破万卷，下笔如有神”(《奉赠韦左丞丈二十二韵》)，但还只是强调学问之力。到了宋人陆游《冬夜读书示子聿》云：“纸上得来终觉浅，绝知此事要躬行”，则进一步强调要知行合一，而“行”更为重要。历代诗论家不仅以此尺度衡量诗，还要求解诗者也须具备“万卷书、万里路”的知行素养。如宋人王直方《诗话》有言：“信乎不行一万里，不读万卷书，不可看老杜诗也。”此外如宋代计有功《唐诗纪事》、王楙《野客丛书》、胡仔《苕溪渔隐丛话》、明代李梦阳《铁庐集》等，在论杜诗时均做如是感慨。可见，董其昌只是将前人之论总括成这八字而已。

然而这八字警语，不只是画论诗评，也是前贤丰富人生体验的睿智总结。读书使人明理，然纸上功夫不经实践检验，所明之理仍难通达。故陆游强调“躬行”践履,司马迁行游天下而成煌煌之巨著《史记》,顾炎武于走马四方的行游中完善自己的哲学体系。前贤先哲之卓有成就者,无不是在积极的实践中实现人生价值的。也正因如此,中国古代文人既行游于茫茫书海,更行游于莽莽河山,且在漫漫的“行路”旅程中,挥发着他们的生命灵性,丰富着自己的人生感悟,以至于在中国文学史上留下了无数清丽自然的漫游诗篇,也为中国文人戴上了“游儒”的独特冠冕。

温家宝总理在致辞中引用这两句古语,不但充分展现了中国传统的“知行”理念,同时也是在呼吁国际友人来“观中国之光”,因为这里的名山大川不仅蕴涵着古老中国“万卷书”的丰厚底蕴,更有在“万里路”的漫漫行程中才能体会和感受到的中国山水中的灵气和精华。

观国之光

2003 年 10 月 19 日

六四：观国之光，利用宾于王。

——《周易·观卦·爻辞》

2003 年 10 月 19 日，温家宝总理在世界旅游组织第 15 届全体大会开幕式上说："古往今来，旅游一直是人们增长知识、丰富阅历、强健体魄的美好追求。在古代，中国先哲们就提出了'**观国之光**'的思想，倡导'读万卷书，行万里路'，游历名山大川，承天地之灵气，接山水之精华。新中国成立后特别是改革开放以来，中国政府高度重视旅游工作，旅游业持续快速发展，已经成为一个富有蓬勃活力和巨大潜力的新兴产业。"

"观国之光"的说法出自《周易》中的观卦爻辞，"观"是观察的意思，"光"，指的是民风中好的方面和礼仪制度中的先进部分。一个邦国或地区，只有做到政治清明、风俗淳厚、人民生活富足满意，才能吸引很多的人前来观光。据《史记·周本纪》记载，周文王因为力行仁政，吸引了许多诸侯国的人前来观瞻。例如虞、芮两国的人希望周文王为他们解决纠纷而朝周，“入界，耕者皆让畔，民俗皆让长”，眼前的一切使他们受到了很大的震撼，他们觉得自己的问题过于鄙劣，由是争论不解自决。“利用宾于王”是言观察者应学习被观察国家的人民为国效力的精神，以运用于国家大事和民情民意。“观国之光，利用宾于王。”是说运用观光他国的方法，最终达到借鉴的效果。可见，中国古代观国之光的概念带有很大的人文内涵，在历史上发挥着非常积极的作用。现在我们讲观光，其意义指向与旅游一词相近，指的是观瞻一个国家或地区优美的自然风景和光辉灿烂的人文景观。观国之光，可以看作是我国最早出现的旅游观念。

说起“旅游”这个词汇，它在中国古代早期是分开来讲的，即“旅”与“游”互不相涉。关于“旅”，《周易》中有旅卦，唐代学者孔颖达在《周易正义》中解释“旅”字是这样说的：“旅者，客寄之名，羁旅之称。失其本居而寄他方，谓之为旅。”对于“游”字的解释，《礼记·学记》谓：“闲暇无事谓之游。”相较起来，可以说“游”字与现代所说的“旅游”观念更加接近。将“旅”与“游”合在一起讲，较早可追溯到南朝时期，例如梁代诗人沈约在《悲哉行》中写道：“旅游媚年春，年春媚游人。徐光旦垂彩，和露晓凝津。时嘤起稚叶，蕙气动初苹。一朝阻旧国，万里隔良辰。”这里所谓的“旅游”，是诗人因为客居他乡思念故国从而外出游赏以解忧愁，它还不具备我们今天所说旅游观念的全部内涵，但已经显示了中国古代的旅游观念从早期观国之光的注重人文风俗的考察到偏向游玩消遣的用意转变。魏晋南北朝时期许多士人喜欢寄情山水，借山水之游以远离政治险恶，从而乐以忘忧。唐宋以后，士人们开始将“读万卷书”与“行万里路”相结合，他们当中的许多人从青少年时代起就非常自觉地外出游历，欣赏各地的名山大川、名胜古迹、人文风俗与民风民情，借此陶冶自己的情操，增进自己的见识修养，以期广结良朋，胸怀天下从而治国平天下。可以说，在中国古代各个历史时期，无论旅游观念怎样变更，其中都包含有“观国之光”的积极成分在内。

“观国之光”作为中国早期的旅游观念，在国家的政治生活与民众的人文教育中曾经起着非常重要的积极作用。今天，各地区都在发展旅游经济，如果注重发挥旅游中的观光效应，将本地的自然风貌与民风民俗相结合，无疑会提升一个地区甚至一个国家的影响力。温家宝总理引用中国古代先哲“观国之光”的旅游思想，借以阐明发展旅游业的重要意义与中国旅游业发展的现状，是非常妥帖的。在新的时期，深入发掘中国的旅游资源，倡导“观国之光”的旅游理念，有着非常重大的现实意义。

温文尔雅

桃李不言，下自成蹊

2003 年 11 月 2 日

太史公曰：“《传》曰：‘其身正，不令而行；其身不正，虽令不从。’其李将军之谓也？余睹李将军悛悛如鄙人，口不能道辞。及死之日，天下知与不知，皆为尽哀。彼其忠实心诚信于士大夫也？谚曰：‘桃李不言，下自成蹊。’此言虽小，可以谕大也。”

——司马迁《史记·李将军列传第四十九》（节选）

2003 年 11 月 2 日，博鳌亚洲论坛年会在海南博鳌亚洲论坛国际会议中心开幕。温家宝总理出席会议并在大会上发表了题为“把握机遇，迎接挑战，实现共赢”的讲话。温总理在演讲中说：“中国有句谚语：‘**桃李不言，下自成蹊**’，意思是桃树、李树不会说话，但是因为它的果实好吃，树下自然就踩出了路。亚洲经济的发展，是吸引人的伟大事业，只要我们大家真诚努力，脚下的道路就一定会越走越宽广，让我们携起手来，共同建设一个持久、和平、普遍繁荣的新亚洲。” 2006 年 8 月 6 日，温总理在看望我国著名文学家、教育家和社会活动家季羡林老先生时再一次引用了这句名言。

“桃李不言，下自成蹊”出自《史记·李将军列传第四十九》。这里的李将军指的是汉代名将李广。李广英勇善战，才略过人，一生与匈奴打了大大小小七十余仗，威名远扬，被称之为“飞将军”。“但使龙城飞将在，不教胡马度阴山”、“君不见沙场征战苦，至今犹忆李将军”等，都是赞扬他的名句。虽然“李广才气，天下无双”，但“冯唐易老，李广难封”，李广没有能够裂土封侯，引来史家一片惋惜，民间无数惆怅。在《史记·李将军列传》中，司马迁将李广的遭遇归结为“不遇时”和所谓的“数奇”。明代唐宋派代表茅坤曾说：“李将军于汉，为最名将，而卒无功，故太史公极意摹写淋漓，悲咽可涕。”李广历经汉文帝、景帝、武帝三朝，立下赫赫战功，就连匈奴单于都很敬佩他，但西汉政府并没重用他。李广60多岁时被迫自杀，死的时候无论认识或不认识他的人，都为之哀痛。以实录精神著称的司马迁也称赞他是“桃李不言，下自成蹊”。唐司马贞《史记·索隐》谓：“桃李本不能言，但以华实感物，故人不期而往，其下自成蹊径也。比喻广虽不能出辞，能有所感，而忠心信物故也。”意思是说，桃李有着芬芳的花朵，甜美的果实，虽然它们不会说话，但仍然会吸引人们到树下赏花尝果，以至树下都走出一条小路来。做人也是一样，为人真诚笃实，严于律己，德才兼备，自然会感动别人，受到敬仰。孔子说“其身正，不令而行；其身不正，虽令不从”，说的也是这个意思。

温家宝总理引用“桃李不言,下自成蹊”是为了说明与亚洲各国之间的合作、发展和共赢是无限光明、美好的伟大事业,因此当各国联手合作之时,持久和平、普遍繁荣的新亚洲就能出现!“桃李不言,下自成蹊”不仅可以用于形容国家关系,还可用于赞扬那些在工作中埋头苦干、甘于奉献、不事张扬的人。2006 年 8 月 6 日,温总理来到解放军总医院病房看望季羡林先生,并对季先生 95 周岁生日表示祝贺。听说季先生仍然每天坚持写作,温总理高兴地称赞季羡林先生说:“您最大的特点就是一生笔耕不辍,桃李不言,下自成蹊。您写的作品,如行云流水,叙事真实,传承精神,非常耐读。”温总理在多种场合都曾引用“桃李不言,下自成蹊”,可见总理对这一名言的喜爱。

结交一言重，相期千里至

2003年11月21日

结客少年行

虞世南

韩魏多奇节，倜傥遗声利。
共矜然诺心，各负纵横志。
结交一言重，相期千里至。
绿沉明月弦，金络浮云辔。
吹箫入吴市，击筑游燕肆。
寻源博望侯，结客远相求。
少年怀一顾，长驱背陇头。
焰焰戈霜动，耿耿剑虹浮。
天山冬夏雪，交河南北流。
云起龙沙暗，木落雁门秋。
轻生殉知己，非是为身谋。

2003年11月21日，温家宝总理在中南海紫光阁接受《华盛顿邮报》总编唐尼的采访。在采访中温总理说："听说你是第一次到中国来，我对你和你的同事们表示热烈欢迎。中国有一句古诗：'**结交一言重，相期千里至。**'再过十几天，我就要访问你们伟大的国家。在这里，我首先通过贵报，对伟大的美国人民表示亲切的问候和良好的祝愿。"

中国人自古就有好客的传统：东晋诗人陶渊明在《桃花源记》里就描绘了素不相识的"桃花源人"见到有客至，立即设酒杀鸡做食来招待误入桃源深处的游人；南宋诗人陆游在游山西村时也曾描写当地人"丰年留客足鸡豚。"因为好客，所以喜欢礼尚往来，即崇尚礼节上的相互拜访，有来有往。这种淳朴的民风保存至今，很多地方小镇的亲戚妯娌间依然在节日期间相互拜访。每一年来自五湖四海的友人络绎不绝地相继踏入中国这片富饶的土地，国人也争先走出国门，去看看外面不一样的世界。这种交流无疑对于我们弘扬中国文化、学习国外先进的技术经验都很有利。温总理引用这句诗，一方面体现了中国人的好客精神，一方面也体现了对大国之间沟通交流的重视。

温总理引用的是唐初书法家、文学家虞世南的一首乐府诗。虞世南是唐初越州余姚人。唐太宗常称其有德行、忠直、博学、文辞、书翰五绝。其诗风与书风相似，清丽中透着刚健。他的著作仅有一卷录存在《全唐诗》中。这一卷共32首，注明隋时所作有7首。作为一位深得南朝文学趣味并训练有素的宫廷诗人，虞世南隋时所作明显带有词藻堆砌、铺陈婉缛的特色。入唐以后，虞世南因道德文章并重而被誉为“当代名臣，人伦准的”。有一次，唐太宗写了首宫体诗，命大臣赓和。虞世南犯颜直谏：“圣作诚工，然体非雅正。上有所好，下必有甚，臣恐此诗一传，天下风靡，不敢奉诏。”作为李世民特意树立的一块“德行”与“忠直”的模范，虞世南的诗风因受到唐初开国宏大气象与昂扬格调的感染，呈现出新的风貌，表现出了对宫体诗的突破与超越，在一定程度上推动和促进了初唐文学的健康发展。虞世南的这首乐府诗《结客少年行》就以开阔的气势与刚劲沉郁的风格体现出了初唐诗风革新的先声。

虞世南的《结客少年行》写了一位“吹箫入吴市，击筑游燕肆”的少年侠客，他到处交游，希望能为世所用并不惜“轻生殉知己”，将豪气逼人的少年侠客形象表现得栩栩如生。在这首诗中，诗人首先称赏韩魏自古多有节操奇特的人，他们不计名利而风流倜傥，信守承诺而纵横天下。如果与朋友约好了，他们一定会一言九鼎，即使远在千里也会如期而至。“吹箫入吴市，击筑游燕肆。寻源博望侯，结客远相求”，用伍子胥、高渐离的故事，歌颂侠客们身佩深绿色的弓弦，金鞍骏马交游天下，寻求建功立业的机遇。博望侯，指张骞，汉武帝元朔六年，张骞随大将军卫青征匈奴有功，封博望侯。“焰焰戈霜动，耿耿剑虹浮”，写侠客们戈矛如霜，剑气如虹，意象新奇壮丽。“天山冬夏雪，交河南北流。云起龙沙暗，木落雁门秋”，寥寥数笔便勾勒出西域特有的季节景观，扼要鲜明。

中华民族向来以热情好客著称于世。孔子说过：“有朋自远方来,不亦乐乎?”温家宝总理选择“结交一言重,相期千里至”这句诗作为开场白,一方面表示了自己对唐尼一行不远千里到中国来采访的欢迎,另一方面也表明自己为了促进中美两国的交往,增进两国人民的友谊和相互了解,将要前往美国进行国事访问,希望双方都能信守承诺,一言九鼎,珍视中美双方所达成的共识。

听其言，观其行

2003 年 11 月 21 日

宰予昼寝。子曰："朽木不可雕也，粪土之墙不可杇也。于予与何诛？"子曰："始吾于人也，听其言而信其行；今吾于人也，听其言而观其行。于予与改是。"

——《论语·公冶长》(节选)

2003 年 11 月 21 日，温家宝总理在中南海紫光阁接受《华盛顿邮报》总编唐尼的采访。唐尼问道："达赖喇嘛表示无意寻求西藏独立，中国政府代表是否会与达赖及其代表见面谈判？"温总理回答："遗憾的是，达赖喇嘛并没有真正放弃'藏独'立场，没有停止分裂祖国的活动，也没有承认台湾是中国领土不可分割的一部分。我们注意到他近期的一些言论，但还要**听其言，观其行**。只要达赖喇嘛真正放弃'藏独'的主张，承认西藏是中国领土不可分割的一部分，台湾是中国领土不可分割的一部分，我们就可以恢复同他的接触和商谈。中国同达赖喇嘛接触的大门是敞开的。"

“听其言，观其行”出自《论语·公冶长》，是孔子在评价其弟子宰予时所说的话。孔子的弟子中有“十哲”，即《论语·先进》所载：“德行：颜渊、闵子骞、冉伯牛、仲弓。政事：冉有、季路。言语：宰予、子贡。文学：子游、子夏。”其中“言语”科的翘楚是宰予和子贡。宰予“利口辩辞”，能言善辩。刚开始孔子因为宰予的能说会道对他的印象不错，但是越到后来，宰予的“不仁”就日渐显露出来。他曾提出孔子“三年之丧”的制度不可取，认为可改为“一年之丧”。孔子批评宰予“不仁”，认为“子生三年然后免于父母之怀。夫三年之丧，天下之通义也”。更甚者后来宰予大白天睡觉，不去读书听讲，被孔子骂做是“朽木不可雕也，粪土之墙不可杇也”。

随着对宰予的了解日渐深入，孔子渐渐意识到自己先前对宰予的看法错了，于是他反省自己，认为“以言取人，失之宰予”。他说：“始吾于人也，听其言而信其行；今吾于人也，听其言而观其行。”意思是说要想了解一个人，除了听他说的话，还要观察他的行动，看他是否言行一致。晋朝的傅玄说“听其言不如观其事，观其事不如观其行”，说的也是这个意思。对于“听其言而观其行”的方法，孔子在《论语·为政》篇中又作了进一步的发挥，他说：“视其所以，观其所由，察其所安。人焉廋哉？人焉廋哉？”意思是说了解一个人，要看他言行的动机是什么，观察他为了达到目的所采取的方法是怎样的，还要考察一下他安心于做什么，也就是他最有兴趣做的是什么。以这样的方式去考察一个人，他还有什么可以隐瞒得了的呢？

强调“言行一致”、“知行合一”,这也是辩证唯物主义认识论的一个基本原则。只有这样,我们才能客观真实地把握认识对象。温家宝总理引用“听其言,观其行”这句话的目的,应当是希望国际社会对达赖集团的了解,不能仅仅停留在他浅层的言语表达上,要听其言,观其行,要看他是否言行一致,不要光听他说了什么,而要看他真正做了什么。

会当凌绝顶，一览众山小

2003年12月8日

望　岳

杜　甫

岱宗夫如何？齐鲁青未了。
造化钟神秀，阴阳割昏晓。
荡胸生层云，决眦入归鸟。
会当凌绝顶，一览众山小。

2003年12月8日，温家宝总理在出席纽约美国银行家协会举行的午餐会时说："中国有一句描写登泰山感受的古诗：'**会当凌绝顶，一览众山小**。'我们对待中美贸易问题，要有这种高瞻远瞩的战略眼光。诸如美中贸易逆差问题，人民币汇率问题，知识产权保护问题，贵国社会各界甚为关注。所有这些问题，是在中美贸易发展中出现的问题，是可以取得共识，也是可以逐步得到解决的，不应该也不可能影响中美经贸发展大局。只要双方有诚意，这类问题完全可以通过平等协商和扩大合作来加以妥善解决。”

“会当凌绝顶，一览众山小”讲述了高瞻远瞩的重要性。诗句出自杜甫《望岳》。这类题为《望岳》的诗篇，杜甫诗集中共有三首，分咏东岳（泰山）、南岳（衡山）、西岳（华山）。本诗所咏为东岳泰山，是现存杜诗中年代最早的一首，作于诗人“忤下考功第，放荡齐赵间”（《壮游》）之时，即开元二十四年（736）后，是杜甫早期诗歌的代表作。

首联以设问起兴，突出描写泰山的总体特点。“岱宗”是泰山的别名，是古代帝王举行封禅大典的地方。清人仇兆鳌《杜诗详注》引郑昂语云：“王者升中告代必于此山，又是山为五岳之长，故曰岱宗。”在统治者眼中，泰山是封建政权“与天无极”、“天禄永得”的一个象征。作者称泰山为岱宗，其间可见他忠君思想之一斑。夫如何，就是到底如何之意；“夫”字在古文中通常是用于句首的虚字，这里把它融入诗句中，极为别致。“齐”、“鲁”，原是春秋战国时代的两个国名。古代齐、鲁两国以泰山为界，齐国在泰山北，鲁国在泰山南。青，山色；未了，不尽；青未了，指郁郁苍苍的山色无边无际，浩茫浑涵，难以尽言。首句以问句起笔，既为引出下文埋下伏笔，同时又表现出作者乍见泰山时那种欣喜、惊叹和仰慕之情。次句是经过一番揣摹之后对首句的回答，它既不是抽象地说泰山之高，也不像谢灵运在《泰山吟》中用“崔崒刺云天”之类夸张的语言加以形容，而是从自己的体验入手，以距离之远来烘托出泰山之高，可谓别出心裁。颔联写近望所见泰山的神奇秀丽和巍峨高大。造化,指天地,大自然;钟,聚集;神秀,指泰山神奇秀丽的景色;这两句是对“青未了”之景的具体化。“钟”字赋予大自然以灵性和情趣;“割”字乍看似乎突兀,但细品却别有妙趣:山前向日的一面为阳,山后背日的一面为阴,由于山高,天色的一昏一晓判割于山的阴、阳面,所以说“割昏晓”。两个动词的运用使得原本没有生机的画面显得生机盎然。于中可见诗人语不惊人死不休的创作作风早在青年时期就已养成。颈联写细望泰山所见。荡胸,心胸开阔;眦为眼角,决眦写出了凝视时间之久。见山中云气层出不穷,故心胸亦为之荡漾;因长时间目不转睛地望着,故感到眼眶有似决裂。“归鸟”是投林还巢的鸟,可知时已薄暮,诗人还在望,不言而喻,其中蕴藏着诗人对大好河山的热爱。尾联化用典故,抒写由望岳而产生的登岳的意愿。《孟子·尽心上》称“孔子登东山而小鲁,登泰山而小天下”,杜甫两句当由此而来。会当是唐人口语,意即一定要,合当。凌,登临;绝顶,最高峰。“小”,形容词的意动用法,意思为“以……为小,认为……小”,全句意为:我一定要登上泰山最高峰,在上面俯视的话,众山都会显得矮小。诗人由望山而联想到登山;由久慕其名,到远望近观,再到决意登山,两句虽无一个“望”字,但“望”意无处不在,诗人不仅在用眼望,更是用心在“望”。结句不但令全诗有含蓄不尽之韵味,更可看成是杜甫的自我期许,展示了一个青年诗人的雄心和气概。清代金圣叹说:“如此作结,真是有力如虎。”而这正是杜甫能够成为一个伟大诗人的关键所在,也是千百年来这两句诗一直为人们传诵,至今仍能引起我们强烈共鸣的原因。

全诗短短八句四十字,却描绘出了泰山雄伟磅礴的气象,抒发了诗人向往登上绝顶的壮志,表现了一种敢于进取、积极向上的人生态度,极富哲理性。诗篇气魄宏伟,笔力雄健,造语挺拔,充分显示了青年杜甫卓越的创作才华。清人浦起龙说:“杜子心胸气魄,于斯可观。取为压卷,屹然作镇。”(《读杜心解》)仇兆鳌亦云:“少陵以前题咏泰山者,有谢灵运、李白之诗。谢诗八句,上半古秀,而下却平浅。李诗六章,中有佳句,而意多重复。此诗遒劲峭刻,可以俯视两家矣。”(《杜诗详注》)。

温家宝总理在讲话中多次引用杜甫的这两句诗,是要告诉美国经济界人士和欧盟领导人,在经济贸易和国家关系上应该有高瞻远瞩的战略眼光,只有这样,才能真正地增信释疑,通过平等协商来扩大合作,解决问题,最终实现互利共赢。

温文尔雅

为天地立心，为生民立命

2003 年 12 月 10 日

为天地立心，为生民立命，为往圣继绝学，为万世开太平。

——张载《张子全书·近思录拾遗》(节选)

2003 年 12 月 10 日，温家宝总理在哈佛大学发表的题为《把目光投向中国》的演讲中说："中华民族的祖先曾追求这样一种境界：'**为天地立心，为生民立命**，为往圣继绝学，为万世开太平。'今天，人类正处在社会急剧大变动的时代，回溯源头，传承命脉，相互学习，开拓创新，是各国弘扬本民族优秀文化的明智选择。我呼吁，让我们共同以智慧和力量去推动人类文明的进步与发展。我们的成功将承继先贤，泽被后世。"

温总理引用张载的这四句话，不仅反映了一位大国总理"修身、齐家、治国、平天下"的理想抱负，也向世界展示了中华民族传统精神的不朽魅力。张载(1020—1077)是北宋大儒，哲学家，理学支脉"关学"创始人，世人称其为横渠先生。"为天地立心，为生民立命，为往圣继绝学，为万世开太平”本是张载用来自勉的一句格言，近千年来传诵不衰，后被当代哲学家冯友兰誉为“横渠四句”。在古代文献中这四句多次被提及，朱熹、文天祥等许多哲人志士都曾经加以引述。近代以来它的精神感召力尤其显著，如革命先驱李大钊曾经拿“横渠四句”作为他对青年朋友的寄语，于右任、郭沫若、张岱年等人都曾将“横渠四句”书写题赠他人。

张载曾言：“大抵言天地之心者，天地之大德曰生，则以生物为本者，乃天地之心也。”所谓“为天地立心”，就是为社会确立精神价值，以人为本，凸显人的主体性地位，让人人都能够拥有一颗博爱仁慈的和善之心，显示出人之所以为人的尊严与价值。“为生民立命”直接来源于孟子的思想。孟子说：“夭寿不二，修身以俟之，所以立命也。”即不管一个人的寿命是长是短，都能安身立命。张载提出这一句的目的是让人民的生活都有保障，让每一个人都能够对自己的命运作出正确的抉择，并通过自身的努力掌握自己的命运，从而赋予民生以更加丰富的意义。

“为往圣继绝学”中的“绝学”指的是孔子、孟子等先儒们所弘扬的先秦儒学。因为汉代儒学杂以阴阳谶纬，而南北朝隋唐之世，道教兴盛，佛学流行，所以在宋儒眼里，儒学只有先秦，他们试图通过恢复“绝学”来承接中断了的学术传统。张载常以继承“绝学”自励，他一生著书立说，其内容“有六经之所未载，圣人之所不言”，表现出可贵的创新意识。因此，在张载看来，所谓的“绝学”，它的内涵不仅包括儒家文化，也包括整个中华文化的优秀传统。"为万世开太平",实现天下"太平"是儒家一直追求的社会政治理想,其渊源来自于儒家"三世"说中的"太平世"思想,其中也包括"和平统一"、"可持续发展"等,目的是安定社会,繁荣经济,构建人们的伦理规范和精神信仰,从而为天下开拓太平之基业。

总之,"横渠四句"涉及到道德规范、人生价值、学术文化、社会理想等多方面的内容,它不仅是张载自己理想的高度概括,而且还对后世许多志士仁人产生着了积极的影响,起到了精神激励的作用。

除了在哈佛大学的演讲中,温家宝总理还在多个场合中引用了"横渠四句",如在接受英国《泰晤士报》记者采访,回答关于自己读书和思考的问题时;在日本京都立命馆大学和立命馆孔子学院与学生的对话中……在当今这个时代,温总理的引用赋予了"横渠四句"新的时代内涵:中国的和平发展,综合国力不断提升,对国际事务的积极参与,目的都是为了自身的发展与世界的和平——这无形中驳斥了某些人所谓的"中国威胁论"的错误论调。

衙斋卧听萧萧竹，疑是民间疾苦声

2003 年 12 月 10 日

潍县署中画竹呈年伯大中丞括

郑 燮

衙斋卧听萧萧竹，
疑是民间疾苦声。
些小吾曹州县吏，
一枝一叶总关情。

2003 年 12 月 10 日，温家宝总理在美国哈佛大学作了《把目光投向中国》的演讲。在演讲中，温总理说：“我的心里常默念着郑板桥的两句诗，就是‘**衙斋卧听萧萧竹，疑是民间疾苦声**’，作为中国的总理，每念及我们还有 3000 万的农民同胞没有解决温饱，还有 2300 万领取最低生活保障金的城镇人口，还有 6000 万需要社会帮助的残疾人，我忧心如焚，寝食难安。中国要达到发达国家的水平，还需要几代人，十几代人，甚至几十代人的长期的艰苦奋斗。”

温家宝总理所引诗句出自郑板桥的《潍县署中画竹呈年伯大中丞括》，郑板桥在乾隆十一、十二年间出任山东潍县知县时画竹并题此诗赠给巡抚包括。潍县，今山东潍坊。年伯，本指与父亲同年登科的长辈，明代以后泛指父辈。大中丞，巡抚的尊称。包括，浙江钱塘人，时任山东布政使，署理巡抚，故称大中丞。乾隆十一年(1746)，郑板桥调任山东潍县知县。其时潍县饥荒，郑板桥有《逃荒行》、《还家行》等诗记载其事。郑板桥为官廉洁，两袖清风，深受老百姓的拥戴。后来，“以岁饥为民请赈，忤大吏，遂乞病归。”他在山东潍县做官十多年，没有多少家当，离职搬家时仅用了三头毛驴，一头他自己当坐骑，还驮着简单的行李；一头驮着两大夹板书籍和一件乐器；一头则由引路的佣人骑着。离城当日，无数百姓和士绅为他送行，哭泣挽留。郑板桥画竹题诗以作纪念。诗曰：“乌纱掷去不为官，囊囊萧萧两袖寒。写取一枝清瘦竹，秋风江上作渔竿。”

由于《潍县署中画竹呈年伯大中丞括》是题画诗，因而诗人从竹入手，托物言志，表达了做好人民父母官的心声。又由于画是送给上司巡抚大人的，故诗有几分劝勉之意。首句即点明自己的身份。衙斋：官署书房。萧萧：竹枝摇动声。次句由竹叶声联想到民间疾苦，一个“疑”字道出了诗人的爱民之心与勤政之意。第三句中，些小：小小，一点儿。吾曹：我辈。这句是说自己官职卑微，只是一个小小的县吏，然而只要是有关民生疾苦的，事无巨细,他都会放在心上。第四句中,"一枝一叶"表面上看还是咏竹,实际比喻民间疾苦。关情:牵动感情。这句既照应了诗题,又寄予了深厚的情感,老百姓生活中的点点滴滴都是与"父母官"们的所作所为紧紧联系在一起的啊!郑板桥的这首题画诗,由风吹竹摇之声而联想到民间百姓疾苦,使人好像听到了饥寒交迫中挣扎呻吟的穷苦百姓的呜咽之声,给人一种十足的悲凉与凄寒感,从中寄寓了作者对穷苦百姓运命的深切关注和同情。这首诗语言质朴,比喻的手法穿插诗中,使全诗具有一种虚实相间的效果,更见意味深长。

除了在美国哈佛大学的演讲中,温家宝总理在接受英国《泰晤士报》记者采访时也曾提到郑板桥的这两句诗。从这两句诗可以看出温总理崇尚的亲民、爱民、为民的工作作风。

每逢佳节倍思亲

2004年1月20日

九月九日忆山东兄弟

王　维

独在异乡为异客，每逢佳节倍思亲。
遥知兄弟登高处，遍插茱萸少一人。

2004年1月20日上午，温家宝总理在春节团拜会上讲话，在提到台湾时说："'**每逢佳节倍思亲**'。此时此刻，我们更加思念台湾同胞。我们将坚定不移地与包括台湾同胞在内的全体中华儿女一道，共同推进祖国的完全统一大业。"

"每逢佳节倍思亲"出自唐代大诗人王维的七言绝句《九月九日忆山东兄弟》，历来脍炙人口。诗作第一句直接抒情，简洁而又淋漓尽致地抒写了自己客居他乡的思家情怀。这一句用了一个"独"字，两个"异"字，非常概括地表达了飘泊他乡的游子的客寓心情。《古诗十九首》有诗句云："所遇无故物，焉得不速老”,天涯游子之所以会产生思乡之情,其中一个很重要的原因在于他乡所遇的陌生感。我国幅员辽阔,各地的风土人情、生活习惯差别很大,所谓“五里不同音,十里不同调”说的就是这种现象,这种不同与差异使得孤独的游子常常不自觉地将自己视为“异客”,从而在心理上产生“不如归去”的思乡感叹。两个“异”字加上一个“独”字,非常准确地道出了人们飘泊异地的独特处境与心理感受。在中国,每当佳节来临,亲朋好友欢聚在一起,叙亲情,笃友谊,这种团圆带给人们的欢乐是难以用言语来表达的。因此,对于流寓他乡的游子来说,每逢佳节不能与亲友团聚也就显得尤为悲伤。“每逢佳节倍思亲”这句诗,以白描式的表达手法非常直接地表达了人们每逢佳节的思亲情怀,语句简炼,情真意挚,历来不知拨动了多少读者的心弦,成为最能表现游子思乡的名言佳句。

茱萸,又名“越椒”、“艾子”,是一种常绿带香的植物,具备杀虫消毒、驱寒祛风的功能。重阳节,即农历九月九日,又称“老人节”。因为《易经》中把“六”定为阴数,把“九”定为阳数,九月九日,日月并阳,两九相重,故而叫重阳,也叫重九。重阳节早在战国时期就已经形成,到了唐代,重阳被正式定为民间的节日,此后历朝历代沿袭至今。在民俗观念中,九九重阳,因为与“久久”同音,包含有生命长久、健康长寿的寓意。重阳节有登高的风俗,据说登高时佩带茱萸可以避灾。后两句意思是说,时值重阳佳节,家乡的兄弟亲人在这一天佩带茱萸登高远眺时,一定会因为自己没有参与而倍加思念。

这首诗语言简洁，明白晓畅，但却言浅意丰，气蕴浑厚天成，可谓家喻户晓，历来诗家评论较多。清人沈德潜以为诗的后两句“即《陟岵》诗意”（《唐诗别裁集》卷十九）。《诗经·魏风·陟岵》末章有云：“陟彼冈兮，瞻望兄兮。兄曰：‘嗟！予弟行役，夙夜必偕，上慎旃哉，犹来无死！’”的确，二者在表现方法上颇有相似之处，都是从对方设想抒写自己的思乡之情。

2004年是台湾的“选举年”，温家宝总理在当年的春节团拜会上引用了王维的“每逢佳节倍思亲”这句诗，表达了对台湾同胞的深切思念和对祖国统一的殷切希望。海峡两岸自古以来血浓于水，这种亲情不能也不可能被任何因素割离。大陆每时每刻不在盼望着台湾同胞的归来，相信台湾同胞每时每刻也在思念着大陆亲人，特别是在每一个佳节来临之际。

安不忘危，治不忘乱

2004年3月14日

子曰："危者，安其位者也；亡者，保其存者也；乱者，有其治者也。是故，君子安而不忘危，存而不忘亡，治而不忘乱，是以身安而国家可保也。《易》曰：'其亡其亡，系于苞桑。'"

——《周易·系辞下》(节选)

2004年3月14日，十届全国人大二次会议闭幕，会后，温家宝总理应大会邀请，会见了中外记者并回答有关提问。针对中央电视台记者关于2003年的"非典"以及对2004年的工作展望等问题，温总理首先肯定了抗击"非典"取得的成绩，接着说："重要的不是成绩，而是经验、教训和启示。对今年的工作，我始终保持清醒的头脑，**安不忘危，治不忘乱**，要有忧患意识，看到前进中存在的困难和问题。"

温总理在上文中提到的"安不忘危，治不忘乱"出自《周易·系辞下》，对于这句话的含义，孔颖达《周易正义》曰："'危者,安其位者也',言所以今有倾危者,由往前安乐于其位,自以为安,不有畏慎,故致今日危也。'亡者,保其存'者,所以今日灭亡者,由往前保有其存,恒以为存,不有忧惧,故今致灭危也。'乱者,有其治'者,所以今有祸乱者,由往前自恃有其治理也,谓恒以为治,不有忧虑,故今致祸乱也。是故君子今虽复安,心恒不忘倾危之事;国之虽存,心恒不忘灭亡之事;政之虽治,心恒不忘祸乱之事。"用现代汉语来解释就是说:处境危殆的正是那些自恃地位安稳的人,遭遇灭亡的正是那些自恃保持生存的人,陷入祸乱的正是那些自恃拥有太平治世的人。所以君子在安稳的时候不忘记危殆,在生存的时候不忘记灭亡,在太平治世的时候不忘记祸乱,这样就会自身平安而国家可保了。

这一思想是周易中多个辩证思想的一种,充分地表现了这部古老著作的治世智慧。"安、危"、"存、亡"、"治、乱"都是互相对立、矛盾着的两个方面;它们既对立又统一,并在一定条件下互相转化。在"安"、"存"、"治"中,包含着"危"、"亡"、"乱"的因素。它明确地告诫天下所有统治者:安全时,不要忘记危险的存在;顺利时,不要忘记有灭亡的可能;社会安定时,不要忘记何以会天下大乱。"居安思危"并非杞人忧天,而是善于从事物发展的客观规律中主动寻找危险的苗头,随时警惕危难的征兆。大到一个国家、一个社会、一个民族,小到每一个人的生存、发展,"居安思危"都是一种必须具备的潜在素质。这种素质可以使一个国家不断走向强大,使一个社会日益进步,使一个民族保持长久兴旺,使每一个人永远保持乐观向上之精神,永远立于不败之地。

这一思想并不是凭空产生的，它是对上古时代先民们普遍智慧的总结。我们的祖先很久以前就已经懂得安危相继的道理。《尚书·说命》中就有“惟事事，乃其有备，有备无患”的记载。《左传·襄公十一年》中也有“居安思危，思则有备，有备无患”的说法。到了后世其影响则更大。东汉马融在上邓太后的《广成颂》中提出“盖安不忘危，治不忘乱，道在乎兹，斯固帝王之所以曜神武而折遐冲者也”的主张，旨在反对当时的俗儒们提出的“文德可兴，武功宜废”，“寝蒐狩之礼，息战陈（阵）之法”的建议（《后汉书·马融列传》）。据《贞观政要·慎终》记载，太宗也经常对大臣说：“安不忘危，治不忘乱，虽知今日无事，亦须思其终始。常得如此，始是可贵也。”而魏征也经常进谏太宗：“思所以危则安，思所以乱则治，思所以亡则存。”（《新唐书·魏征传》）《宋史·张昭传》亦载张昭向明宗上疏云：“安不忘危，治不忘乱，先儒之丕训。”元代中统二年（1261），李昶进谏忽必烈时也说：“患难所以存儆戒，祸乱将以开圣明，伏愿日新其德，虽休勿休，战胜不矜，功成不有，和辑宗亲，抚绥将士，增修庶政，选用百官，俭以足用，宽以养民，安不忘危，治不忘乱，恒以北征宵旰之勤，永为南面逸豫之戒。”（《元史·李昶传》）这些记述表明，“安不忘危，治不忘乱”的思想，已经成了历代明君贤臣治理国家、实现长治久安目的的共识，成为一种理念，深深浸透在他们的治世思想中。

在十届全国人大二次会议后的记者招待会上，温家宝总理引用这句名言，表明了在成绩面前应当不骄不躁的态度，更重要的是，借这句名言，温总理强调了自己对目前存在的种种困难和问题的清醒认识。

海不辞水，故能成其大

2004 年 3 月 14 日

海不辞水，故能成其大；山不辞土石，故能成其高；明主不厌人，故能成其众；士不厌学，故能成其圣。

——《管子·形势解》（节选）

2004 年 3 月 14 日下午，在十届全国人大二次会议后的记者招待会上，针对中央人民广播电台记者关于本届政府政治体制改革具体目标的提问，温家宝总理回答说：“去年在这里我曾把社会主义比做大海，**海不辞水，故能成其大**，就是说社会主义只有吸收人类一切先进的文明成果才能使自己不断发展。今天我在这里又想把社会主义比做高山，山不辞土石，故能成其高。社会主义只有不断地调整和完善自己，才能不断进步。”

温总理在上文中提到的“海不辞水，故能成其大”一语出自《管子·形势解》，所谓“形势解”，就是对正文《形势篇》所作的解说。《管子》一书共五篇专题解文，自成一组，称《管子解》。这些解文，内容都是逐字逐句对正文进行讲解，在阐述正文涵义的同时，也加上一些引申议论。“形”，指事物的外形或现象；“势”，指事物的发展趋势。论证事物的现象和趋势，有如现代所谓讲述规律性，因此，《形势篇》及《形势解》讲述的就是人类社会和自然界中具有规律性的问题。

篇首节选部分所谈的就是众多规律中的一种，亦即积少成多的道理。所谓“辞”，就是推辞、拒绝之意。“厌”有两个含义，一为厌倦之意；一同“餍”，满足之意。这里的两个“厌”都是指第二个含义，即“满足”。而“成其圣”就是达到圣人的境界。整个句子合起来讲的就是：大海不拒绝涓涓细流，才成就了自己的浩瀚无际；高山不拒绝一土一石，才成就了自己的高耸入云；英明的君主因为虚心纳谏，所以才能得到民众的拥护；学习的人孜孜不倦，永不满足，才能成为知识渊博德行高尚的人。正所谓千里始足下，高山起微尘，“不积小流，无以成江海”。一句话，虚怀若谷、博采众长是一切事物发展壮大、生生不息的力量之源。

《形势解》中的这段文字由于表述形象且含蕴深刻，而为后世经常称引。《荀子·劝学》就曾化用其意：“积土成山，风雨兴焉；积水成渊，蛟龙生焉；积善成德，而神明自得，圣心备焉。”借以论述学习中积累的重要性。李斯曾向下令驱逐秦“客”的秦始皇上疏，其开头就说：“太山不让土壤，故能成其大；河海不择细流，故能就其深；王者不却众庶，故能明其德。”（《史记·李斯列传》）据说，秦始皇读了此疏，马上派人追赶已经离开的李斯，在骊邑把他追了回去，并委以重任。曹操《短歌行》中也高唱“山不厌高，水不厌深；周公吐哺，天下归心”，以此来表达自己求贤若渴、广纳天下英豪的心声。而由此衍生出来的名言警句更是不可胜数:“太山不立好恶,故能成其高;江海不择小助,故能成其富”(韩非子语);“千金之裘,非一狐之皮”(刘向语);“九仞之积,犹亏一篑之功”(魏征语)……在这些精辟的警句背后,我们不难看到管子思想闪烁的光芒。

《形势解》中这段富有哲理意味的表述,是适合于社会生活各个层面的:细微如个人的进德修业,宏大如国家的发展、社会制度的健全。任何事物的发展进步,只要我们本着虚怀若谷的态度,小流终将汇成浩瀚的海洋,小山也将积累成千仞高峰。在十届全国人大二次会议后举行的记者招待会上,温家宝总理引用《管子·形势解》的这句话,客观上为中国特色社会主义事业的发展作了形象注解,也就是:社会主义只有吸收人类一切先进的文明成果才能使自己不断发展;社会主义只有不断地调整和完善自己,才能不断进步。

四万万人同一哭，去年今日割台湾

2004 年 3 月 14 日

春　愁

丘逢甲

春愁难遣强看山，往事惊心泪欲潸。
四百万人同一哭，去年今日割台湾。

2004 年 3 月 14 日下午，十届全国人大二次会议在人民大会堂闭幕。闭幕会后，温家宝总理与采访“两会”的中外记者见面，并回答记者提问。台湾联合报社记者问道：“3 月 20 日台湾要举行大选和进行‘公投’，您认为‘公投’对两岸关系会产生什么影响？您关注台湾的大选吗？您对大选以后两岸关系的前景有什么看法？”

面对台湾记者一连串的发问，温总理不疾不徐地说：“关于‘公投’的问题，我已经清楚地表明了中国政府的立场。现在我想通过《联合报》的记者向台湾人民说几句话。世界上只有一个中国，无论是大陆还是台湾，同胞的血脉是相连的，这条海峡不能够把我们的骨肉隔断。明年是《马关条约》签署110周年，这里我想起了1896年4月17日，一位台湾诗人几乎是用血和泪写的28个字的诗，他的名字叫丘逢甲。他是台湾彰化人。他说：'春愁难遣强看山，往事心惊泪欲潸。**四万万人同一哭，去年今日割台湾。**'"

温总理这里提到的丘逢甲是一位近代诗人，出生于台湾苗栗县，光绪年间考中进士。中日甲午战争时期，以"抗倭守土"为号召创办义军。其人少小时即有诗名，梁启超称他为"诗界革命之巨子"(《饮冰室诗话》)，黄遵宪誉之为"此君诗真天下健者也"(《与梁启超书》)。温总理引用台湾籍诗人的诗句回答关于台湾的问题，可谓寓意深长，而当我们仔细分析此诗的写作背景及诗歌内蕴时，就能够更深刻地体会这一点。

丘逢甲的这首七言绝句创作于《马关条约》签订后的第二年，也就是1896年春天。1895年，中日《马关条约》签订，中国政府割让台湾、澎湖等领土给日本，主权日益沦丧。世居台湾的丘逢甲率领不愿做亡国奴的台湾人民进行了英勇的反抗，但终因寡不敌众而遭致溃败，他只好携带家眷内渡广东。丧权辱国的《马关条约》使诗人悲愤莫名而又无可奈何，只好借助诗歌来抒发自己的丧土之痛和爱国深情。

此诗就是丘逢甲带着悲愤的情绪写下的传世佳作。首句"春愁难遣强看山"，直抒胸臆，内涵丰富而又耐人寻味。俗语说："一年之计在于春"，春天本是一年中最美好的季节，青山隐隐，百花争艳，万物欣欣向荣，带给人的往往是欣喜和欢悦之情，是所谓的"喜柔条于芳春"（陆机《文赋》）。但诗人却觉得春愁难以排遣，以致连观看春山也毫无兴致。这种直接的表白，一方面表明了作者愁绪之浓，另一方面也为引出下文埋下了伏笔。接下来，作者为我们挑明了这种愁绪的由来："往事惊心泪欲潸。"原来作者无法释怀的是去年春天发生的那件令人痛心疾首的往事。当时诗人因反抗失败被迫离开故乡，看见大陆的青山，自然联想起了处在日寇侵占下的故乡台湾的青山绿水，触景伤怀，愁绪难遣。《马关条约》的签订已成了"往事"，但在作者心目中就好像刚刚发生，一想起它就禁不住心惊肉跳而泪雨潸潸。这普普通通的七个字，读来如有千钧之重，国恨家仇乃至自己当年的一腔抱负都在对不堪"往事"的回顾中汹涌而至，既使作者"泪欲潸"，又强烈地震撼着读者的心扉。末两句中，诗人用逆挽句式描述了"去年今日"台湾被割让时，四百万台湾人民同声痛哭、俯地悲泣的情景。这一催人泪下的情景生动地表明了全体台湾人民对祖国的热爱，对祖国领土完整的期待和渴望。

这首诗，语言朴实无华，感情强烈真挚。构思上采用由虚到实、直抒胸臆的艺术手法，结句"去年今日割台湾"，语似平淡而掷地有声，发人深省。在十届人大二次会议期间，面对媒体的发问，温家宝总理吟诵了丘逢甲的这首《春愁》，他将诗中"四百万人"改为"四万万人"，因为清末至共和国成立前后，台湾人口合闽、粤籍，约四百万人，而中国人口总数大概为四亿人，即"四万万人同一哭”，更加符合当时的历史事实。一方面阐明了两岸同胞的骨肉关系，另一方面也表达了实现全国统一的愿望。这一言简意赅的回答，在海内外产生了强烈反响。

雄关漫道真如铁，而今迈步从头越

2004年3月14日

忆秦娥·娄山关

毛泽东

西风烈，
长空雁叫霜晨月。
霜晨月，
马蹄声碎，
喇叭声咽。

雄关漫道真如铁，
而今迈步从头越。
从头越，
苍山如海，
残阳如血。

2004年3月14日下午，十届全国人大二次会议在人民大会堂闭幕。闭幕会后，温家宝总理应十届全国人大二次会议新闻发言人姜恩柱的邀请，与采访两会的中外记者见面，并回答记者提问。温总理说："有一位朋友问我，你能不能用一两句诗来概括一下你今年和今后的工作。我想起两位伟人的诗，一句是毛泽东主席的，**雄关漫道真如铁，而今迈步从头越**。一句是屈原的，路漫漫其修远兮，吾将上下而求索。"

"雄关漫道真如铁，而今迈步从头越"出自毛泽东主席的《忆秦娥·娄山关》，这首词写于1935年2月长征途中，最早发表在1957年《诗刊》一月号上。"忆秦娥"是词牌名，源于李白的词句"秦娥梦断秦楼月"。"娄山关"是题目，也是本词的写作地点，在贵州遵义城北娄山的最高峰上，是贵州北部重镇遵义的要冲。1935年，中央红军占领了遵义，召开了遵义会议。此后红军北渡长江不成，就二占遵义，在途中经过激烈的战斗，攻下了被称作天险的娄山关。这首词写的就是娄山关之战的凶险和攻克雄关后的乐观情怀。

词分为上下两阕。上阕写景。首二句"西风烈，长空雁叫霜晨月"，形象地点明了这次进军的时间、气候、环境，勾勒出了一幅战地随时处于危险之中的画面：伴随猛烈刮着的西风，一群鸣叫的大雁向南飞去，此时的地面铺满了寒霜，而天空之中则悬挂着一弯残月。猛烈的西风、南飞的大雁、满地的寒霜还有空中的残月，这些意象为诗歌的意境打下了基调——苍凉。顺着这一意境而下，"马蹄声碎，喇叭声咽"两句勾画出了一幅凄凉的战争场面，马是冷兵器时代必不可少的作战工具，喇叭则是鼓舞士气所必需之物，当马蹄声已碎，喇叭声已然变成悲鸣的时候，实是军队已经战败，甚至是覆亡之时。上阕的词句作者没有描述惨烈的画面，而是选取喇叭声、马蹄声、西风、霜、月这样一些貌似微不足道的意象，战事的凶险和战争的残酷已跃然纸上，寥寥数笔就为我们勾勒出一幅雄浑壮阔的战争画卷。

下阕由上阕的纯粹写景转为描写人与景的融合，“雄关漫道真如铁，而今迈步从头越”是脍炙人口的名句，其妙处就在于采用虚实相生的手法，以虚写实，由虚入实。从写实层面看，娄山关地势险要，不可逾越，虽然“雄关”是一般人眼中无法逾越的险地，红军却凭借其坚强的意志力，将其穿越。而在更深层次上，“雄关”超越了眼前娄山关这样一个现实的存在，变成了社会人生中一切艰难险阻的代称。“而今迈步从头越”在现实意义层面上指的是红军攻克娄山关的战役，而从更深的层次上指的则是面对一切“雄关”时所必具的信念和心态。末二句“苍山如海，残阳如血”，写的是黄昏的景象。上阕写的是凌晨，下阕突然就转换到了黄昏，看似跳跃起伏，前后不太连贯，实则正是利用了这种时空上的错位，在表明红军为赢得这场战争所付出的艰辛和战争的惨烈的同时，再运用浓烈而凝重的色彩渲染了如血的残阳与起伏的山峦，为这场惨烈的战争画卷抹上了一层悲壮的色彩，给读者以鲜明的印象和强烈的震撼。

温家宝总理在记者招待会上用这两句词来概括他当时的工作状况，是非常贴切而富有深意的。在温家宝任总理的第一年，可谓是中国的多事之秋:突如其来的SARS病毒席卷全国、人民币贬值、物价上涨……国际国内的种种问题如同当年万里长征的艰难险阻,但这些困难是阻挡不了真正的勇士的,“而今迈步从头越”正是表达了这种战胜困难的信心和乐观主义的情怀。

原乡人的血，必须流返原乡，才会停止沸腾

2004 年 3 月 14 日

其后不久，我就走了——到大陆去。我没有护照；但我探出一条便道，先搭船到日本，再转往大连；到了那里，以后往南往北，一切都随你的便。我就这样走了。我没有给自己定下要做什么的计划，只想离开当时的台湾；也没有到重庆去找二哥。我不是爱国主义者，但是原乡人的血，必须流返原乡，才会停止沸腾！二哥如此，我亦没有例外。

——钟理和《原乡人》(节选)

2004 年 3 月 14 日下午，十届全国人大二次会议在人民大会堂举行记者招待会。温家宝总理在回答台湾联合报社记者关于台湾大选和“公投”之后两岸关系前景将如何的问题时说：“我想引用一位台湾著名的乡土文学家钟理和的诗，他说，**原乡人的血，必须流返原乡，才会停止沸腾！**我们之所以提出‘和平统

一’、‘一国两制’的方针，就是我们认为这样的方针符合祖国大陆和台湾人民的现实利益和长远利益。和平统一的过程就是两岸发展和繁荣的过程。因此，我们将以最大的努力来维护台海的稳定，以最大的努力来促进‘三通’，推动两岸经济、文化的交流和人员的往来，以最大的努力推进在一个中国的原则下，早日恢复两岸的对话和谈判，以最大的努力来推进祖国的和平统一。但是，我们坚决反对‘台独’，反对任何人以任何方式把台湾从中国分割出去。这是包括台湾人民在内的整个中华儿女的共同愿望。”

《原乡人》是台湾乡土作家钟理和（1915—1960）的一部半自传体小说。他之所以能写出“原乡人的血，必须流返原乡，才会停止沸腾”这样的文字，与其身世遭遇有着密不可分的联系。钟理和祖籍广东梅县，出生于台湾屏东县农家，青少年时代在日本侵占下的台湾度过，1941 年，举家迁往北京，直到日本侵华战争结束后的 1946 年才迁回台湾。旅居北京的六年时间里，他到过山西、河南、山东等地，进行了大量的阅读、写作，参与台湾旅平同乡会的各种活动，并以“江流”为笔名投稿、出书，翻译介绍日本文学作品。1960 年肺疾病逝，享年 46 岁。因为终生对文学创作的坚持，人们称他为“倒在血泊里的笔耕者”。

钟理和的生平十分坎坷，大部分时间都在贫病交加中度过。正因如此，他对生活在社会底层的人们充满了同情，其作品也多以自己的生活遭遇为题材，反映大陆、台湾的贫苦小人物的不幸经历，探讨其不幸命运的根源，并创作了一些表现台湾同胞与祖国的血肉关系，反映台胞思念大陆，想要回归祖国的美好愿望的作品。《原乡人》就是这样一部抒发作者对祖国深厚感情的半自传体小说。作品叙述了主人公从少年时代起如何一步步加深对祖国的认识和热爱，从而坚定了“原乡人的血，必须流返原乡”的信念。

所谓“原乡人”，其实是日本统治台湾时期台湾客家同胞对祖国大陆同胞的称呼。原乡，即祖居地，在客家人眼中，返回祖居地被称为“转原乡”，甚至人们的去世也被称为“转原乡”。钟理和是客家人，在他的青少年时代，台湾正被日本侵占。学校的课本都是日文，禁止教中文。但台湾客家人为了不让子女们忘记“原乡人”的祖根，偷偷办起了教中文的私塾。在传统文化熏陶中长大的钟理和有着一颗执著的中国心：懂日文、看日文书，但从不说日语；宁可失业，也不为日本人做事；即使穷困潦倒，也绝不以“日本侨民”的身份领取物资补助……

钟理和的“原乡”情结很大程度上正是受到客家文化“追溯原乡”的观念影响。因为客家民系的出现是因西晋永嘉之乱，中原汉族大批南迁至粤赣闽三地交界处与当地土著杂处，历经千年最终稳定下来而形成的。尽管此后客家人又以梅州为基地，外迁到华南各省乃至世界各地，但客家文化还是以中原汉文化为主体的。温家宝总理引用钟理和的这句话，意在说明共同的文化、共同的信仰，使海峡两岸形成一个牢不可解的文化情结，把祖国大陆人和台湾人的心连在一起。两岸人民自古以来血脉相连，是情同手足的一家人，这是任何人都抹杀不了的。

己所不欲，勿施于人

2004 年 5 月 9 日

仲弓问仁。子曰："出门如见大宾，使民如承大祭。己所不欲，勿施于人。在邦无怨，在家无怨。"仲弓曰："雍虽不敏，请事斯语矣。"

——《论语·颜渊》(节选)

子贡问曰："有一言而可以终身行之者乎?"子曰："其恕乎！己所不欲，勿施于人。"

——《论语·卫灵公》(节选)

2004 年 5 月 9 日晚，温家宝总理对英国进行正式友好访问期间，在中国驻英大使馆，温总理动情地向大家讲述了中国驻英使馆的由来：1876 年，清政府与英国政府签订了《烟台条约》，其中一条是清政府派钦差大臣到英国"道歉"，并担任驻英公使。清政府派遣精通洋务的郭嵩焘率三十多人的团队于 1876 年 12 月从上海乘船赴英，1877 年 1 月到达伦敦。郭嵩焘使团住在波克伦伯里斯 45 号的一座四层楼房，这里从此便成了中国驻英使馆。在讲述完这段不寻常的历史后,温总理感慨万千:“那时候,我们国家是积贫积弱,在国外抬不起头来。但是有一点连欧洲人都看得清楚,那就是中国人的美德,即使在屈辱的年代也表现得十分充分。……中国人吃苦耐劳,自强不息,与人为善;**己所不欲,勿施于人**。这些美德也反映在现代的旅居海外的人身上。”

温总理所引用的“己所不欲,勿施于人”出自《论语》。在《论语》中,这句名言出现了两次,由此可见孔子对这一品德的高度重视。

篇首节选的文段一中提到的仲弓就是孔子学生冉雍。仲弓其人,以德行著称。他向孔子讨教有关“仁”德的问题时,孔子从三个方面做了阐发。首先要敬以持己。即无论出门还是使民之时,都应如见大宾,如承大祭。出门,即走出家门,或远行,或访友,均皆私人之行为;使民,即治理百姓,当属公众之事务;大宾,国宾;大祭,重大祭祀,诸如天地之祭、禘祫之祭等。这两句话的意思就是说:无论是出门的私人行为,还是使民的国家事务,都应如见大宾一样谦恭有礼,如参加重大祭奠一样持重谨慎。其次要恕己及物。即自己所不希望得到的东西,不要强加给别人。这便是儒家所强调的“推己及人”理念的延伸。如果说前两句讲的是尽己之心为忠,这两句则说的是推己及人的“恕”之道。如能推己及人,自会处处以自己之心去体会别人,也就能做到己之所不欲,决不施之他人了,所以张载说“以爱己之心爱人则尽仁”。第三,能做到上面两点,效果也是明显的,即无论国邦之中还是家庭之内,均无人会怀有怨言。孔子对仁的阐发令仲弓如醍醐灌顶,恍然大悟,所以他说:“我虽不算聪明,但一定要认真按您所说的去做。”

篇首文段二中子贡向孔子请教一句能使自己受益终身的警语,孔子送给他的是阐发“恕”道的“己所不欲,勿施于人”八个字。如果说对仲弓的教诲,孔子还只是从仁德体系的建设角度提出要求,那么对子贡则进一步强调了这种“恕”德是一个人终身都应持守的道德规范。

在中国古代的政治文化体系中,儒家思想一直占据着中心统治地位。儒家的道德理念也渗入国与家的每一个细胞中。“己所不欲,勿施于人”这类名言警语,国人不仅耳熟能详,且已内化成为人们为人处世的自觉行为规范。所以温家宝总理将这八字警语视为“中国人的美德”,无论时空如何转换,国人从未放弃这一美德。当然,在推崇这一美德之前,温总理对积贫积弱时代中国外交悲情史的追溯,不仅有对国人坚持这一美德的赞叹,深入分析似乎还有着另一层面的深刻思考:己所不欲固然应勿施于人,己所欲呢?也未必都可以施于人。而当年以英帝国主义为首的西方列强,纷纷将他们之所欲,强行施于善良的中国人民,加重了中国近代社会深重的苦难。这或许是引用这两句话的弦外之音吧。

温文尔雅

诗言志，歌咏声，舞动容

2004年9月5日

德者，性之端也。乐者，德之华也。金石丝竹，乐之器也。诗，言其志也。歌，咏其声也。舞，动其容也。三者本于心，然后乐气从之。是故情深而文明，气盛而化神，和顺积中，而英华发外，唯乐不可以为伪。

——《礼记·乐记》（节选）

2004年9月5日，在第20个教师节即将到来之际，温家宝总理来到舞蹈艺术家戴爱莲的家中，与一些长期从事舞蹈艺术教学的艺术家探讨发展中国艺术和艺术教育的话题。温总理说："**诗言志，歌咏声，舞动容**。各个门类的艺术在陶冶心灵、凝聚精神、振奋人心等方面都发挥了不可替代的作用。希望你们能永葆艺术的青春，创作出更多无愧于时代的精品。"

"诗言志，歌咏声，舞动容"这句话出自《礼记·乐记》。原书作者和成书年代都不详，据考证该书形成于孔子及其门下弟子及再传弟子之间，成书时间约在公元前三世纪的战国末期之前。现存《乐记》是经多次战乱散佚之后，由刘向、刘歆父子纂辑而成、又再经散佚的残本，全书内容目前较完整地保存在《礼记·乐记第十九》和《史记·乐书第二》中。《乐记》直接传承了孔子的思想，集先秦儒家美学思想之大成，影响着两千多年来中国古典音乐的发展，并在世界音乐思想史上也占有一席之地。

篇首引文的意思是说：德行，是人性的表现。音乐，是德行的花朵。金石丝竹，是音乐的演奏工具。诗，抒情言志，是音乐的内容；歌，咏唱出音乐的声调；舞蹈，表现出音乐的姿态。诗、歌、舞这三者都出自人的内心，然后乐器才能进行应和演奏。所以感情越深厚就表现得越显明，气氛越浓就变化得越神妙，平和顺畅的感情积聚在心中，才能将精英华彩表露在外表。由此音乐是虚伪不来的。

从《礼记·乐记》中的相关记载来看，诗、歌、舞三者统摄于音乐，属于音乐的内容或形式姿态。在先秦典籍中，诗、歌、舞、乐的出现也总是联系在一起的，如《尚书·舜典》云："诗言志，歌永言，声依永，律和声。"《吕氏春秋·古乐篇》载："昔葛天氏之乐，三人操牛尾投足以歌八阕。"这些都说明那时的音乐还不是现在我们所说的纯音乐的概念，乃是包括诗、歌、舞在内的一门综合艺术。《礼记·乐记》说："诗，言其志也；歌，咏其声也；舞，动其容也；三者本于心，然后乐器从之。"为什么说诗、歌、舞三者都来源于人的内心呢？原始时代，人们创作歌舞音乐，其主要目的在于用来祭祀祖先以及天地神明，表达他们内心的期望与祈盼，希望能够风调雨顺、无灾无难，所以音乐是他们与祖先、天地神灵进行情感交流、传达心愿的中介与工具。因此,音乐是人类创作出来的,其作用之一就是为了满足人类的需要。唐代学者孔颖达在《礼记正义》中的论述"是乐出于人而还感人,犹如雨出于山,而还雨山;火出于木,而还燔木",说的也是这个道理。

正是因为音乐本于人心,其影响于人心的力量才能非常巨大,所以儒家特别看重音乐的教化作用。如孔子对于音乐感化人心、陶冶性情的作用就非常重视,在授课当中把音乐视做人格修养的最高境界。《史记·孔子世家》曾记载过孔子"击磬于卫","访乐于苌弘"、"学鼓琴于师襄子"等故事。孔子就弹琴向师襄子学习时,非常地刻苦专一,在未"得其曲"、"得其数"、"得其意"、"得其为人"之前,多次谢绝了师襄子关于更换新曲目的建议,直到对乐曲的内容、规律及其所要表现的形象都有深刻的理解为止。孔子还主张"兴于诗,立于礼,成于乐"。所谓"成于乐",也就是将音乐活动与培养合乎社会理想的道德情操结合起来。由上可见,音乐在古代的确是非常重要的。温家宝总理向艺术家们说这番话,也是为了强调艺术的审美价值与良好的教化作用,即艺术能够陶冶情操,净化心灵,从而鼓舞人,教育人。

亲仁善邻，国之宝也

2004年10月8日

五月庚申，郑伯侵陈，大获。往岁，郑伯请成于陈，陈侯不许。五父谏曰："亲仁善邻，国之宝也。君其许郑。"陈侯曰："宋、卫实难，郑何能为？"遂不许。

——《左传·隐公六年》(节选)

2004年10月8日，温家宝总理在河内参加第五届亚欧首脑会议期间，同中国驻越使馆工作人员、中资机构和留学生代表亲切见面时指出：这次出访和出席国际会议的目的就是为中国的发展创造良好的外部环境。中国有句老话，**亲仁善邻，国之宝也**。我们要和包括越南在内的邻居搞好关系，给自己创造一个和平的、睦邻友好的环境，来促进中国自身的发展，又以中国自身的发展来促进世界的和平。

"亲仁善邻，国之宝也"出自《左传·隐公六年》。关于这句话有一个典故：

春秋初期，郑国因为郑庄公的奋发图强逐渐强大起来，郑国东边与宋国比邻，北面与卫国比邻，郑国的兴起，引起了邻近宋国的嫉妒与担忧。这时正好卫国的州吁弑兄夺取了政权，卫国人对他非常不满，他为了巩固自己的统治地位，于是撺掇宋国伐郑，希望通过结盟他国以获得这些诸侯国对自己合法地位的承认。公元前719年，宋、卫、陈、蔡等国结成联盟准备进攻郑国。郑庄公在得知这个消息后，就派使者到陈国去，希望与陈桓公结盟以期化解这场兵灾。陈桓公因为有宋、卫两国在背后为自己撑腰，加上狂妄自大有些瞧不起郑国，拒绝了郑庄公的请求。这时候，陈桓公的弟弟公子佗出面劝谏陈桓公，他说："亲近仁义，对邻国友善，这是立国的法宝，郑国与我们是邻居，大王还是答应郑国的请求吧！"陈桓公听了公子佗的话很生气，他说："宋、卫两国都很强大，不与他们结盟，他们就会成为我们陈国的敌人。郑国那么弱小，就是不与郑国结盟，他又能把我们陈国怎么样呢？"陈桓公因为轻视郑国，不听劝谏继续与卫国结盟攻打郑国。后来郑庄公励精图治，成为一代春秋霸主，陈国却因为先前没有与郑国结盟而几致亡国之灾。

以上就是"亲仁善邻"这句话的由来。"亲仁善邻"的思想在中华文化中可谓源远流长。早在《尚书·尧典》中就有"协和万邦"的记载。儒家文化的一个重要思想是"和"，所谓"和"，就包括了国与国之间关系的和睦与和谐。在中国历史上，每一个封建王朝在其建立之后，总是秉承"协和万邦"的"善邻"思想，对周边国家采取"厚往薄来"的外交方针，与周边国家和平共处。目前中国所强调的以邻为伴、与邻为善的周边外交方针，以及睦邻、富邻、安邻的周边外交政策，既是对中国传统文化中“亲仁善邻”思想的继承与弘扬，也是对“亲仁善邻”思想的创造性运用。

由于历史的原因，中国与周边地区国家之间存在着一些历史遗留问题，但随着中国改革开放的不断深入，中国本着“与邻为善、以邻为伴”的方针，与周边地区和国家间的关系不断改善，并逐渐由被动参与地区合作，到主动推动地区合作，对周边地区国家的发展稳定起到了非常积极的作用。2003 年 10 月 7 日，温家宝总理在印度尼西亚巴厘岛出席首次东盟商业与投资峰会时，发表了题为“中国的发展和亚洲的振兴”的演讲。温总理在演讲中说，中国的发展强大将给亚洲各国带来发展机遇和实际利益，将为亚洲的和平与发展作出更大的贡献。温总理强调，积极促进亚洲的发展振兴与和平稳定，是中国的既定方针。“睦邻”、“安邻”和“富邻”是中国实现自身发展战略的重要组成部分。其中，“睦邻”，就是指“继承和发扬中华民族亲仁善邻、以和为贵的哲学思想，在与周边国家和睦相处的原则下，共筑本地区稳定、和谐的国家关系结构”。

嘤其鸣矣，求其友声

2005年3月4日

诗经·小雅·伐木

伐木丁丁，鸟鸣嘤嘤。出自幽谷，迁于乔木。
嘤其鸣矣，求其友声，相彼鸟矣，犹求友声。
矧伊人矣，不求友生？神之听之，终和且平。
伐木许许，酾酒有藇！既有肥羜，以速诸父。
宁适不来，微我弗顾。於粲洒扫，陈馈八簋。
既有肥牡，以速诸舅。宁适不来，微我有咎。
伐木于阪，酾酒有衍。笾豆有践，兄弟无远。
民之失德，干糇以愆。有酒湑我，无酒酤我。
坎坎鼓我，蹲蹲舞我，迨我暇矣，饮此湑矣。

2005年3月4日，温家宝总理参加全国政协经济界和农业界联组会议，会上温总理说："我今天来有三个任务。一是看望，代表中共中央、国务院向大家表示问候。二是感谢，感谢政协委员积极参政议政，建言献策，为改革和建设作出的贡献。三是请教，就是听取大家对政府工作的意见和建议。‘**嘤其鸣矣，求其友声**’，希望大家集思广益、畅所欲言。”

从“嘤其鸣矣，求其友声”到“有朋自远方来，不亦乐乎”，再到“海内存知己，天涯若比邻”，历来文人对君子之交的渴望无不表现在其创作的诗歌等文学作品之中。温总理与古人有着相似的情怀，他曾多次引用我国古代诗文中有关友情的诗句来表达自己对朋友的重视。上文中温总理就引用《诗经·小雅·伐木》里的这句诗表达了自己希望广交朋友的意愿。

回到《伐木》一诗中，我们通过诗人的描述可以看到这样一幅情景：一只不知疲倦的鸟儿从深山峡谷飞向高大的丛林枝头，嘤嘤作响以求得友伴相知。鸟儿尚且如此，人岂能不知友情的重要。因为知道友情的重要，故而又有了这样的画面：好客的主人滤清纯之酒，烹肥美鲜味，打扫房屋，满备佳肴以招待他的叔伯舅亲，即使亲戚朋友们可能不一定前来，但主人还是做好了迎接的准备，因为这样主人才不会有遗憾和愧疚。

通篇来看，如此求友若渴的热忱贯穿始终。清代黄中松在《诗疑辨证》中说：“细玩此诗，专言友声之不可求，求字乃一篇大主脑。”庶人皆求友若此，在上位的天子则更加需要贤良之友不离不弃，使得整个国家上下亲若友朋，和睦团结。如此有德之明君，则人民将争相依附，国家必兴盛繁达。正如《毛诗序》之所注：“《伐木》，燕朋友故旧也。至天子至于庶人，未有不须友以成者。亲亲以睦，友贤不弃，不遗故旧，则民德归厚矣。”

《伐木》一诗以鸟鸣求友起兴,因此这里值得考究的是,开篇以"伐木丁丁"起笔是为了与"鸟鸣嘤嘤"同起兴还是另有他意?有学者认为,"伐木"就是诗人在伐木之中闻鸟鸣而产生的最初联想。也有学者认为,起笔写"伐木丁丁",意在借伐木"丁丁"与"许许"的声音来与鸟鸣"嘤嘤"相呼应,为诗经惯用之叠音叠字与比兴的写法,是虚写。如同此说,那么不该出现"伐木于阪"。可见,前者说法较为可信。

篇中"嘤其鸣矣,求其友声"被后人广泛传诵。文人墨客常多借此句来说明人应该重视感情,广结良朋,寻求志同道合的朋友,互相切磋,以求进益。温家宝总理引用《诗经·小雅·伐木》里的这句诗,表达了广交朋友、虚心纳言的态度,鼓励大家大胆直言,参政议政。正如2008年3月4日,温总理参加全国政协经济、农业界联组会议时所说,"从今天开始,我们就成朋友了,我和政府部门的负责同志对和大家结成朋友感到非常高兴","希望你们通过各种方式,向政府有关部门、向我本人反映意见和建议"。

事者，生于虑，成于务，失于傲

2005 年 3 月 4 日

市者货之准也。是故百货贱则百利不得，百利不得则百事治，百事治则百用节矣。是故事者生于虑，成于务，失于傲。不虑则不生，不务则不成，不傲则不失，故曰，市者可以知治乱，可以知多寡，而不能为多寡。为之有道。

——《管子·乘马》(节选)

2005 年 3 月 4 日下午，在全国政协十届三次会议经济界和农业界联组会上，温家宝总理借用《管子·乘马》中的“**事者，生于虑，成于务，失于傲**”一语强调：当前，我国改革和发展正处在一个关键时期，“行百里者半九十”，温总理告诉大家：我们虽然取得了很大的成绩，但面前的任务还十分艰巨，需要加倍努力。

温总理进一步指出，“生于虑”，就是要未雨绸缪，周密考虑和精心安排各项工作。“成于务”，就是要把党和政府的各项政策措施落到实处。“失于傲”，就是说越是形势好，越要保持清醒头脑，越要增强忧患意识。温总理引用《管子·乘马》中的这句话，意在勉励广大干部要团结一致，带领群众把改革开放和现代化建设事业推向前进。

《乘马》篇中的“乘”指运算，“马”指计数的砝码，“乘马”的意思指的就是经济谋划，本篇主要论述发展国家经济的主要原则及具体措施，是《管子》治世思想的一个重要的组成部分。《乘马》篇所涉及的内容较为广泛，而篇首所选文字侧重的是谋划经济的方式问题。作者指出：搞经济谋划不能大意，要“生于虑，成于务”，“不虑则不生，不务则不成，不傲则不失”。所谓“虑”，就是考虑、打算；“务”，就是追求、努力。也就是说，经济谋划产生于深思熟虑，成功于专心致志，而失败于傲慢。没有深思熟虑，谋划就不可能产生；不专心致志，事情就办不成；不傲慢就不会有闪失。作者认为只有有了这样的态度和方式，通过细致的运算，使国家控制市场流通，做到“知量”、“知节”；确定军赋多少，做到“知任”、“知器”，力求制定的经济措施切实可行，符合客观实际，就能实现强国的目的。

管子“生于虑，成于务，失于傲”的思想，主要是针对国家经济的发展而提出来的，但由于它揭示的是事物发生发展的客观规律，因此它的运用就超出了这一领域而获得了更为广泛的意义。它不仅适用于经济建设，还适用于社会、人生的方方面面。就社会来说，各项事业的发展都存在“虑”、“务”的问题，而“虑”尤其具有决定作用，正如宋代的苏辙《上昭文富丞相书》中所言：“天下之事，急之则丧，缓之则得。”“缓”就是深思熟虑，就是周密的部署和详备的谋划，是所有事业成功的起点。有了这个前提，再加上“务”，也就是不懈的努力之后，事业就有了成功的保障。而就个人而言，当一个人有志于某项事业时，如果缺乏上述两个条件，一切蓝图只能是一种美好的设想。当然光有了这两点还不行，还需要时时小心在意，谦虚谨慎，因为实践经验告诉我们，在事业接近成功或已经成功的时候，往往会出现因为一时的骄傲懈怠而功亏一篑的现象。在这里，《管子》言简意赅地告诉我们，圆满地完成一件事其实是不容易的。

在全国政协十届三次会议的讨论会上，温家宝总理引用产生于两千多年前的这一句古语，并对其进行了阐发，旨在重申：在改革开放和现代化建设事业发展的关键时期，各级部门要群策群力，周密考虑和精心安排各项工作，要谦虚谨慎，戒骄戒躁，带领群众把党和政府的各项政策措施落到实处。

居安思危，思则有备，有备无患

2005年3月5日

晋侯以乐之半赐魏绛，曰："子教寡人和诸戎狄以正诸华。八年之中，九合诸侯。如乐之和，无所不谐。请与子乐之。"辞曰："夫和戎狄，国之福也。八年之中，九合诸侯，诸侯无慝，君之灵也，二三子之劳也，臣何力之有焉？……《书》曰：'居安思危'。思则有备，有备无患。敢以此规。"

——《左传·襄公十一年》（节选）

2005年3月5日下午，十届全国人大三次会议期间，温家宝总理来到人民大会堂甘肃厅，与甘肃代表团的代表们一起审议政府工作报告。会场上，温总理在听取代表们的发言后，说："我们国家大，许多问题解决起来难度也大。形势好了，要更加兢慎，更加清醒，更加努力。更要有忧患意识，**居安思危，思则有备，有备无患**。"十届全国人大三次会议闭幕会后的记者招待会上，温总理在开场白中再次引用了这一观点。

“居安思危,思则有备,有备无患”出自《左传》。作为记录春秋时期社会状况的重要典籍,《左传》是一部注重“实录”的历史著作。本文节选自《襄公十一年》,魏绛是春秋时晋国的卿。面对晋国与相邻的北方少数民族经常发生战争,少数民族已数为边患的现实,魏绛向晋悼公提出了“居安思危”这一卫国之策。

“居安思危”的思想首见于《尚书》,又作“于安思危”。阮元在《十三经注疏·春秋左传正义》校勘记中引惠栋所言:“《周书》作‘于安思危’。”阮元校曰:“案‘居’、‘于’音相近。”指人处在安乐的环境中,仍要想到可能有的危险。接下来,他又对此句作了进一步发挥,强调“思危”的重要性:“思则有备,有备无患”,也就是说“想到了就会有防备,有了防备就没有祸患”。在魏绛看来,危机和危难往往就蕴藏在太平盛世、安定祥和之中。而危机和危难的爆发,肯定有其诱因和苗头。因此,我们要时刻不忘居安思危,将这些诱因和苗头消灭在萌芽之中。“危”为什么总和“安”相伴相生呢?这里面实际上包含着朴素的辩证法思想。从《周易》对损益、否泰、吉凶、得失、祸福等问题的论述中,我们可以深深地感受到古人对“祸兮福所依”这一微妙现象的深刻认识,而在接受君主恩宠异常的赏赐的这一语境中,我们也能深深地感受到,位居司马高位的魏绛在面对君王的恩宠和自己的辉煌业绩时,谦虚谨慎、清醒理智的作风和态度。

“居安思危”是一个适用于任何时代的警醒之语,它的存在是顺应历史洪流的。历史的经验告诉我们,“不患贫而患不均”

的分配矛盾时时困扰着每一个朝代和国家，社会始终有“患”的存在，小“患”还可能或者正在演变成大“患”，因此，魏绛的这句话实际上为天下所有的当政者提出了忠告，也敲响了警钟。

温家总理引用“居安思危，思则有备，有备无患”就是为了告诫我们，危险永远在前方，不能规避，也不能忽略，只能迎难而上，才能成就我们的民族。温总理在多个场合提到这句名言是为了提醒各级领导和所有民众，我们前面的路是不平坦的，只有保持清醒的头脑，具有深刻地忧患意识，才能使国家得以发展，民族得以壮大。

人一之，我十之；人十之，我百之

2005 年 3 月 5 日

博学之，审问之，慎思之，明辨之，笃行之。有弗学，学之弗能弗措也。有弗问，问之弗知弗措也。有弗思，思之弗得弗措也。有弗辨，辨之弗明弗措也。有弗行，行之弗笃弗措也。人一能之，己百之。人十能之，己千之。果能此道矣。虽愚必明，虽柔必强。

——《中庸》（节选）

2005 年 3 月 5 日下午 3 时许，温家宝总理在听取了参加十届全国人大三次会议的甘肃省代表们的发言后，针对政府工作报告提出的当年工作的任务，告诉大家：完成这些任务，要靠大家的奋斗。随后，温总理说：“建设社会主义现代化要靠全国人民的长期艰苦奋斗。西部地区的广大干部群众更要以‘**人一之，我十之；人十之，我百之**’的苦干精神，依靠自己的双手改变面貌。”

篇首所引《中庸》中这段话的意思是说：要广泛地学习，仔细地探究，谨慎地思考，明确地辨别，最后要切实地去实行。要么不学，学了没有学会绝不罢休。要么不问，问了没有明白绝不罢休。要么不思考，思考了没有所得绝不罢休。要么不分辨，分辨了没有明确绝不罢休。要么不实行，实行了没有笃实绝不罢休。别人用一分的努力去做，我就用一百分的努力去做；别人用十分的努力去做，我就用一千分的努力去做。如果真的能够做到这样，虽然愚笨也可以变得聪明起来，虽然柔弱也一定可以刚强起来。

就人生的道德行为与价值取向而言，中国儒家学者更侧重于强调自强不息、刚健有为、积极进取。而正是这种积极进取的价值取向，铸就了中国人民的民族精神、道德品格与思想风貌，使之能够自立于世界民族之林，并为人类文明的发展作出了不可磨灭的贡献。《周易》中所说的“天行健，君子以自强不息”，儒家在其诸多经典中所提倡的博学、审问、慎思、明辨、笃行的治学之道，刻苦学习、不甘人后的学习精神，“人一能之，己百之；人十能之，己千之”的拼搏精神，都是刚健自强、积极有为思想的体现。孔子提倡并努力实践为崇高理想而不懈奋斗的精神，鄙视饱食终日无所用心的人生态度，他一生勤奋好学，锲而不舍，如文所记“发愤忘食，乐以忘忧，不知老之将至”。孔子曾随师襄子学鼓琴，曲名是《文王操》。孔子苦练多日，得到了师襄子的肯定，师襄子说可以了。可是孔子并不满足，认为自己“未得其数”。又练了很多日子，师襄子认为孔子已“得其数”了，可是孔子认为自己“未得其志”。又过了很久，师襄子认为这回真的可以了,可是孔子仍然认为自己弹得不够好。他反复钻研,终于体会到了琴曲的真正内涵,直到能看到文王的形象在乐曲中表现出来才罢休。他的这种“人一能之,已百之,人十能之,已千之”的刻苦精神,深深地感动了师襄子,直到现在,孔子的这种“学而不厌,诲人不倦”的人生态度仍然蕴涵着巨大的精神力量。

“人一之,我十之;人十之,我百之”,是化用《中庸》中“人一能之,己百之,人十能之,己千之”而来,是《中庸》中这句话的缩略和改写。《中庸》中蕴涵着儒家思想的精髓,是儒家精神的核心所在。而上述言辞正是儒家圣哲追求“止于至善”的人生体验,惟其如此,才能实现儒家“正心、修身、齐家、治国、平天下”的人生理想与“兼济天下”的伟大抱负。这对塑造中华民族伟大品格和民族精神至关重要。温家宝总理在会上引用这句话,意在勉励西部地区的广大干部群众发扬艰苦奋斗的西部精神——人一之、我十之;人十之、我百之。这是一种拼搏、开拓的精神,但更多呈现的是一种隐忍、苦干和坚持,它表现了西部人面对不利的自然条件和近代以来落后状况仍自强不息、顽强拼搏、积极奋进的精神。

尤须兢慎

2005 年 3 月 14 日

贞观五年，太宗谓侍臣曰："治国与养病无异也。病人觉愈，弥须将护，若有触犯，必至殒命。治国亦然，天下稍安，尤须兢慎，若便骄逸，必至丧败。今天下安危，系之于朕。故日慎一日，虽休勿休。然耳目股肱，寄于卿辈，既义均一体，宜协力同心，事有不安，可极言无隐。傥君臣相疑，不能备尽肝膈，实为国之大害也。"

——吴兢《贞观政要·政体第二》（节选）

2005 年 3 月 14 日，十届全国人大三次会议在人民大会堂举行记者招待会，温家宝总理在招待会开始时说道："大会顺利结束了，但是我们面前的道路是不平坦的，要保持头脑的冷静，形势稍好，**尤须兢慎**。"2006 年 3 月 14 日上午，在十届全国人大四次会议后的记者招待会上，温总理又一次提到："要认识到我们已经取得的成绩只是在现代化进程中迈出的第一步，今后的路还更长，更艰苦。形势稍好，尤须兢慎。"

“尤须兢慎”出自吴兢的《贞观政要》。吴兢(670—749)是汴州浚仪(今河南开封)人。武后长安年间被诏入史馆,撰修国史。时值武三思主持修撰国史,记事不实。吴兢愤而私撰《唐书》、《唐春秋》,欲为后人留下信史。唐中宗时,他与刘知几等人修《则天实录》。开元初,又与刘知几撰《睿宗实录》。后有感于南北朝史料繁杂,遂撰梁、齐、周史各10卷,陈史5卷,隋史20卷,人称“当世董狐”。而《贞观政要》一书编写于唐玄宗开元、天宝之际,是现存记载唐太宗朝历史较早的一部史书。

编写《贞观政要》之时,唐朝社会表面上仍然是一片繁荣的景象,但实际上已有不少社会危机日渐显露,有着较强政治敏感性的吴兢预感到衰颓的趋势。为了确保唐朝的长治久安,给当时的执政者树立一个施政的楷模,他深感总结唐太宗君臣励精图治的成功经验是很有必要的,于是编写了《贞观政要》一书。吴兢将唐太宗同大臣魏征、房玄龄、杜如晦等君臣间的问答、奏疏、方略等材料,按照论君道、政体、任贤、求谏、纳谏、择官、尊师、杜谗、崇儒、安边等分类排列,使这部著作既有史实,又有很强的政论色彩。《贞观政要》一书,之所以能历久不衰、传之弥广,归根结底还是因为书中展示了唐太宗君臣为政以德的巨大魅力。

所引文字中的“兢慎”,就是十分谨慎的意思。“天下稍安,尤须兢慎”体现的是一种可贵的为政以德的忧患意识。唐代诗人元结在他的《二风诗·乱风诗五篇·至虐》中曾说过:“夫为君上兮,兢慎俭约,可以保身。”作为一代明君的唐太宗李世明,他的“兢慎”意识十分突出。执政的前期，李世民一直是“战战兢兢，如临深渊，如履薄冰”。为了警醒自己，不致重蹈亡隋覆辙，他曾特意定下“论隋日”，同大臣专门讨论、总结隋亡的历史教训，“动静必思隋氏，以为殷鉴”（《贞观政要·论刑法第三十一》）。就在贞观五年，唐太宗以“养病”比喻“治国”，深刻地阐释了“天下稍安，尤须兢慎。若便骄逸，必至丧败”的为政理念。

中国历史上这种“兢慎”意识由来已久。《周易·系辞下》有云：“君子安而不忘危，存而不忘亡，治而不忘乱，是以身安而国家可保也。”说的是不论修身还是治国，都应该在“安”、“存”、“治”的良好形势下保持“兢慎”的道理。对于“天下稍安，尤须兢慎”这个道理，晚唐诗人杜荀鹤在他的《泾溪》诗中还有个形象的比喻：“泾溪石险人兢慎，终岁不闻倾覆人。却是平流无石处，时时闻说有沉沦。”意思是说，人们行至急流险滩时，因为行动谨慎，所以很少听见有人落水倾覆；但是到了缓流顺境时，人们往往因为平坦无险，忘乎所以，以致翻船人亡。这首诗意象鲜明，对比强烈，以行船为喻，告诫人们在前进的道路上，前途越是平坦，环境越是顺心，越要小心谨慎，居安思危。这首诗可以看作是对“尤须兢慎”的深层次解读——只有“兢慎”，才有可能避免“倾履”，否则“必至丧败”。

由此我们不难了解，温家宝总理一再强调“形势稍好，尤须兢慎”，其中的忧患意识令人深思。改革开放以来，中国经济社会发展取得了前所未有的好成绩，综合国力大幅提高，人民生活普遍改善。中国社会呈现出千帆竞发、百舸争流的喜人景象，进发出巨大的生机和活力。成绩令人鼓舞,但这绝不是我们骄傲自满、故步自封的理由。谦受益,满招损。只有居安思危,才能始终保持清醒、冷静的头脑;只有增强忧患意识、时刻兢慎,才有压力、有动力、有激情、有创造力。

行百里者半九十

2005 年 3 月 14 日

谓秦王曰:“……《诗》云:‘行百里者半于九十’,此言末路之难。今大王皆有骄色,以臣之心观之,天下之事,依世主之心,非楚受兵,必秦也。何以知其然也?秦人援魏以拒楚,楚人援韩以拒秦,四国之兵敌,而未能复战也。齐、宋在绳墨之外以为权,故曰:先得齐、宋者伐秦。秦先得齐、宋,则韩氏铄;韩氏铄,则楚孤而受兵也;楚先得齐,则魏氏铄,魏氏铄,则秦孤而受兵矣。若随此计而行之,则两国者必为天下笑矣。”

——《战国策·秦五》(节选)

2005 年 3 月 14 日上午,十届全国人大三次会议闭幕后,温家宝总理应大会新闻发言人的邀请,与采访大会的中外记者见面并回答记者的提问。在谈到宏观调控时,温总理说:“我想明确告诉大家,摆在政府面前的第一位任务,是通过加强和改善宏观调控,继续保持经济平稳较快发展。‘**行百里者半九十**’,绝不能半途而废，当然我们将更加注重区别对待、有保有压，注重采用市场机制和经济手段的调节。”

“行百里者半九十”这句话出自《战国策·秦五》中的《谓秦王》篇，讲的是一位无名说客向秦王进谏，要求秦王“胜而不骄，败而不忿”，并指责秦王外交政策上的失误，认为秦楚之争取决于是否能争取到第三国齐、宋的帮助。战国时期，君臣关系还没有像后世那样死板禁锢，所以臣下往往敢于直陈君过，知无不言，言无不尽。诸侯国主也往往能听取说客之谏，从而富国强兵，建不世之勋业。“行百里者半九十”意思是说要走一百里路，已经走了九十里，应当看作只走了五十里，最后“十里”相当于“百里”中的“五十里”。也就是说，走完最后一段路程是很艰难的。这句成语劝勉我们做事要善始善终，不能因为只剩下那短短的“十里路”，于是志有所懈，不加努力，使得我们所做的事功亏一篑。《尚书·旅獒》说：“为山九仞，功亏一篑。”说的也是这个意思。

“行百里者半九十”这句话含义丰富，其中蕴涵的哲学思考最为后人赞赏，后人对之引述颇多。例如宋代诗人黄庭坚《赠元发弟放言》说：“功亏一匮，未成丘山。凿井九阶，不次水泽，行百里者半九十，小狐汔济濡其尾。故曰时乎，时不再来。终终始始，是谓君子。”宋代学者陈亮在《酌古论》中说：“语曰：‘行百里者，半于九十。’故夫古之智者，尝尽心于垂成之际也。”近代学者梁启超在《过渡时代论》中道：“行百里者半九十，掘井九仞，尤为弃井。”“行百里者半九十”这句话表面上看去好像很矛盾，但是细加思考，其中却是蕴涵着深刻的哲学思考。因为毕竟走了比较长的路，又觉得快到达终点了，所以这个时候最容易倦怠，但却最容易出问题。如果精神上放松了，志气上就会懈怠，从而导致事业的功亏一篑。毛泽东同志在七届二中全会上说："革命取得胜利只是万里长征走完了第一步，革命成功以后的道路更长，工作更艰苦、更伟大，如果这也值得骄傲的话，那是非常渺小的。"毛主席认为中国共产党是中国革命和建设事业的领导核心，领导中国人民取得了辉煌的成就。但是不能滋生骄傲的情绪，永远也不能骄傲，只有中国共产党时刻牢记"行百里者半九十"这一古训，有成绩不骄傲，有进步不自封，永不懈怠，始终保持高昂的斗志，才能无往而不胜。

温家宝总理在多个场合多次引用"行百里者半九十"这句话。如2005年3月4日温总理看望出席全国政协十届三次会议的委员时说："当前，我国改革和发展正处在一个关键时期，'行百里者半九十'，我们虽然取得了很大的成绩，但面前的任务还十分艰巨，需要加倍努力。"又如2009年6月温总理在湖南考察针对吉利汽车湖南公司的发展前景说："'行百里者半九十'，你们走了九十里，但还差十里地，而这十里可能是最艰苦的，那就不能停顿，要不断地改革创新，不断地研发出安全、舒适、经济、节能、环保的汽车。"温总理引用"行百里者半九十"，以表明中国的改革与发展是一个长期的艰巨过程，丝毫不能马虎懈怠。目前的改革虽然取得了相当的成就，但越是形势好，我们越要保持清醒头脑，越要增强忧患意识。

一尺布，尚可缝；一斗粟，尚可舂

2005 年 3 月 14 日

孝文十二年，民有作歌歌淮南厉王曰："一尺布，尚可缝；一斗粟，尚可舂。兄弟二人不能相容。"上闻之，乃叹曰："尧舜放逐骨肉，周公杀管蔡，天下称圣。何者？不以私害公。天下岂以我为贪淮南王地邪？"乃徙城阳王王淮南故地，而追尊谥淮南王为厉王，置园复如诸侯仪。

——司马迁《史记·淮南衡山列传第五十八》（节选）

2005 年 3 月 14 日上午，十届全国人大三次会议在人民大会堂闭幕。闭幕会后，温家宝总理应大会邀请，与中外记者见面并回答记者的提问。美国有线电视新闻网记者问："我想问一个关于反分裂国家法的问题。根据这部法律，中国有权采取非和平的方式，您能不能向我们解释一下什么样的方式就算是非和平的方式呢？如果中国遇到了一个范围更为广阔的冲突，美国也参加进来了，在这种情况下，中国是不是要建设一支能够打得赢的军队，就像您在政府工作报告中所讲的那样。”

温总理回答说：“谢谢你的提问。首先我还是想说明这是一部什么样的法律。这不是针对台湾人民的一部法律，而是反对和遏制‘台独’势力的法律；这不是一部战争的法律，而是和平统一国家的法律；这不是一部改变两岸同属一个中国现状的法律，而是有利于台海地区和平和稳定的法律。其次，我要讲一讲台湾的现状是什么，这是一个重大问题。世界上只有一个中国，尽管大陆与台湾没有实现统一，但是丝毫没有改变一个中国的现实。这就是当前台海的现状。第三，你所说的采用非和平方式的三种情况都是我们不愿意看到的。因此，只要有一线希望，我们就会尽最大的努力推进国家的和平统一。记者先生，你可以翻开 1861 年贵国制定的两部反分裂法，不也是同样的内容吗？而且随后就发生了南北战争。我们不愿意出现这种情况。中国有一句古话，**一尺布，尚可缝，一斗粟，尚可舂**，同胞兄弟何不容？”

“一尺布，尚可缝，一斗粟，尚可舂”出自《淮南王歌》，淮南王指淮南厉王刘长（前 198—前 174），汉高祖刘邦幼子，文帝刘恒之弟。文帝即位，他骄横不法，后又阴谋叛乱。文帝不忍置之以法，就载以辎车，将他从淮南迁往蜀地。淮南王因不堪忍受此辱，于途中绝食自杀。民间就有了这首《淮南王歌》以讥讽文帝。和所有的民谣一样，这首民谣的产生时间不详，但大致可推断其产生于文帝六年至十二年（前 174—前 169）之间，因为据史书记载，淮南王禁食而死是在文帝六年，文帝听到此民谣是在十二年。在这首民谣中，粟为小米；舂，用杵臼捣去谷物的皮。布、粟和缝、舂，一是老百姓的日用，一是每天必不可少的劳作，都极富有代表性。民谣采用了对比手法，形象地揭露了这样一个事实：百姓一尺布可缝而共衣，一斗粟可舂而共食，而帝王广有天下，兄弟之间却不能相容。批判的矛头直指最高统治者。

这首民谣在诗歌史和思想史上都具有较为重要的意义。从诗歌发展史的角度来说，其意义主要在如下两个方面：一方面，它揭示了文学发展史上一个常常存在，又极容易被忽略的现象，就是民间创作的文人化现象。这首民谣在《史记》、《汉书》以及《乐府诗集·杂歌谣辞·歌辞类》中都是一个版本，也就是本文所引用的。但在《前汉纪》和东汉高诱《淮南鸿烈解序》中却发生了较大变化，已经改为“一尺缯，好童童。一斗粟，饱蓬蓬。兄弟二人不能相容。”改动后的《淮南王歌》，布作缯，尚可缝作好童童，尚可舂作饱蓬蓬，表面上看意思没有多大变化，童童、蓬蓬两个叠声词的引用还增加了音韵的和谐，但实际上，改作已极大地破坏了原民谣批判的锋芒，同时也使其民间风味荡然无存。因为原民谣正是要通过一贫一富两个阶层在亲情上不同态度的对比，表现出欲望对于亲情的戕害。而缯这类奢侈品的出现无形中弱化了对比的强度。鲁迅在《门外文谈》中曾说：“中国的文学家，是颇有爱改别人文章的脾气的。”在文学史的长河中，的确有不少这种原生态的民谣，被文人化之后而变得面目全非了。

另一方面，从诗歌演变的角度看，这篇作品也很典型。西汉时期产生的乐府诗和民谣是对《诗经》传统的继承和延续，但文学传统的继承不是对过去的简单重复，而是有所更新和发展。《淮南王歌》就是这种继承和发展的一个代表。像《诗经》中的大量“风”诗一样，这篇作品不仅忠实地反映了当时的社会现实，与此同时它还作了进一步开拓，其表现就是直接诉说民生疾苦、针砭社会现实，少欢乐而多悲苦之音，少比兴而多用铺叙，从而使得批判的锋芒更为明显。

从思想史的角度来看，这首民谣揭露了人类历史上一个非常普遍而残酷的现象。表面上，这首民谣的“兄弟”说的是汉文帝和淮南王，但掩卷而思，其所指已不限于淮南王之事：春秋时期的重耳之亡；刘邦、吕雉为集中权力，相继杀戮宗室功臣；三国时期曹丕即位后的同根相煎……人类历史上这种同室操戈、骨肉相残的事例何其多哉！这首民谣用这样简简单单的两句话所揭示的问题值得我们每一个人深思！

在十届全国人大三次会议后的记者招待会上，面对中外媒体，温家宝总理巧妙地引用这首民谣来回答美国记者，一方面说明台湾和大陆的血肉联系，台湾问题属内部问题；另一方面也表明中国政府力求和平解决台湾问题，实现国家完全统一的立场和原则。

万民之忧乐

2005 年 3 月 22 日

盖天下之治乱，不在一姓之兴亡，而在万民之忧乐。是故桀、纣之亡，乃所以为治也；秦政、蒙古之兴，乃所以为乱也；晋、宋、齐、梁之兴亡，无与于治乱者也。为臣者轻视斯民之水火，即能辅君而兴，从君而亡，其于臣道固未尝不背也。

——黄宗羲《明夷待访录·原臣》(节选)

原全国人大教科文委员会办公室主任史晓风曾转赠了一套《黄宗羲全集》给温家宝总理。3 月 22 日，温总理给史先生亲笔写了一封回信："我喜读黄宗羲著作，在于这位学问家的许多思想有着朴素的科学性和民主性。身为天下人，当思天下事。而天下之大事莫过于'**万民之忧乐**'了。行事要思'万民之忧乐'，立身要'先天下之忧而忧，后天下之乐而乐'。我应谨记这些道理，并身体力行。"

温总理在信中对黄宗羲(1610—1695)的学术思想作了客

观而中肯的评价。黄宗羲曾被后人列为“明末清初三大思想家”之一，并有着“中国思想启蒙之父”的美誉，其人、其思想对中国思想史的确是有着积极而深远的影响。黄宗羲除了在天文、历算、音律、经史、释道、农工等诸多方面都有较深造诣外，还在文学、经济、哲学等诸多方面有着极高的建树。他的思想博大精深，“万民之忧乐”这句话所体现的就是其中最重要的一种思想——民本思想。

篇首节选文字出自黄宗羲《明夷待访录》的《原臣》篇。《明夷待访录》是一部具有启蒙性质的批判君主专制、呼唤民主政体的名著。成书于公元1663年。“明夷”本为《周易》中的一卦，其爻辞有曰：“明夷于飞垂其翼，君子于行三日不食。有攸往，主人有言。”为六十四卦中第三十六卦，卦象为“离下坤上”，即地在上，火在下。“明”即是太阳(离)，“夷”是损伤之意。从卦象上看，太阳处“坤”即大地之下，是光明消失、黑暗来临的情况，意为光明受到伤害。这里暗含着作者对当时黑暗社会的愤懑和指责，也是对太阳再度升起照临天下的期盼。

《明夷待访录》这部著作共有论文二十一篇，分别对君臣、兵制、赋税、田制等问题作了深入探讨。对封建君主专制制度的批判和对建立一个平等、民主社会的憧憬贯穿全书。其中，对于君臣关系以及臣子使命的论述尤其具有批判的深度和锋芒。黄宗羲认为，既然君主是服务于社会民众的公仆，那么，在君臣关系上，“臣之于君，名异而实同耶”(《原臣》)。也就是说从社会分工角度来看，君臣间并不是简单的尊卑服从关系，而应当是一种分工不同的平等关系。做官为臣者应“以天下为事”，而不应该成为“君之仆妾”，天下大事应由君臣共同评议决定，而不应由君主一人独断专行。黄宗羲的思想深受传统“民本”思想影响。他所说的“万民之忧乐”的思想明显与孟子的“忧民之所忧，乐民之所乐”，范仲淹“先天下之忧而忧，后天下之乐而乐”的思想有着继承关系。

但黄宗羲并非是将传统“民本”思想简单地继承下来。在以“君主民客”为基本理论前提的传统“民本”思想中，敬民、重民、惜民、爱民的前提条件是不危害专制君主的绝对统治，所以“在局部问题上与专制君主虽有冲突，但从全局看，它不是对专制君主的否定，而是提醒君主注意自己存在的条件”（刘泽华《中国传统政治思想反思》）。而以“天下为主，君为客”为根本原则的黄宗羲的“民本”思想，考虑问题的出发点则是“万民之忧乐”和生活之平等。如“三代之法，藏天下于天下者也。山泽之利不必其尽取，刑罚之权不疑其旁落，贵不在朝廷也，贱不在草莽也”（《原法》），就把传统的君民关系颠倒了过来。这种认识显然与封建正统观念不同，也和传统的“民本”论有别。因此，从某种意义上讲，传统的“民本”论为黄宗羲提供了一种先行的思想资料，黄宗羲在新的历史条件下对传统民本思想进行了质的升华和发展。正是这种升华和发展，使得黄宗羲的思想超越了传统而迈向了近代。

黄宗羲的这些思想对后世的影响是巨大的。近代维新派领袖谭嗣同对《明夷待访录》极为推崇，并在其《仁学》中指出：“孔教亡而三代以下无可读之书矣！乃若区玉检于尘编，拾火齐于瓦砾，以冀万一有当于孔教者，则黄梨洲《明夷待访录》，其庶几乎！其次为王船山之遗书。皆于君民之际，有隐恫焉。”谭嗣同还痛斥那些“以天理为善，人欲为恶”的混账“世俗小儒”，指责他们“俗学陋行，动言名教”。这种口气和观念，可以说是与黄宗羲抨击“小儒”固守纲常名教的议论一脉相承。孙中山则抽印《明夷待访录》中的《原君》、《原臣》分发同志，鼓动资产阶级民族民主革命，并欲以之“启迪后生小子之蒙，而张中国自强之本”（杞忧公子《原君原臣序》）。陈天华则评价黄宗羲为“孟子以后第一个人”，称其作“大圣人”（《陈天华集·狮子吼》）。还有章太炎对黄宗羲也是十分钦佩的，在他看来：“昔太冲《待访录》‘原君’论学，议若诞谩，金版之验，乃在今日。斯固玮琦幼眇，作世模式者乎？”（《章太炎政论选集·致汪康年书》）凡此等等，都表明黄宗羲对近代中国启蒙思想家的重大影响和启迪作用。而这也从一个方面表明了黄宗羲在中国思想文化史上举足轻重的地位。

温家宝总理不仅多次引用“万民之忧乐”来表达对人民生活的关注，还曾用更直白的语言在多个场合反复强调：“关乎老百姓，就是大事。”一文一白两句话，正是中国共产党执政为民理念的最好诠释。

故人江海别，几度隔山川

2005 年 11 月 20 日

云阳馆与韩绅宿别

司空曙

故人江海别，几度隔山川。
乍见翻疑梦，相悲各问年。
孤灯寒照雨，湿竹暗浮烟。
更有明朝恨，离杯惜共传。

2005 年 11 月 20 日中午 1 点，温家宝总理在钓鱼台国宾馆接见美国总统布什时说："'**故人江海别，几度隔山川**。'时间过得很快，我访问美国已经过去两年了。总统先生同我愉快的交谈，你在台湾问题上做的最为鲜明的一次表态以及你同我一起去看林肯总统的葛底斯堡宣言的手稿，至今我还没有忘记。"

温总理引用的诗句出自唐代大历十才子之一的司空曙的诗作《云阳馆与韩绅宿别》。该诗对仗工整，格律谨严。诗人从往昔离别写起，转到今日的相聚，聚而复离，在聚散离合中组织诗篇，使得诗作结构精巧曲折，耐人吟咏。诗人与友人自上次相见后，离别时间长，并且相隔千山万水，音信难通，这使得此次的相会弥足珍贵，令人产生恍如隔世之感。“乍见翻疑梦”这一句，情真意切而又细腻逼真地道出了诗人与老友久别重逢后的喜悦心情。北宋词人晏几道在《鹧鸪天》一词中说：“从别后，忆相逢，几回魂梦与君同？今宵剩把银釭照，犹恐相逢是梦中！”与此诗意境相似，可能是受司空曙诗作的影响。此诗的可贵之处还在于细腻地描绘了人们久别重逢后重新相聚的复杂心绪。老友重逢，自有许多的话想说，许多的事情要问，各人别后的境况与遭遇，每人的顺达与坎坷，加上物是人非的岁月沧桑，无一不在相互的嘘寒问暖中使人每每乐极生悲，喜极而叹。“相悲各问年”这一句，非常微妙地表达了人们久别相聚的大喜与大悲。

颈联和尾联写诗人与友人深夜在驿馆中把酒畅谈的情景。因为相逢的难得，更加显示出离别的痛苦。相逢的短暂，使得相会中的每一刻都是那么宝贵，其间的千言万语，如果写进诗作，那是不可能做到的。诗人避重就轻，从写景入手，景中见情，以景寓情，诗作笔法多样，声情摇曳。诗人与友人重逢，因为明朝就要分离，所以这种相会虽然给人欢乐但总是抹不去离别的哀愁。为了延长相会的欢乐，两人秉烛夜谈，“孤灯”显示出此时夜已经很深了。透过窗外灯烛的余光，才知道外面下着朦胧的细雨；仔细辨认，窗外的翠竹湿漉漉的，竹林深处，笼罩着一股淡淡的浮烟，从视野的渐次开阔可以看出东方已经开始发白了。

这一方面写出两人因为沉浸于相聚的喜悦而忘却窗外的风雨，一方面也表达出因天快发亮明朝快要到来而加重的离别的伤感。尾联诗人由聚写离，离中有聚，因明朝将离别所以诗人劝友频饮，一“恨”一“惜”，非常精当地传达出诗人对友谊的珍惜与对友人的劝勉，以此结篇，使得诗作含不尽之意于言外。

温家宝总理巧妙地引用“故人江海别，几度隔山川”这句诗，既引出两年前自己曾经访美的回忆，流露出老朋友再相逢的喜悦之情，又表达了自己对布什总统来访的欢迎，营造出轻松愉快的会谈气氛。另外，也传达出这样一层意思，就是中国非常珍惜与美国之间的交往，希望中美之间加强互访，并且能够充分利用每一次的互访，努力使两国关系再上一个新的台阶。

身贵自由，国贵自主

2005年12月1日

盖群者人之积也，而人者官品之魁也。欲明生生之机，则必治生学；欲知感应之妙，则必治心学，夫而后乃可以及群学也。且一群之成，其体用功能，无异生物之一体，小大虽异，官治相准。知吾身之所生，则知群之所以立矣；知寿命之所以弥永，则知国脉之所以灵长矣。一身之内，形神相资；一群之中，力德相备。身贵自由，国贵自主。生之与群，相似如此。

——严复《原强修订稿》（节选）

2005年12月1日，温家宝总理在人民大会堂接受法国《费加罗报》副总编鲁斯兰的采访时谈到："1789年法国大革命以后，法国许多启蒙思想传到了中国，对中国一代进步的知识分子产生了影响，'民主、博爱、自由'为他们所接受。就是在这个时候，中国的大思想家严复提出了'**身贵自由，国贵自主**'……我们的目标是把中国建成富强、民主、文明的社会主义现代化国家。”

严复(1854—1921)原名崇光,字又陵,后改名复,字几道,是清末颇有影响力的资产阶级启蒙思想家、翻译家和教育家,也是中国近代史上最早向西方国家寻找真理的进步人士之一。他的《原强》最初发表在1895年3月4日至9日的天津《直报》上。据原文末段所说:“至于民智之何以开,民力之何以厚,民德之何以明,三者皆今日至切之务,固将有待而后言。”则此为未完之作。1896年10月,上海《时务报》要转载这篇文章,严复在回复梁启超的信中说:“今日取观旧篇,直觉不成一物……拟更删益成篇,容十许日后续呈法鉴如何?”但是,严复修改后的《原强》,《时务报》始终没有转载。修改稿与原稿相比较,不仅文字上有很大的出入,而且补写了很多的内容,增添了将近一半的文字。温总理所引“身贵自由,国贵自主”这句话,就出自于严复的《原强修订稿》。

1894年爆发的中日甲午战争,是中国以至世界近代史上的重大事件。随着战争的失利,清政府进一步加紧了乞降活动。1895年4月17日,清政府与日本签订了丧权辱国的《马关条约》。《马关条约》是继《南京条约》以来最严重的不平等条约。该条约的签订使中国社会的半殖民地化进一步加深,同时它也成为中国近代民族觉醒的一个重要转折点。这篇《原强修订稿》就写于甲午战败后。对西方文明有比较深入的了解的严复,面对甲午战争中清政府的惨败,他大声疾呼“身贵自由,国贵自主”,并尖锐地指出国家盛衰的关键是“自由不自由”。为什么其时西方发达,而中国当时虽力主西学,但是到最后还是惨遭失败?严复认为关键在于“国贵自主”。这也是当时中国和西方国家的根本差别所在。

“身贵自由,国贵自主”——只有个人赢得了自由,才能赢得民族和国家的自由。要培养国民的自由精神,并且将个人的自由与国家的独立自主联系起来,这就是“身贵自由,国贵自主”的深层含义。严复认为西方近代社会是一个民主社会,其特征是“以自由为体,以民主为用”,强调“身贵自由,国贵自主”,“人人得其志,申其言,上下之势,不相悬隔。君不甚尊,民不甚贱,而联若一体者,是无法之胜也”。这里虽然含有美化西方社会的成分,但是从中可以看出严复是以建立自主自强、君民共治的近代国家社会作为自己奋斗的理想的。一百多年过去了,挫折和成就都证明严复的这些论断是任何人都无法反驳的。

2006 年 12 月 6 日,正在法国访问的温家宝总理在巴黎综合理工大学发表了题为“尊重不同文明,共建和谐世界”的重要演讲。在演讲中,温总理再次强调了“身贵自由,国贵自主”。温总理两次引用严复的这句名言,其用意并不在于就法国的启蒙思想运动与严复的思想来源进行印证,而是强调中国的和平发展,中国在政治、经济等方面的制度自主与改革,必将使中国的国家自主跃升到一个新的水平。

不畏浮云遮望眼，只缘身在最高层

2005 年 12 月 14 日

登飞来峰

王安石

飞来峰上千寻塔，闻说鸡鸣见日升。
不畏浮云遮望眼，只缘身在最高层。

2005 年 12 月 14 日，温家宝总理在首届东亚峰会上发表了题为“坚持开放包容，实现互利共赢”的讲话，温总理在讲话中指出：“中国有句古诗，‘**不畏浮云遮望眼，只缘身在最高层。**’我坚信，只要我们站在时代的前沿，以历史的眼光洞察世界大势，以战略家的智慧谋划未来，以互利共赢的精神致力于发展，以务实开放的态度推进区域合作，我们就能克服前进道路上的艰难险阻，不断谱写出本地区和平、发展与繁荣的新篇章。”

“不畏浮云遮望眼，只缘身在最高层”引自王安石《登飞来峰》,此诗据推断作于王安石在舒州任通判之时,即公元1050年左右,而王安石任职于朝廷则始于庆历二年(1042)登进士之时,此诗的写作乃是王安石登进士的8年之后。《登飞来峰》是王安石进入仕途初期的佳作,仔细解读此诗,有利于更好地了解王安石早期的思想。

《登飞来峰》是一首七言绝句,全诗共四句。第一句"飞来峰上千寻塔",据南宋张淏《会稽续志》记载,飞来山上有塔,名应天塔,塔高二十三丈,这里所言千寻,是极言塔高。第二句"闻说鸡鸣见日升"用典。据《水经注》记载:"泰山东南山顶名曰日观,日观者,鸡一鸣时,见日始欲出,长三丈许,故以名焉。"这里将"鸡鸣见日升"的典故移到飞来峰上,王安石声言"闻说",言下之意是说这极可能是关于飞来峰的一个传说,通过这个传说的渲染,可以想见飞来峰上佛塔之高。诗歌前两句都在极言诗人所处之境的高远,这样也就很自然地引入了下文的议论。第三、四两句的意思是说:我登上飞来山上这座千寻之塔,因为立足高远,所以不用担心有云雾遮蔽我的眼,远眺之景尽收眼底。这里的"浮云",是中国古典诗歌中的常见意象。古人常将浮云比喻成奸谗小人,汉代陆贾《新语·慎微篇》说:"故邪臣之蔽贤,犹浮云之障日也。"唐朝李白《登金陵凤凰台》诗云:"总为浮云能蔽日,长安不见使人愁。"写作此诗时,王安石应该是三十一岁。他自二十四岁登进士第,一直在地方任职。他每至一地,关心民瘼,致力民生,为老百姓办了不少实事。例如他在浙江鄞县任上,"起堤堰,决陂塘,为水陆之利","贷谷与民,立息以偿，俾新陈相易，邑人便之”。后来王安石变法的许多措施，大多可以在他任地方官职时找到端倪。

王安石鄞县任满后，当时文彦博曾极力主张王安石担任京职，在舒州任上，欧阳修等人亦向朝廷推荐重用王安石，但王安石总是婉转拒绝，这主要在于当时朝政日非，保守势力占据上风，王安石知道，一旦进京，如果不能得到重用，自己终会因与保守势力政见不合而遭排挤。这就是王安石在此诗中所云对浮云蔽日的担忧。后来王安石实行变法，这主要得力于他的宰相地位与皇帝的信任，可谓是身在最高层，当然不用惧怕浮云蔽日而可以大刀阔斧地革新政治。这首诗的后两句表达了王安石希望被朝廷重用的心情与他的政治识见。纵观全诗四句，前两句叙事，后两句议论，衔接浑然天成，语言明白如话，一改前人登临游览之作模山范水的窠臼，翻新出奇，将诗情与哲思融为一体，特别是后两句，和唐朝诗人王之涣的《登鹳雀楼》诗“欲穷千里目，更上一层楼”有异曲同工之妙。

温家宝总理在参与首届东亚峰会的发言中引用王安石的这两句诗，一方面表明中国对地区合作及一体化的态度是真诚的和光明正大的，另一方面也向与会各国提出殷切的希望，希望大家都能坦诚相待，站在时代的制高点上，洞察世界大势，克服前进道路上的艰难险阻，互利共赢，真正促进东亚国家之间的和谐相处与合作，使东亚合作建立在尊重社会制度和文化多样性、多元化发展的基础上，不断谱写出本地区和平、发展与繁荣的新篇章。

穷则变，变则通，通则久

2005年12月6日

神农氏没，黄帝、尧、舜氏作，通其变，使民不倦，神而化之，使民宜之。《易》穷则变，变则通，通则久。是以“自天佑之，吉无不利”。

——《周易·系辞下》(节选)

2005年12月6日上午，在法国进行友好访问的温家宝总理应邀前往巴黎综合理工大学，发表了题为“尊重不同文明，共建和谐世界”的重要演讲，在演讲中，总理指出：“世界上任何一种文明都是在变革中发展进步的。中国古代的哲学经典《周易》提出‘**穷则变，变则通，通则久**’的思想。中华文明源远流长，却不是一成不变的。几千年来，中华文明延续发展，虽然在近代曾经一度落后，但又能奋起图强，大步前进，这不是偶然的。中华文明发展的基础和内在动力，在于它的刚健自强，在于它的独立意志，在于它的开放包容，在于它的维新变革。中华文明正是通过不断变革而传承下来并发扬光大的。”

“穷则变，变则通，通则久”出自《周易·系辞下》。作为儒家经典之首的《易经》，最早叫《易》，到《周礼》才出现了“周易”之名。“周”，东汉郑玄《易论》认为是“周普”的意思，也就是无所不备，周而复始。但唐代孔颖达《周易正义》认为“周”是指岐阳地名，是周朝的代称。又有人认为《周易》的得名与《易经》流行于周朝有关；还有人依据《史记》“文王拘而演周易”的记载，认为《易经》乃周文王所著，故称为《周易》。“易”的解释也有多种，但通行的就是东汉郑玄的“三义”说。郑玄《易论》认为：“易一名而含三义：简易一也；变易二也；不易三也。”就是说宇宙万物的存在状态主要有三种：一是顺乎自然的，表现出易和简两种性质；二是时时在变易之中的；三是恒常不变的。如此众多的解释，一方面说明《周易》成书的复杂性，另一方面也说明这部著作内蕴的丰富性。

今通行本《周易》和马王堆帛书本均包含《易经》和《易传》两部分。《易经》是中国古代卜官（或史官）在长期积累的十分丰富的卜筮记录基础上编纂而成的一部占筮书，约成书于公元前12世纪的殷末周初。《易传》是对于《易经》卦画、卦象、卦辞、爻辞的诠释，约成书于春秋到战国中叶，其间包含着极为丰富的哲学思想。

篇首节选的文字出自《周易·系辞下》，阐述了《易经》的“通变”思想。“通变”思想是《周易》极为重要的思想之一。这一思想是在解释蓍法时提出的。《系辞传》说：“变而通之以尽利，鼓之舞之以尽神。”就是说，爻象的变化，有变有通；爻象的变通显示了所占之事的性质和变化的趋势,能指导人们趋利避害。又说:“化而裁之谓之变,推而行之谓之通。”“化而裁之”指对卦爻的变化加以裁节,即使阴爻变为阳爻,阳爻变为阴爻,因此,在这里“变”指的是卦画的变易;“通”指爻象的推移,如上下往来,往还于六位之中。《系辞传》又以乾坤两卦的性能解释变和通,它说:“阖户谓之坤,辟户谓之乾,一阖一辟谓之变,往来不穷谓之通。”乾的性能是主开辟,坤的性能主闭阖。阴爻变而为阳爻,阳爻变而为阴爻。这种开合往复的运动就是“变”,这种对立面的来回推移没有穷尽就是“通”。那么,通变有什么必要性呢?对这一问题,《系辞》也作了充分的论述。这一论述就是篇首节选的文字。这段文字中,“穷”,指尽头、终端、完;“通”指通畅。全句翻译过来,就是“神农氏以后,黄帝、尧舜先后继起。他们会通改变前代的器用、制度,使百姓进取不懈;在实践中神奇地变化,使百姓应用适宜。《周易》的道理是穷极就出现变化,变化就能畅通,畅通就可以长久,所以能够像《大有》上九所说的‘从上天降下祐助,吉祥而无所不利。’”(黄寿祺、张善文《周易译注》)这里是以蓍法的变通说解释圣人观象制器所取得的效果,进而说明通变的重要意义。在《易》传的作者看来,事物的发展总是先穷而后变,变而后通,通然后能久,这种对通变的重视和肯定,是对阴阳变易理论的进一步发展。

通变思想在中国文化史上具有极为重要的意义,对哲学、医学、天文、政治、伦理、文学艺术及其理论都产生了深刻的影响。思想领域和政治层面上复古与革新的问题,刘勰《文心雕龙》所论述的文学发展史的“通变”问题,书法领域内“反经合道”(王文治《快雨堂题跋》)问题,都与《周易》中的通变观有着直接的联系。

温家宝总理引用《周易》中的这句话,再一次对这部古老经典的不朽思想作了形象演绎,也借此说明了中华文明不断发展的内在原因。

天时不如地利，地利不如人和

2005年12月6日

孟子曰："天时不如地利，地利不如人和。三里之城，七里之郭，环而攻之而不胜。夫环而攻之，必有得天时者矣；然而不胜者，是天时不如地利也。城非不高也，池非不深也，兵革非不坚利也，米粟非不多也，委而去之，是地利不如人和也。"

——《孟子·公孙丑下》（节选）

2005年12月6日，温家宝总理在巴黎综合理工大学发表了题为"尊重不同文明，共建和谐世界"的演讲。温总理在演讲中说："人与人之间的和睦相处是社会文明的重要标志，也是国家稳定的基础。中国古代著名思想家孟子说过'**天时不如地利，地利不如人和**'，就是说只要人们和睦相处，就什么困难都能克服。要真正实现人与人之间的和睦，就需要发展社会生产力，消除贫穷与落后，使人们过上富裕的生活；就需要实现社会的公平与正义，坚持法律面前人人平等，尊重和保障人权；就需要提倡不同民族、不同信仰的人们相互包容、相互尊重、与人为善、以邻为伴。”

此处温总理所借用的“天时不如地利，地利不如人和”，不仅《孟子》中，而且《荀子》、《尉缭子》和近年出土的《孙膑兵法》中都有论述，有的地方且称之为“古之圣人”的话。《荀子·天论》曰：“天有其时，地有其财，人有其治，是之谓能参。”《尉缭子·战威》说：“‘天时不如地利，地利不如人和。’圣人所贵，人事而已。”这些著作大多与《孟子》同一时代，可见这两个“不如”在当时的影响。古代行军作战都要占卜阴阳时日，《汉书·艺文志》的“兵书略”中有兵阴阳家类，班固《序》说：“阴阳者，顺时而发，推刑德，随斗击，因五胜，假鬼神而为助者也。”《孙膑兵法·月战》道：“天时、地利、人和，三者不得，虽胜有殃。”古人论天时、地利、人和，多以军事为喻，但又不局限于战事。如明末清初的思想家兼农学家陆世仪在《思辨录辑要·论区田》中说：“天时、地利、人和，不特用兵为然，凡事皆有之，即农田一事关系尤重。水旱，天时也；肥瘠，地利也；修治垦辟，人和也。三者之中，亦以人和为重，地利次之，天时又次之。”陆世仪以农事譬喻，认为农夫如果能依照农时安排耕作，根据土地肥沃程度安排种植，加以科学的农业分工，便能使农事顺畅，丰衣足食。荀子在《荀子·王霸》中也认为：“上不失天时，下不失地利，中得人和，而百事不废。”可见天时、地利、人和对于“百事”的重要性，一切事理都包含有天时、地利、人和三个因素。

篇首文段中，孟子主要是从军事方面来分析论述天时、地利、人和之间的关系，提出“天时不如地利，地利不如人和。”古人把“地”看成是“万物之本原，诸生之根菀”(《管子·水地》)，如三国时期的赤壁之战就是占据地利而取胜的战例，而著名的“草船借箭”则是利用了天时的经典之战。但是，孟子认为，三者之中，“人和”最重要，是起决定作用的因素，“地利”次之，“天时”又次之。这种理念，是与孟子重视人的主观能动性的一贯思想息息相关的。按照孟子的看法，封锁边境线是无法限制住老百姓的，山川的险阻也不是保卫国家的必要保障，只有做到“人和”，才会出现孔子所说的“则四方之民襁负其子而至矣。”(《论语·子路》)正是认识到了“人和”的重要性，孟子才总结出“得道者多助，失道者寡助”的结论。现在，国家要改革，要提高综合国力，让老百姓安其居，乐其业，就必须做到“人和”，只有这样才能上下一心，团结一致，调动一切可以调动的力量，也只有这样，我们的改革才有希望。

温家宝总理是从国家政治的高度来引述孟子的这句话的，借此阐明了“人和”的重要性。正如温总理所说，在新的时期，“人和”不是一句空言，而是我们每一个人都应遵循的行为准则。真正的“人和”应该是“相互包容、相互尊重、与人为善、以邻为伴”。这就像费孝通先生所说：“各美其美，美人之美。美美与共，天下大同。”

士不可以不弘毅，任重而道远

2005 年 6 月 24 日

曾子曰："士不可以不弘毅，任重而道远。仁以为己任，不亦重乎？死而后已，不亦远乎？"

——《论语·泰伯》（节选）

2005 年 6 月 24 日上午，香港新任特首曾荫权宣誓就职仪式在人民大会堂举行。仪式结束后，温家宝总理在接待厅会见了曾荫权。落座后，温总理说："我深信，曾先生一定能够忠实地履行自己的誓言，认真贯彻基本法，带领特别行政区政府依法施政，团结香港广大民众，为香港的繁荣稳定作出新的贡献。"温总理接着说，"最后我想借用《论语》的一句话作为对曾先生的勉励：'**士不可以不弘毅，任重而道远**。'"

《论语》中所说的"士"是封建社会中具有一定社会身份和地位的特殊阶层，是四民之首（四民，即士、农、工、商）。宋代以后，士逐渐成为一般读书人的泛称。但春秋以前，士只是一个等级（即周王、诸侯、卿、大夫、士的等级序列）的名称，具有相对的稳定性。到了战国时期,士虽然仍具有等级特征,但逐渐演变成社会上的一个阶层。战国时期,争霸兼并战争频仍,列国多以得士为荣。在儒家经典中"士"多次被提及,如《论语》中,孔门弟子子贡、子路都问过"何如斯可谓之士矣"这个问题。孔子在回答子贡的提问时将"行己有耻,使于四方,不辱君命,可谓士矣"作为士的最高标准,对于子路,则以"切切偲偲,怡怡如也,可谓士矣"对其予以勉励。作为孔门弟子,儒家思想最得力的继承人与传播者,曾子提出的为士标准最为后人称道,即"士不可以不弘毅,任重而道远。仁以为己任,不亦重乎?死而后已,不亦远乎?"可见,在儒家眼里,士是理想人格的典型楷模与儒家社会理想的坚定执行者。

曾子认为,要想成为士,必须具有两种涵养,即"弘"和"毅"。关于这两个字的解释,朱熹在《四书章句集注》中谓:"弘,宽广也。毅,强忍也。"朱熹又在《朱子语类》中说:"所谓'弘'者,不但是放令公平宽大,容受得人,须是容受得许多众理。若执著一见,便自以为是,他说更入不得,便是滞于一隅,如何得弘?须是容受轧捺得众理,方得。""毅是立脚处坚忍强厉,担负得去底意。"这就是说,作为士人,应该心胸宽广,有容人之量,更有容物之量;不偏执己见,不自以为是,目光远大,见识高超。这是弘的含义。但仅是这样还不行,还应该坚毅、果敢并具有超强的忍耐力,即苏轼在《晁错论》中所谓:"古之成大事者,不惟有超世之才,亦必有坚忍不拔之志。""弘"与"毅"两者不能偏颇,相互统一,缺一不可。朱熹谓之"非弘不能胜其重,非毅

无以致其远”，且引程子的话解释道：“弘而不毅，则无规矩而难立；毅而不弘，则隘陋而无以居之。”（《四书章句集注》）

那么，作为士人，为何要具有这两种素质禀性呢？这是由士人肩负的历史使命与社会责任所决定的。儒家思想的主体是“仁”，儒家经典中记载得最多的就是关于“仁”的探讨，其终极目标是实现身修的人格塑造与家齐、国治、天下平的理想社会政治，这种理想目标的实现，若非弘毅之士，实难做到。《四书章句集注》谓：“仁者，人心之全德，而必欲以身体而力行之，可谓重矣。一息尚存，此志不容少懈，可谓远矣。”士人以“仁”为己任，即当有“宇宙内事是己份内事，己份内事是宇宙内事”（陆九渊《象山集》）的担当意识，有事不避难、“临大节而不可夺”，甚至“见危致命”、“杀身成仁”、“死而后已”的宗教式献身精神。这些充分体现着儒家强烈的社会历史责任感，彰显的是坚定不移的价值信仰、坚忍不拔的人格毅力和不改其志的理性自觉。儒家这种刚健有为、生生不息的主体精神，使得中国士人在生命深处无时无刻不在高唱着以天下为己任的生命赞歌。他们心忧天下，穷则独善其身，达则兼济天下，用生命书写着一曲曲人性的赞歌。诸葛亮一生“鞠躬尽瘁，死而后已”，顾炎武于衰朽末世高声疾呼“天下兴亡，匹夫有责”，林则徐于国难关头自我警醒“苟利国家生死以，岂因祸福避趋之”……

据山东济宁嘉祥县曾子研究会调查，曾姓原是一家，即曾参的后人，按族谱曾荫权是曾子第七十四代后人。曾庙位于山东济宁市附近的嘉祥县，曾荫权与妻儿曾到那里祭祖。2005 年曾荫权当选香港特首，温家宝总理亲切地引用曾荫权祖先曾子的名言勉励他“士不可以不弘毅，任重而道远”；后来曾荫权连任香港特首，温总理再次用曾子语“仁以为己任，不亦重乎？死而后已，不亦远乎？”来勉励他。温总理的意思是说曾荫权为港人谋利益的责任十分重大，他要为香港的繁荣安定，献出自己的一切，直到生命最后一刻，这条路非常遥远，这就是任重道远的含意。

相知无远近，万里尚为邻

2005年6月26日

送韦城李少府

张九龄

送客南昌尉，离亭西候春。
野花看欲尽，林鸟听犹新。
别酒青门路，归轩白马津。
相知无远近，万里尚为邻。

2005年6月26日，温家宝总理出席第六届亚欧财长会议开幕式并发表题为“加强亚欧财金合作促进各国共同发展”的讲话。温总理说：“中国有句古话：‘**相知无远近，万里尚为邻**。’中国与亚洲各国山水相连，共同铸就了灿烂的亚洲文明；古老而美丽的‘丝绸之路’，谱写了中欧千年往来的美好篇章。中国与亚欧各国的互利合作正在步入一个全新的阶段。中国已成为亚欧和世界经济发展中的积极力量，我们将坚持走和平发展的道路，致力于同亚欧各国发展富有活力和长期稳定的全面合作关系，与亚欧各国相互支持，携手前进。”

与友邦相交的历史自古有之。最辉煌的当数西汉张骞出使西域开辟了丝绸之路，到了东汉时期甘英行驶至波斯湾沿岸，再到明初的航海家郑和七下西洋到达非洲东海岸、红海岸。与友邦相交，不仅能把中国文明的种子播撒到世界各地，还能对友邦的异域文化和经济生活作一了解。虽然古代的外交多是以政治目的为主，然而现在看来其历史价值也不容忽视。

“相知无远近，万里尚为邻”是张九龄的诗作。张九龄，字子寿，韶州曲江（今广东韶关市）人，是唐中宗景龙初年进士，唐玄宗开元贤相，历任中书侍郎和中书门下平章事、中书令等，后因病逝世。唐玄宗每让宰相荐士，总要问“风度得如九龄否？”初，安禄山讨奚、契丹战败，被执送京师。张九龄主张按军法处以极刑，玄宗不从。张九龄死后，曾被其预断为“必反”的安禄山掀起了“安史之乱”，唐玄宗因追思张九龄而痛悔不已，遣使至曲江祭九龄。张九龄诗歌成就颇高，独具“雅正冲淡”的神韵，并对岭南诗派的开创有启迪作用。有《曲江集》二十卷传世。

唐中宗景龙初年（708），张九龄考中进士，被任命为校书郎。校书郎级别虽低，却“为文士起家之良选”，历来是文士们孜孜以求的官职。此诗当是张九龄任秘书省校书郎时之作。何格恩《张曲江诗文事迹编年考》认为这首诗是唐开元十八年张九龄洪州任上所作，似误。因为诗中“别酒青门路”，已经点明了送别的地点在长安。诗题《送韦城李少府》中的“韦城”在今河南省滑县东南。李少府,其人事迹不详,少府,县尉的别称。唐代因县令称明府,县尉为县令之佐,称为少府。

张九龄的诗歌,以古风体《感遇十二首》为代表,此外他的律诗亦别具风韵。由于廷臣身份的局限,张九龄的律诗多以应制酬唱为主,但他的不少律诗,力破齐梁咏写物象、流连光景的绮靡诗风,直接取法汉魏古诗的抒情言志传统,格调超迈苍古,这些律诗的创作对唐诗风貌的形成有着非常积极的影响。这首五言律诗在张九龄的诗作中极具代表性。诗题“送韦城李少府”点明该诗乃送别之作。历代关于送别之作,多不胜数,要想将此种题材写得别具新意,并非易事。南朝江淹曾在《别赋》里写了各种各样的离别,自古言别,总是让人黯然魂销,古代的许多送别诗,也大都以表现悽怆感伤的情调为主。张九龄的这首送别诗,一洗悲酸之态,化沉郁为豪放,格调昂扬,催人振奋,尤其是诗中“相知无远近,万里尚为邻”这一句,最为后人赞赏。在此之前,三国时曹植《赠白马王彪》有“丈夫志四海,万里犹比邻。恩爱苟不亏,在远分日亲”,唐初王勃《送杜少府之任蜀州》有“海内存知己,天涯若比邻”。张九龄的这首《送韦城李少府》与上述诗作有异曲同工之妙,充塞着放达之情与豪迈之气,很可能受到前代诗作的启发。杜甫在《八哀·故右仆射相国张公九龄》一诗中称赞张九龄“诗罢地有余,篇终语清省”。明人胡震亨《唐音癸签》说:“张曲江五言以兴寄为主,而结体简贵,选言清冷,如玉磬含风,晶盘承露,故当于尘外置赏。”这些评论都阐幽发微式地道出了张九龄律诗创作的特色。张九龄的诗歌语言清新简练，结构严谨，使读者于体会离情的刹那，品味着高雅的人生哲理，从中可见诗人高超的艺术造诣。

温家宝总理引用张九龄的诗句“相知无远近，万里尚为邻”，一方面说明亚洲人民与欧洲人民在漫长岁月中结下的深厚情谊弥足珍贵，另一方面也传达了中国政府和人民愿与亚欧各国乃至世界各国保持友好合作关系的心愿。

暑退九霄净，秋澄万景清

2005 年 9 月 5 日

八月十五夜晚月

刘禹锡

天将今夜月，一遍洗寰瀛。
暑退九霄净，秋澄万景清。
星辰让光彩，风露发晶英。
能变人间世，翛然是玉京。

2005 年 9 月 5 日，“21 世纪论坛”开幕式在全国政协礼堂举行。温家宝总理出席论坛开幕式并发表了题为《走科学发展道路，实现可持续发展》的演讲。温总理说：“九月的北京，‘**暑退九霄净，秋澄万景清**’。在这美好的时节，‘21 世纪论坛’2005 年会议隆重举行。我谨代表中国政府，并以我个人的名义，对会议的召开表示热烈的祝贺！向各位来宾表示诚挚的欢迎！”

“暑退九霄净，秋澄万景清”是刘禹锡的名句。后人多引用其来描写秋天的景色。温总理说北京最好的时节是九月,并借用刘禹锡的这句诗来描述北京的秋天,用得恰到好处。诗人刘禹锡当年作这首诗是在苏州,想必那时的秋空也和如今一样,凉爽、干净、清透得让人着迷。

这首诗是刘禹锡在苏州做刺史时所作。之前,刘禹锡参加“永贞革新”失败被贬朗州,他没有自甘沉沦,仍然保持着积极乐观的进取精神。后来他虽然一度奉诏还京,但又因诗句“玄都观里桃千树,尽是刘郎去后栽”触怒当朝权贵,被贬为连州刺史、江州刺史,经多次调动,被派往苏州担任刺史。当时苏州发生水灾,饥鸿遍野。他上任以后开仓赈济,免赋减役,很快使人民从灾害中走出,过上了安居乐业的生活。苏州人民爱戴他,感激他,就把曾在苏州担任过刺史的韦应物、白居易和他合称为“三杰”,建立了三贤堂。后来唐文宗也对他的政绩予以褒奖,赐给他紫金鱼袋。刘禹锡在苏州做了三年刺史,写了大量的诗篇,这是其中的一首。

再来回味一下诗人作诗时的情景:时值中秋佳节,诗人赏月吟诗,兴致很高。诗歌精心描写了十五月圆之夜的天光月色。其间,一轮明月升起,照耀整个宇宙,好像把人间净刷了一番。“寰瀛”,代指整个世界。二、三两联写皓月当空,暑气消退,使人感觉清凉无汗,此时银光铺泻,万景澄清,天地一片空明。在月光的映衬下,天上的星星变得暗淡无光;一阵凉风拂过,花枝上的露珠在月光映照下像珍珠般晶莹。尾联写诗人融化在这无边苍茫、恬静的月色之中,内心发出由衷的感叹:这无边的月色映照着大地，“改尽江山旧”，使得整个世界仿佛变成了天上人间一样，恍然使人有身在天上仙宫之感。“能变人间世，翛然是玉京”，借景抒怀，从中可见诗人“致君尧舜上，再使风俗淳”的政治抱负。

刘禹锡是一个在艺术上孜孜不倦地追求创新的诗人。他的诗作以意境美、含蓄美、音乐美著称于世。在语言运用上，文彩炳曜，言辞雅丽，形象鲜明。他主张写诗要“境生于象外”，又长于使用曲笔，精警含蓄，耐人寻味。他的诗大多能入乐歌唱，明胡震亨在《唐音癸签》中称之为“语语可歌”。篇首所引诗作意境很美，诗人运用形象的语言，丰美的想象，渲染了中秋月夜特定的环境特征，尾联借景抒怀，含不尽之意于言外，语言朴素优美，色调清新自然，健康活泼，充满了生活情趣。

自古以来写中秋的诗很多，刘禹锡的这首《八月十五夜晚月》很有特色。温家宝总理引用其中的“暑退九霄净，秋澄万景清”两句向与会的嘉宾表示欢迎，意在说明论坛的召开在时间、地点上都很适宜，可谓是良辰、美景、赏心、乐事，贤主、嘉宾，“四美具，二难并”，此次“21 世纪论坛”的召开定会取得圆满的成功。

不愤不启，不悱不发

2005年9月9日

子曰："不愤不启，不悱不发。举一隅不以三隅反，则不复也。"

——《论语·述而》（节选）

2005年9月9日上午，在第21个教师节来临之际，温家宝总理在人民大会堂会见教师代表时，引用孔子的"**不愤不启，不悱不发**"向教师代表们提出希望，希望大家在教学工作中实行启发式教育，把学生作为教学的中心，使学生在学习的整个过程中保持主动性，培养学生独立思考和创新思维的能力。

孔子笔下的"不愤不启，不悱不发"意思是说：教育学生，不到他冥思苦想而仍不能领会的时候，不去启发他；不到他想说而又说不出来的时候，不去开导他。宋代理学家朱熹解释："愤者，心求通而未得之状也；悱者，口欲言而未能之貌也。启，谓开其意；发，谓达其辞。"用今天的话讲，"愤"就是学生对某一问题正在积极思考，急于解决而又存在困难时的矛盾心理状态。这时教师应对学生思考问题的方法适时给予指导，以帮助学生开启思路，这就是“启”。“悱”是学生对某一问题已经有一段时间的思考，但尚未考虑成熟，处于想说又难以表达的另一种矛盾心理状态。这时教师应帮助学生明确思路，然后用比较准确的语言表达出来，这就是“发”。怎样启发呢？孔子提出了“举隅”的主张。“举隅”，就是举例子或者举出事物的一个方面。朱熹对“举隅”的解释是：“物之有四隅者，举一可知其三。”值得注意的是，孔子所说的“不复”，是强调施教者活动的暂时终止，并不是说“下课”，停止学生的学习活动，而是要给学生创造时机去独立思考和内省，去想一想，去探索一番，从更深更广的范围理解教学内容，达到意开辞达的效果。“不复”强调的是教师的教学行为要把握分寸，适可而止。

这句话是“启发”一词和成语“举一反三”的由来，是孔子论述启发式教学的重要名言，对后世影响非常深远。爱因斯坦曾经说过：“提出一个问题往往比解决一个问题更重要。因为解决一个问题也许仅仅是一个数学上的或实验上的技能而已，而提出新的问题、新的可能性，从新的角度看旧的问题，却需要有创造性的想象力，而且标志着科学的真正进步。”启发式教学的思想，就是要求学生“博学之，审问之，慎思之，明辨之，笃行之”。《礼记·学记》中曾说：“君子既知教之所由兴，又知教之所由废，然后可以为人师也。故君子之教，喻也。道而弗牵，强而弗抑，开而弗达。”意思是说，君子既要懂得教学成功的经验，又要懂得教学失败的原因，这样才可以当好人师。教师对学生施教，应当用诸如打比喻的方式启发诱导。对学生的诱导不能牵着学生走，严格要求学生但不能使学生感到压抑，要启发学生思考但不能直接把答案告诉学生。启发式教学思想，是我国传统文化的重要组成部分。《论语》中就记录了孔子常常运用讨论、诘问、比喻等多种多样的方法启发诱导学生，要求学生。这些方法的合理运用，使得孔子启发诱导的教学方法，既调动了学生主动思考问题的积极性，做到举一反三、闻一知十地思考与解决问题，又避免了简单、抽象地告诉学生答案的弊病。

温家宝总理对于启发式教育思想非常重视。2006 年 5 月 4 日，温总理专程来到北京师范大学，亲切看望青年学生。就启发式教育这个问题，温总理告诉大家：启发式教育是孔子的发明，不是苏格拉底的发明。孔子早苏格拉底 82 年，是孔子提出了“不愤不启，不悱不发”的教育理念。温总理进一步向广大青年学子提出希望，希望他们将来为人师不仅要教学生学会动脑，还要学会动手；不仅要教学生知，还要教学生行。

师者，传道受业解惑也

2005 年 9 月 9 日

古之学者必有师。师者，所以传道受业解惑也。人非生而知之者，孰能无惑？惑而不从师，其为惑也终不解矣。生乎吾前，其闻道也固先乎吾，吾从而师之；生乎吾后，其闻道也亦先乎吾，吾从而师之。吾师道也夫，庸知其年之先后生于吾乎？是故无贵无贱，无长无少，道之所存，师之所存也。

——韩愈《师说》(节选)

2005 年 9 月 9 日上午，在我国第 21 个教师节来临之际，温家宝总理在人民大会堂福建厅会见了北京市优秀教师代表。在与教师代表谈话时，温总理援引唐朝韩愈的《师说》说：“**师者，传道受业解惑也**(受通授)，传道授业解惑，是老师在毕生中一定要做好的事情。现在我们讲传道，就是要给学生传授爱国主义、集体主义思想，使他们热爱祖国、热爱人民，有着强烈的社会责任感；授业就是要给学生传授知识本领，当前最重要的就是要提高教学质量，努力培养杰出人才；解惑，就是当学生遇到问题的时候，教师要解疑释惑。解疑释惑要有方法，要摆脱那些生硬的、死板的、教条的方法，代之以生动的、活泼的、耐心的、细致的方法。而做好这三点，一定要以德为先。”

“师者，所以传道受业解惑也”是唐代韩愈所写的名句，他是唐代著名的文学家、思想家和教育家。韩愈喜欢和青年学子交往，给他们以奖励和指导，这在唐代是很少见的，以至人们纷起责难他“好为人师”。但韩愈不顾他人流言诽谤，依然一如既往地奖励提携后进学子。正是在这样的背景之下，韩愈写下了传诵千古的名篇《师说》。

《师说》作于唐贞元十八年（802）韩愈任四门博士时，此时恰是士人们耻于相师的风气正盛之时。士人耻于相师风气的产生源于门第观念的影响。门第观念起源于魏晋时期由魏文帝曹丕所制定的选官制度，即九品中正制，它在两汉选官的察举制基础上有所改变。中正是出自名门望族的官吏推选官，官吏由他们负责选拔，考察评定等级，其考察的标准一般以家世、才能、道德为主。九品中正制在创立之初确实发挥着积极的作用，如沈约在《宋书·列传第五十四·恩倖》中云：“盖以论人才优劣，非谓世族高卑，因此相沿，遂为成法。自魏至晋，莫之能改。”但是发展到后来，道德才能在选拔官吏中并不重要，重要的是门第高低，甚至远祖的名位更重于父祖辈的身份。隋唐时期，九品中正制虽被封建科举制所取代，但它的恶劣影响在当时余风未除，中唐时期尤为显著。受门第观念的影响，“位卑则足羞，官盛则近谀”,加之贵族子弟无论学业如何,均有官可做,所以士人们耻于从师以致师道不存。柳宗元说:“魏晋氏以下,人益不事师。今之世不闻有师,有,辄哗笑之,以为狂人。独韩愈奋不顾流俗,犯笑侮,收召后学,作《师说》,因抗颜而为师。世果群怪聚骂,指目牵引,而增与为言辞。愈以是得狂名。居长安,炊不暇熟,又挈挈而东,如是者数矣。”(《答韦中立论师道书》)由此可见《师说》的写作背景和抗争精神。韩愈不顾流俗的诽谤,不但自己敢为人师,而且写了此文,阐述自己对师道的看法,这种大张旗鼓地宣扬自己观点的做法,是难能可贵的。尤其是作者在文末声明《师说》是为师事他的青年李蟠而作,因为李蟠“好古文,六艺经传皆通习之”、“能行古道”,所以“作《师说》以贻之”,使得这篇文章也就成了一篇对制造诽谤者的严正驳斥与公开答复。

文章论点鲜明,说理透彻,结构严谨,感情充沛,作者明确指出教师的任务在于“传道受业解惑”,并从多方面反复论证了从师学习的重要性和必要性。用历史的眼光来看,韩愈所说之道指的是儒家之道,即传“先王之道”,宣“圣人之教’,也就是修身、齐家、治国平天下之道。所谓“受业”,即传授儒家经典。所谓“解惑”,是指在传道授业的过程中,学生总会遇到许多不明白的问题,教师的任务就是解答学生的疑惑。以上三方面不是并行的,而是以传道为主,授业为次,解惑为辅。没有授业,道亦不存;如不解惑,则道不明。所以三者虽有主次,但又相互联系,缺一不可,短短的几句话,就把教师的本质说清楚了。

时至今日,韩愈对教师任务的论述同样可以为我们所用。

温文尔雅

教育是民族振兴的基石。十七大报告中“优先发展教育,建设人力资源强国”是作为加快推进以改善民生为重点的社会建设问题中的第一个方面提出的,这就要求我们的教育工作者认真思考教育、对待教育,坚持育人为本、德育为先,全面实施素质教育,办人民满意的教育。温家宝总理引用韩愈的这句话,是告诉我们的教育工作者,要认真处理好传道、授业与解惑之间的辩证关系。一个称职的教师,不仅要为学生传道授业解惑,还要注意传道授业解惑的方法,努力开发学生的禀赋与潜能,要通过自己的教育行为使学生获得发展,并使学生在人格得到充分尊重的前提下,享受到教育的快乐。

思所以危则安，思所以乱则治，思所以亡则存

2006 年 3 月 14 日

（魏征）退又上疏曰：“……《诗》曰：‘殷鉴不远，在夏后之世。’臣愿当今之动静，以隋为鉴，则存亡治乱可得而知。思所以危则安矣，思所以乱则治矣，思所以亡则存矣。存亡之所在，在节嗜欲，省游畋，息靡丽，罢不急，慎偏听，近忠厚，远便佞而已。夫守之则易，得之实难。今既得其所难，岂不能保其所易？保之不固，骄奢淫泆有以动之也。”

——欧阳修等《新唐书 · 魏征传》（节选）

2006 年 3 月 14 日，十届全国人大四次会议闭幕后，温家宝总理在人民大会堂会见中外记者时引用了“**思所以危则安，思所以乱则治，思所以亡则存**”这句话来提醒大家，只有经常思考危机的原因，才能知道如何去防止危机；经常思考混乱的原因，才能将混乱防患于未然；经常思考灭亡的原因，才能明白该如何

去发展。“前事不忘，后事之师”，必需总结和吸取前人的经验教训，才能保证自己立于不败之地。

“思所以危则安，思所以乱则治，思所以亡则存”出自《新唐书·魏征传》。贞观名臣魏征不仅以直言敢谏、忠贞骨鲠的人臣风范而名垂青史，还因许多脍炙人口的名言警句、治世格言而为人称赏。这些警句格言内容广泛，寓意深刻，既有人生修养和行为方式方面的，如“以铜为鉴，可正衣冠；以古为鉴，可知兴替；以人为鉴，可明得失”；也有治国安邦方面的，如“君所以明，兼听也；所以暗，偏信也”。温总理所引就是这些寓意深刻的格言中的一条。

所选引文是魏征因唐太宗“幸洛阳，次昭仁宫殿，多所谴责”而上奏的《疏》中的一部分。魏征在这篇《疏》中提出了“思所以危则安矣，思所以乱则治矣，思所以亡则存矣”的主张，论述的是治理国家的大道理。关于这点魏征还曾在《谏太宗十思疏》中进行过阐发：“不念居安思危，戒奢以俭，德不处其厚，情不胜其欲斯亦伐根以求木盛，塞源而欲流长者也。”魏征的这些思想究其根源，来自于先秦以来的文人士大夫所倡导的忧患意识。我们从《左传·襄公十一年》的“居安思危，思则有备，有备无患”，《易经》的“忧患与故”，《孟子》的“生于忧患，死于安乐”，《管子》的“事者，生于虑，成于务，失于傲”中，不难窥见两者之间的一脉相承。但就反映问题的深度和实际的效用来说，魏征的这句话更具有强烈的针对性和震撼力：这句话不仅明确了安危、乱治、存亡之间的辩证关系，而且还用三个“思所以……则……”的句式反复强调“思”的重要性,将防微杜渐的忧患意识之作用提到了无以复加的高度。

正如《晋书·世祖武帝纪》所言:“居治而忘治,则治无常治。”由此看来,每一个治国者都应该小心兢慎,千万不能麻痹大意,掉以轻心,而应未雨绸缪,见微知著,防患于未然。温家宝总理在记者招待会上引用魏征的这句名言,就表明了他对当前中国所面临的现状有着清醒的认识。

利而不害，为而不争

2006年4月3日

信言不美，美言不信。善者不辩，辩者不善。知者不博，博者不知。圣人不积，既以为人己愈有，既以与人己愈多。天之道，利而不害；圣人之道，为而不争。

——老子《道德经》第八十一章

2006年4月3日，温家宝总理在出国访问期间出席了澳大利亚联邦总理霍华德举行的欢迎宴会，并在会上发表了题为“坚持走和平发展道路　促进世界和平与繁荣”的演讲。在演讲中，温总理说：“坚定不移地走和平发展道路，是中国的必然选择。这是由中国的历史文化传统所决定的。”随后，温总理引用了中国古代典籍《道德经》中的“**利而不害**”，“**为而不争**”等文字，以说明中华民族历来就讲信修睦、崇尚和平。

篇首节选《道德经》中的这段文字的意思是说：真实的言词不华美，华美的言词不真实。善于言说的人不巧辩，巧辩的人并不善于言说。深入了解就难以到达广博，广博的人则无法深入了解。圣人不私自积藏,他尽量帮助别人,自己反而更加充足;他尽量给与别人,自己反而更加富有。自然的规律是有利于物而不是有害于物,人间的法则应该是施与而不是争夺。

《道德经》这一章的格言,可以作为人类行为的最高准则,它勉励人们要信实、讷言、专精,以天下为己任,多利人而少私己。在这一章中,老子提出的美与信、善与辩、知与博等范畴,实际上属于真假、善恶、美丑等矛盾对立的一系列问题,用来借以说明事物的表面现象与内在实质往往存在着不一致的地方,这中间包含着丰富的辩证法思想。但是,老子把事物的矛盾、现象与本质、表面与内容的不一致看成是绝对的,不免有些武断。因为世界上的事物多种多样,社会现象亦是层出不穷,如果认定"信言"都是"不美"的,"美言"都是"不信"的,"善者"都是"不辩"的,"辩者"都是"不善"的,"知者"都是"不博"的,"博者"都是"不知"的,那就太片面了,它们之间有时何尝不能和谐地统一在一起呢?

"利而不害"、"为而不争",这是老子在本章中提出的最具博爱精神的思想。老子认为,"圣人不积,既以为人己愈有,既以与人己愈多",这是一种最伟大的爱的表现。德裔美籍心理分析学家佛洛姆说:"爱是培养给与的能力。"老子所说的"为人"、"与人",便是给与能力的一种表现。圣人的伟大就在于他不断帮助别人,而不私自占有,这就是"利而不害"、"为而不争"的意义。老子深深地感到世界的扰攘与纷乱起于人们的相争,为了天下和平,他提出"不争"的思想。但是,老子的"不争"思想，并不是一种自我放弃，而是在“为”的基础之上的“不争”。“为”是顺应万物自然发展，是不违逆自然、社会自身发展规律基础之上的“为”，其目的与动机是“为人”的，通过这种“为”而得来的成果，不必擅为己有，应该“与人”。这种服务他人、贡献社会的“为”和不与他人争名夺利、计较得失的“不争”精神，是一种伟大的道德行为。

随着中国综合国力的不断提升，对中国的崛起“忧心忡忡”、视中国为“潜在战略威胁”的论调，仍不时见诸于西方社会。温家宝总理在演讲中引用这句话，意在说明中国的发展对内以建设富强、民主、文明的社会主义现代化国家为目标，对外实行全方位开放，以负责任大国的姿态建设性地参与国际事务，主张永远不称霸、永远不搞扩张。中国的这种“利而不害，为而不争”的态度有利于世界的发展与繁荣，有利于世界的和平与稳定。

谁言寸草心,报得三春晖

2006年4月3日

游子吟

孟　郊

慈母手中线,游子身上衣。
临行密密缝,意恐迟迟归。
谁言寸草心,报得三春晖。

2006年4月3日,温家宝总理在澳大利亚会见在澳工作的华人华侨代表时说:“每个人都有两个母亲,一个是生我们的母亲,另一个是祖国母亲。”温总理表示,有时出访七八天就开始想念祖国母亲。出来越久的人越觉得祖国母亲太值得想念了。全场代表用热烈的掌声响应总理,并和总理一起轻轻背诵起《游子吟》:“慈母手中线,游子身上衣。临行密密缝,意恐迟迟归。**谁言寸草心,报得三春晖**。”

温总理与大家一起背诵的这首脍炙人口的《游子吟》,一般认为是孟郊任溧阳县尉时所作。然而宋刻《孟东野诗集》俱无题下数字,令人生疑。细味此诗,当是游子出门临行思亲之作,与孟郊迎侍溧上之事不甚相符,因此推测此诗大概为诗人早年离家游宦时所作。

这是一首母爱的颂歌,全诗没有华辞丽藻,也没有精雕细刻,而只是用清新流畅、淡雅素朴的语言描述着母子深情,然诗味浓郁醇美,情感真切动人,千百年来为人称道。诗篇开头两句采用白描手法叙写母子情深。“慈母手中线,游子身上衣”,慈母手中的线是为了游子之衣而纺制的,游子身上之衣是由慈母手中之线缝制而来,慈母与游子,手中线与身上衣,诗句采用互文的手法,用极其简洁的方式写出了母子血浓于水的骨肉之情。后面两句紧承上两句写出人物的动作和意态,将笔墨集中在慈母上:“密密缝”,行前的一刻,慈母一针一线,针针线线都是这样的细密;“迟迟”,时间长久的样子。在这表面平静的缝制动作中,没有言语,也没有眼泪,有的只是爱的流溢其间,慈母对即将远游的子女的担忧、牵挂,以及企盼子女早些平安归来的一片深笃之情,在这极其细微的镜头中流露了出来,朴素自然,亲切感人。最后两句,作者采用比喻手法,形象地表达对母爱的回报:“谁言寸草心,报得三春晖。”“寸草心”,小草的嫩心;“三春”,春季的三个月,农历正月称孟春,二月称仲春,三月称季春;“晖”,阳光,喻母爱。这两句是前四句的升华,又是对伟大母爱的由衷讴歌。形象的比喻中,寄托着游子炽烈的情意,淳厚真挚的感情中,蕴含着“欲报之德,昊天罔极”的感叹,具有感人肺腑的艺术力量。

这首诗辞淡而意远，语平而具婉转变化，以极平淡的语言，写极平凡琐屑的家常，却能道出人类最永恒的情感，可谓深得古乐府之精神。正因为如此，历代对此诗的评价都很高。宋代刘辰翁说："全是托兴，终之悠然不言之感，复非睍睆寒泉之比，千古之下，犹不忘谈，诗之尤不朽者。"（《唐诗品汇》卷二十）清代贺裳也说："贞元、元和年间，诗道始杂，各立门户。东野最为高深浑厚，如'慈母手中线'，真是《六经》鼓吹，当与退之《拘幽操》同为全唐第一。"（《载酒园诗话又编》）到了清康熙年间，有两位溧阳诗人又吟出这样的诗句："父书空满筐，母线尚萦襦"（史骐生《写怀》）；"向来多少泪，都染手缝衣"（彭桂《建初弟来都省亲喜极有感》）。可见《游子吟》震撼人心的力量是历久而不衰的。

在澳大利亚会见在澳工作人员和华人华侨代表时，温家宝总理深情地吟诵这首歌颂母爱的绝唱，恰如其分地表达了祖国母亲和海外儿女不可隔绝的骨肉深情。

路遥知马力，日久见人心

2006年4月5日

酒逢知己饮，诗向会人吟。结朋须胜己，似我不如无。门内有君子，门外君子至。邻里欲高墙，亲情欲远方。相识满天下，知心能几人。路遥知马力，事久见人心。

——陈元靓《事林广记·前集》(节选)

2006年4月5日，为期两天的"中国—太平洋岛国经济发展合作论坛"首届部长级会议在斐济楠迪开幕，温家宝总理在会上发表了题为"加强互利合作，实现共同发展"的讲话。温总理说："'**路遥知马力，日久见人心**'，发展与太平洋岛国的友好合作关系不是中国外交的权宜之计，而是战略决策。历史已经并将继续证明，中国永远是太平洋岛国真诚、可信、可靠的朋友和合作伙伴。"

"路遥知马力，日久见人心"的意思是，路途遥远才能知道马的力气大小，日子长久后才能看出人心的好坏。这句话在中国民间很早就有流传。陈元靓的《事林广记》中记作:“路遥知马力,事久见人心。”

《事林广记》是一部日用百科全书型的古代民间类书,门类广泛,天文、地理、政刑、社会、文学、游艺,无所不包,其编纂目的是取便流俗通用。此书问世后,屡刊屡增,在民间的影响非常深远。但是,毕竟该书对民间社会生活的记载有着文人的加工,因此,在语言上不可避免地抹上了一些文人化色彩,如这句俗语中的“事久”二字,相较于“日久”来说,无疑带有雕琢的痕迹。不过,在元、明时期的小说话本、戏曲剧本中,“路遥知马力,事久见人心”一般还是作“路遥知马力,日久见人心。”例如元代佚名杂剧《争报恩三虎下山》中有“路遥知马力,日久见人心”语;南戏剧本《荆钗记》中有“真个路遥知马力,果然日久见人心”语。“日久”相较“事久”来说,更符合百姓的表达习惯,通俗顺口而发人深省,因此一直通行到现在。

“路遥知马力,日久见人心”这句话一般多用于交友层面。孔子说:“与善人居,如入芝兰之室,久而不闻其香,即与之化矣。与不善人居,如入鲍鱼之肆,久而不闻其臭,亦与之化矣。”(《孔子家语》)因此,在交友过程中,我们要“慎交”。所谓“慎交”,不是指不交或少交朋友,而是指要“善交”,即知人而交。俗话说“画龙画虎难画骨,知人知面不知心”,“相识满天下,知心能几人”,在古人那里,能够知人代表的是一种智慧。孔子又言:“视其所以,观其所由,察其所安。人焉廋哉?人焉廋哉?”(《论语·为政》)但人心难测,要想真正知人并不容易。虽则如此,“路遥知马力,日久见人心”告诉了我们一个很好的办法,就是“日久”,即通过时间来检验一切。时间是一面神奇的镜子,它能公正而全面地映照出一个人的真实面目。小至交友,大至邦交,如果仅囿于对方的短期作为或某一阶段的表现就仓促作出判断,这是难以得出科学论断的。

温家宝总理在“中国—太平洋岛国经济发展合作论坛”首届部长级会议上引用“路遥知马力,日久见人心”这句话,意在强调发展与太平洋岛国的友好合作关系不是中国外交的权宜之计,而是战略决策。中国同南太平洋岛国的友好关系源远流长。在相互友好往来的过程中,中国本着联合国宪章的宗旨,在和平共处五项原则基础上,积极发展同南太平洋各岛国的友好合作关系,致力于在经贸、文化、教育、卫生等各领域与南太地区开展互利合作。中国政府也一直积极鼓励中国的企业“走出去”,结合南太地区的经济特点开展合作。这些项目对增加当地的产品附加值,增加当地就业,促进当地经济的发展,保护当地的环境都非常有利。事实证明,发展与太平洋岛国的友好合作关系在中国外交决策中具有战略地位。同时,中国对南太地区“相互尊重、平等互利、彼此开放、共同繁荣、协商一致”的原则,也受到了各方的赞赏。

天行健，君子以自强不息

2006年4月6日

《象》曰：天行健，君子以自强不息。

——《周易·乾·象传》（节选）

《象》曰：地势坤，君子以厚德载物。

——《周易·坤·象传》（节选）

2006年4月6日，正在新西兰访问的温家宝总理在会见当地华侨华人代表时，语重心长地说：“**天行健，君子以自强不息**；地势坤，君子以厚德载物。我们中华民族自古就有自强不息、团结包容、吃苦耐劳、勤奋努力的高尚品质，不仅能够在自己的国家创业，还能够在世界各地努力奋斗，创造丰硕的成果。”

篇首引文出自《易经》的“象传”。“象传”是战国时代学者对《易经》中部分卦名、爻辞所具有的象征意义所进行的阐发和解释。乾卦为《易经》六十四卦之首，象征孕含万物的天道自然，它是永恒的，也是变化无穷、生生不息的。

“乾”与“天”、“元”同义，与“坤”相连，是古代文化中内涵最为丰富的基本范畴之一。“象传”所说“天行健，君子以自强不息”，就是根据“乾”的这一含义而作的引申。据孔颖达《正义》记载，“‘天行健’者，行者运动之称，健者强壮之名，‘乾’是众健之训。今大象不取余健为释，偏说‘天’者，万物壮健，皆有衰怠，唯天运动日过一度，盖运转混没，未曾休息，故云‘天行健’”。“天行”就是“天道”，“健”就是健壮、运动不息；“天行健”是说天道日夜运行，四季交替，雷动风散，雨润日照，永不止息。“君子以自强不息”，就是在这种天道启发下的人道的表现。也就是说，在“象传”的作者那里，赞美天道就是为了塑造和提倡一种理想的人格。天道运行，一往无前，任何力量也无法阻挡。作为人来说，应该效法天道，充分发挥自己的生命活力，树立奋发进取、自强不息的人生态度。

君子自强不息的精神表现出了人类勇于进取、勇于开拓、勇于向自己的惰性宣战的无畏气概，在人类社会的不同领域、不同层面都有着不同的体现。在社会发展的层面上，它体现为积极否定、革故鼎新的改革精神。《礼记·大学》中称赞“苟日新，日日新，又日新”，《周易·革》也肯定：“天地革而四时成，汤武革命，顺乎天而应乎人。革之时，大矣哉”。在中国历史的发展进程中，每当“积弊日久”时，总会发生或者改革、或者革命一类的运动，如北宋的王安石变法，清末的康梁维新。这些都是刚健有为、自强不息的革新精神的具体体现。从民族进步、社会发展的角度来说，“自强不息”体现为一种刚健、豪迈，不屈不挠的奋斗精神。汉唐将士的积极戍边、扬声边陲，民族危亡、外族入侵之时有志之士的喋血沙场、视死如归,“匈奴未灭,何以家为”的英雄气慨,“海县清一,寰宇大定”的远大抱负……历朝历代,无数英雄豪杰和先贤圣哲为了民族独立和国家的繁荣富强而抛头颅、洒热血,前赴后继,他们都在用自己的一腔热血乃至宝贵生命,书写着这一精神的美丽篇章。最后,就个人人格的独立和人生价值的实现而言,“自强不息”或表现为仁人志士在强暴面前的坚持正义,誓死不屈;或表现为在人生遭遇面前的奋发图强、绝不灰心。前者如有“史笔”之称,不向权势低头的董狐;后者如忍辱负重,成就千古大业的司马迁。他们都以自己的方式完成了对刚健有为、自强不息这一精神的形象注脚。

作为一种精神力量,自强不息已经渗入中华民族的精神血脉中,成为中国文化不可或缺的精神因子。张岱年认为,中国文化的基本精神有四点,其一就是刚健有为。1914 年,梁启超先生在清华大学作题为“君子”的演讲时,即以“自强不息”为中心,激励清华学子发愤图强:“君子自励犹天之运行不息,不得有一曝十寒之弊,且学者立志,尤须坚韧强毅,虽遇颠沛流离,不屈不挠;若或见利而进,知难而退,非大有为者之事,何足取焉。人之生于世,犹舟之航海,顺风逆风,因时而异。如必风顺而后扬帆,登岸无日矣。”接着,他又提到了“坤”卦中的“厚德载物”,以为“坤象言君子接物,度量宽厚犹大地之博,无所不载,君子责己甚厚,责人甚轻”。梁启超先生通过对这两卦的分析,要求莘莘学子既要像天体运行那样,有着刚健有为、奋发进取的精神;又要像大地包孕万物一样,有一种兼容并包、广收博采的精神。

“自强不息”、“厚德载物”,是中国传统文化的两条精神命脉,也是中华民族生生不息、傲然挺立于世界民族之林的精神之源和力量之源。温家宝总理在许多场合多次引用这两句爻辞,就是在强调这种精神对于民族独立和国家强盛的重要意义。

先天下之忧而忧，后天下之乐而乐

2006年4月6日

庆历四年春，滕子京谪守巴陵郡。越明年，政通人和，百废具兴，乃重修岳阳楼，增其旧制，刻唐贤、今人诗赋于其上，属予作文以记之。

予观夫巴陵胜状，在洞庭一湖。衔远山，吞长江，浩浩汤汤，横无际涯。朝晖夕阴，气象万千。此则岳阳楼之大观也，前人之述备矣。然则北通巫峡，南极潇湘，迁客骚人，多会于此。览物之情，得无异乎？

若夫霪雨霏霏，连月不开，阴风怒号，浊浪排空，日星隐耀，山岳潜形；商旅不行，樯倾楫摧；薄暮冥冥，虎啸猿啼。登斯楼也，则有去国怀乡，忧谗畏讥，满目萧然，感极而悲者矣。

至若春和景明，波澜不惊，上下天光，一碧万顷，沙鸥翔集，锦鳞游泳，岸芷汀兰，郁郁青青。而或长烟一空，皓月千里，浮光耀金，静影沉璧，渔歌互答，此乐何极！登斯楼也，则有心旷神怡，宠辱皆忘，把酒临风，其喜洋洋者矣。

嗟夫！予尝求古仁人之心，或异二者之为，何哉？不以物喜，不以己悲。居庙堂之高，则忧其民；处江湖之远，则忧其君。是进亦忧，退亦忧；然则何时而乐耶？其必曰“先天下之忧而忧，后天下之乐而乐”欤！噫！微斯人，吾谁与归！

——范仲淹《岳阳楼记》

2006年4月6日，在新西兰访问的温家宝总理会见了当地华人华侨，并向大家介绍了过去近30年中国改革开放以来的国家发展建设成就。谈到自己为政的风格，温总理说：“天下最大事，莫非万民之忧乐。行事要思万民之忧乐，立身要**先天下之忧而忧，后天下之乐而乐**。这就是我的座右铭，我要用行动来实践它！”

“先天下之忧而忧，后天下之乐而乐”出自范仲淹的《岳阳楼记》。范仲淹于宋仁宗庆历六年（1046）九月二十五日写下这篇名文。当时范仲淹谪居邓州（今河南邓县），应好友滕子京函请，为重修后的岳阳楼作了此记。

岳阳楼与滕王阁、黄鹤楼并称为江南三大名楼，位于湖南省岳阳市的巴丘山下，依洞庭，衔长江，自古有着“洞庭天下水，岳阳天下楼”的美誉。岳阳楼的前身本是三国时吴国都督鲁肃的阅兵楼，用以训练和指挥水师，两晋及南北朝时称巴陵城楼，唐玄宗开元四年(716),被贬岳州刺史的张说在旧址上重建楼阁,改名“岳阳楼”。自此之后,常有文人墨客登楼赋诗,李白、杜甫、孟浩然、白居易等都在此留下了脍炙人口的诗篇,真可谓“前人之述备矣”。然而作为北宋著名政治家、军事家,同时也是文学家的范仲淹在下笔时却并没有受前人的束缚,他的《岳阳楼记》不直接描写楼阁,而是另辟蹊径,开篇先提写作原因,再描绘洞庭湖,又论登楼人看到湖中不同景色时一悲一喜的心情,最后引出全篇最精彩的“古仁人之心”的议论。

关于文末的这段议论,宋代范公偁的《过庭录》中有这样的记载:“滕子京负大才,为众忌嫉。自庆帅谪巴陵,愤郁颇见辞色,文正与之同年友善,爱其才,恐后贻祸;然滕豪迈自负,罕受人言,正患无隙以规之,子京忽以书抵文正,求岳阳楼记,故记中云:‘不以物喜,不以己悲,先天下之忧而忧,后天下之乐而乐’其意盖有在矣。”宋真宗大中祥符八年,滕子京与范仲淹为同榜进士,交情颇深。滕子京因被诬贪墨又贬至岳州而心怀愤懑。后亲自主持重修岳阳楼,将落成时他却对庆贺的人说:“落甚成?只待凭栏大恸数场。”由此可见其当时的心境。范仲淹想借此机会,化解老友的心结,劝他淡泊荣辱,心怀天下。正是这“不以物喜,不以己悲”和“先天下之忧而忧,后天下之乐而乐”几句话,既勉励了老友,又道出了范仲淹自己扶危济世的情怀和乐观通达的精神。

范仲淹幼年丧父,却刻苦勤奋,志向高远,自小就立下了“不能利泽生民,非丈夫平生之志”的豪言。他毕生也都在为实践这个理想而奋斗：荐拔大批学者，为宋代学术鼎盛奠定了基础；改善军事制度和战略措施，使西线边防在很长一段时间内得到了稳固；领导庆历革新运动，成为后来“熙宁变法”（即王安石变法）的前奏；倡导先忧后乐的思想，成为中华民族世代相传的精神财富……他死后，欧阳修在其碑文中写道：“公少有大节，于富贵贫贱毁誉欢戚，不一动其心，而慨然有志于天下。常自诵曰：‘士当先天下之忧而忧，后天下之乐而乐也。’”可见，“先天下之忧而忧，后天下之乐而乐”就是他自己的人格写照。

孟子曾经说过：“乐民之乐者，民亦乐其乐；忧民之忧者，民亦忧其忧。乐以天下，忧以天下，然而不王者，未之有也。”（《孟子·梁惠王下》）范仲淹把这种“乐以天下，忧以天下”的思想进一步发展为“先天下之忧而忧，后天下之乐而乐”，也就是要超越个人的忧乐，以利民为宗旨，补救时弊，积极进取。为此，就不能为外物所动，不论是自然界的阴晴明暗，还是社会环境的顺遂艰难，都不能动摇心中的信念。

总之，“先天下之忧而忧，后天下之乐而乐”表达的是一种以天下为己任的政治抱负，它所包含的忧国忧民的思想影响了一代又一代的中国人。古往今来很多能人志士在这种思想的启发下，为民族自立、自强而奋勇向前，甚至不怕流血牺牲，如岳飞、文天祥、孙中山、李大钊等等。在新西兰，温家宝总理引用这句千古名言正反映了共产党人“思万民之忧乐”的崇高品德，体现了党和国家领导人心怀天下以及权为民所用、情为民所系、利为民所谋的民本思想。

忧患与故

2006年4月7日

其出入以度，外内使知惧。又明于忧患与故。无有师保，如临父母。初率其辞而揆其方，既有典常。苟非其人，道不虚行。

——《周易·系辞下》(节选)

2006年4月7日，温家宝总理抵达柬埔寨进行正式访问，当天晚上，温总理在下榻的饭店会见了中国驻柬埔寨使馆工作人员、中资机构、华人华侨和留学生代表，向他们介绍祖国的发展、民族复兴的希望和未来发展应该关注的问题。在谈话中，温总理没有回避中国要继续发展可能面临的粮食、金融、能源安全问题。针对这些问题，温总理再次提到了“思所以危则安，思所以乱则治，思所以亡则存”。他说，我们不仅要具有忧患意识，而且要思“**忧患与故**”。

“忧患与故”出自《周易·系辞下》。篇首所引文字主要强调“忧患”的重要性，可分三个部分来阐述。第一部分为“其出入以度,外内使知惧。又明于忧患与故”。度,为平衡、适度之意;故,是指往昔的事态。合起来看,这几句话的意思是说:阳刚阴柔相互变易,不可当成不变法则,唯有随爻之变而有所生成之卦;其(阴阳)屈伸往来皆有法度,要具有忧患意识,明白事物的实际情境,并加以适度的处置,才不会遭受侵袭和伤害。接下来的“无有师保,如临父母”句中,师保,指古代负责教育辅导贵族子弟的师长。这两句话是说,能应用《易》理者,虽无师保教习,却如面临父母亲诲,始终戒惕行事,不犯过咎。最后的“初率其辞而揆其方,既有典常。苟非其人,道不虚行”中,初,为开始之意;辞,指卦爻辞;揆,揣度;典常,指经常可行的变化规律;道不虚行,意为易道不会凭空而自行。这几句说明循卦爻辞之理处事,可把握事物的变化规律,虽没有师保教导,却如在父母身边,不会出错。起初若依循卦爻之辞而揆度道义,则《易》也有典常可寻,若不是圣人阐明此道,易道不会凭空行于世。

这段文字中对后世影响最大的就是“忧患与故”的思想,也就是我们常讲的忧患意识。如前所言,《系辞下》上一章中就提到“《易》之兴也,其于中古乎?作《易》者,其有忧患乎?”在第五章中也有“危者,安其位者也。亡者,保其存者也。乱者,有其治者也。是故君子安而不忘危,存而不忘亡,治而不忘乱,是以身安而国家可保也。”

忧患意识是我国传统文化的重要内容,也是几千年来中国优秀知识分子始终具备的一种精神品格:孔子为了弘道,周游列国,宣传自己的思想;孟子缘于忧国,放弃为官,巡游诸国并提出

“生于忧患，而死于安乐”的至理名言。到了近代，面对孱弱的中国，无数仁人志士毅然远渡重洋，寻找救国救民之道。正是在这些具有忧患意识的知识分子的不懈努力下，中华民族才一步步走出水深火热，傲然屹立于世界民族之林。而这种可贵的意识也在一代代贤哲勇士的实践和努力下，日趋突出、强化，成了中华民族精神中最具时代感和使命感的精神之一。

在柬埔寨与使馆工作人员、中资机构、华人华侨和留学生代表谈话时，温总理提到了忧患意识，并对此作了进一步引申，认为我们不仅要有忧患意识，而且要思“忧患与故”，就是要考虑存在问题之所由。这就对这一问题在原来意义的基础上作了进一步思考，从而丰富了忧患意识的内涵。

凡交，近则必相靡以信，远则必忠之以言

2006 年 4 月 7 日

仲尼曰："……丘请复以所闻：凡交近则必相靡以信，远则必忠之以言，言必或传之。夫传两喜两怒之言，天下之难者也。夫两喜必多溢美之言，两怒必多溢恶之言。凡溢之类妄，妄则其信之也莫，莫则传言者殃。故法言曰：'传其常情，无传其溢言，则几乎全。'"

——《庄子・人间世》（节选）

2006 年 4 月温家宝总理访问柬埔寨，在与当地华侨华人交流之时，谈到要为国家建设创造一个和平的环境时，温总理说：**"凡交，近则必相靡以信，远则必忠之以言"**，"这就是告诉我们国与国相交要讲诚信、要讲忠实，这两点我们都做到了"。

"凡交，近则必相靡以信，远则必忠之以言"是讨论为人处事之道的名句，出自《庄子・人间世》。《人间世》的中心思想是讨论处世之道，既表述了庄子所主张的处人与自处的人生态度，

也揭示出庄子处世的哲学观点。“凡交近则必相靡以信，远则必忠之以言”，这句话告诉我们：人与人交往要以诚相待，信守承诺。诚信是中华民族的传统美德，中国的儒家与道家都重视“诚信”品质的构建。孔子在《论语》中多次强调社会关系中的诚信原则，认为“民无信不立”，“人而无信，不知其可”，“信以诚之，君子哉”，将诚信推崇为一种最为基本的社会伦理准则。曾子所谓每日反思“与朋友交而不信乎”，其用意是想在全社会推行一种诚信的美德。在“诚信”的推行上，儒家注重正面的规范性引导，而道家则致力于反面的根源性探讨。道家经典著作《庄子》指出，社会成员对于权力富贵的贪恋和人际交往中智巧的运用是影响人们违背“诚信”原则的重要原因。所以，《庄子》提出，人与人的交往不应建立在金钱、利益、权势的基础上，而应秉持“君子之交淡如水”的诚信原则。

在庄子的观念之中，这种人与人之间的处事之道不仅仅可以运用于人的交往之中，还可以推至国与国之间。庄子的话语如果按照国与国之间的相处之道解读，则可认为：大凡国与国之间的交往，邻近的国家之间要凭借信用，远途的国家要用忠实诚恳的言辞来维系。使臣传达君主的旨意，用语言建立邦交。这其中最为困难的是传达两国国君喜怒的言词。使臣在传达君主言辞之时，喜悦之辞必定会添加上许多好话，传达愤怒之辞也必定添加上不少坏话。如何把握这个添加尺度成为了其中的关键，凡是过度添加，原话都会失真。如果传言失真，那么双方都不会相信，如果国君不相信，那么传话的使臣就要遭殃了。所以古语说:“要传达真实的言词,不要传达过甚的言词,这样就可以保全自己了。”

传达语言的技巧只是强调“诚信”的一种手段,而“诚信”才是最终的目标。讲求“诚信”是中国社会近年来不断强调的一个重点,而对于国人来讲,这并不仅仅限于国内,限于同胞之间,也在于国际之间的交流与交往,对于国家来讲,也是如此。2006年温家宝总理访问柬埔寨,在与当地华人华侨交流之时,温总理提出了“凡交,近则必相靡以信,远则必忠之以言”的观点。他认为国与国相交要讲诚信、要讲忠实,而这,恰恰是两千年之前的庄子所强调的。树立良好的国际形象,取得良好的国际地位,国家之间更要以诚相待。随着改革开放的不断深入,我国综合国力显著增强,对国际社会的贡献和影响越来越大。在世界形势的发展变化中,全世界越来越关注中国,中国在世界媒体的报道中已成为出现频率最高的国家之一。中国这种与日俱增的国际影响力,与我们坚持友好诚信的邦交原则是分不开的。

十年磨一剑

2006年5月23日

剑　客

贾　岛

十年磨一剑，霜刃未曾试。
今日把示君，谁有不平事？

2006年5月23日下午，在中国科学技术协会第七次全国代表大会上，温家宝总理应邀作形势报告，在报告中，温总理提到了先前震惊全国的“汉芯”造假事件。谈到这件事，温总理说：“我们要坚持科学精神，树立正确的荣辱观。古人还常讲，‘**十年磨一剑**’，未敢试锋芒。十年磨了一个剑，还不敢试锋芒，再磨十年后，泰山不可挡。科学来不得半点虚假，必须埋头苦干，做踏实的工作。”

“十年磨一剑”出自贾岛的《剑客》，诗题一作《述剑》，诗人以剑客的口吻托物抒情，借剑言志，清代李锳在《诗法易简录》

中评论本诗："豪爽之气，溢于行间。"的确，此诗读后令人精神振奋，动力十足。首句"十年磨一剑"，语出惊人，落笔不凡，剑客花了十年的工夫才磨制出一口宝剑，其间的酸苦与艰辛透过"十年"二字表露得淋漓尽致。俗语说"宝剑锋从磨砺出"，但这只是平铺叙事，没能表现出宝剑制作者磨砺之艰辛，贾岛的这句诗言简意赅，给读者留下了非常丰富的想象空间。利用十年工夫磨砺出的宝剑，其锋刃自然锐利无比。接下来，诗人没有描写这把剑的造型是华美还是朴拙，剑身是长是短，有没有精美的纹饰，而只是以"霜刃"二字概括此剑，这足以说明此剑的特征与真正用途了。这是一口真正的宝剑，"霜刃"写出此剑的锋利，它锋刃如霜，寒光闪烁，令人一见顿生敬畏之感。诗人说"未曾试"，那么为什么磨砺了十年之久的宝剑还没有拿出来为世所用呢？虽然剑的主人跃跃欲试，但是因为还没有遇到真正知剑的人、没有遇到真正值得试剑的对象，自然不肯轻易地拿来试验锋芒。"今日把示君"，今天为什么要"把示君"呢？这个"君"自然应该是这口宝剑的知己。诗人以"剑客"自喻，豪情满怀地毛遂自荐：我用十年的工夫磨砺了一口宝剑，它锋刃如霜，但是我一直没有轻试它的锋芒，现在我遇到了你，你我一见如故，我要把这口宝剑拿出来给你看，谁如果有冤屈不平的事情，请你告诉我，我一定会路见不平拔剑相助。从这首诗的字里行间，一个豪情满怀，壮志慷慨的侠客形象呼之欲出、跃然纸上。

显然，诗人以"剑客"为题，以"磨剑"比喻自己的求学经历，以"剑"比喻自己的才华学问。贾岛自幼苦学，但屡败科场，据

《唐才子传》记载，贾岛居京三十年，“连败文场，囊箧空甚，遂为浮屠。”贾岛出家为僧后的法名是无本，无本，是无根无蒂、虚空寂灭的意思。从法名上看，好像贾岛对于仕途与世事已经了无牵挂了，但是《剑客》这首诗，正是创作于诗人栖身空门之时，可以说贾岛的那颗尘心，无论出世还是入世，一丝也没有消磨掉。为了能够为世所用，贾岛的用功又何止是“十年磨一剑”？贾岛生性认真，作诗为文竟到“两句三年得，一吟双泪流”的至境，而且有着“一日不作诗，心源如废井”的勤奋。但在当时那个特定的时代，才华并不是科场决胜的关键，诗人寒窗苦读，所用工夫虽不知该抵多少个“十年寒窗”，但是却屡举进士不第。面对当时的黑暗现实，诗人感慨良多，他在《题兴化园亭》一诗中这样写道：“破却千家作一池，不载桃李种蔷薇。蔷薇花落秋风起，荆棘满庭君始知。”据唐代孟棨《本事诗》记载，因为此诗的批判锋芒，“由是人皆恶其侮慢不避，故卒不得第，憾而终。”

贾岛作诗以善于“推敲”闻名于世。他作诗讲求苦吟，注重词句锤炼，诗风险僻，写诗一味追求奇字险句，格局狭隘，情境凄苦，像“泪”、“恨”、“死”、“愁”、“苦”这样的字眼在诗中随处可见。宋代苏轼把他和另一位诗人孟郊的风格合评为“郊寒岛瘦”。但《剑客》这首诗，语言浅白，风格爽健，显示了贾岛诗风的另外一种特色，实乃贾岛生平的第一快诗，全诗通过巧妙的艺术构思，把自己的才能、理想与抱负，含而不露地融入“剑”和“剑客”的形象里，达到思想性与艺术性的巧妙结合。

温家宝总理引用“十年磨一剑”这句哲言，目的是劝勉广大

温文尔雅

科技工作者要大力弘扬求真务实的科学精神。2008 年 1 月 8 日,温总理在国家科学技术奖励大会上再次强调:“要大力弘扬科学精神。科学是老老实实的学问,来不得半点虚伪和骄傲。科学工作者要有为追求真理而埋头苦干、甘于寂寞、无私奉献的科学精神。克服心浮气躁,反对弄虚作假,树立脚踏实地、实事求是的优良学风。”

人之有德于我也，不可忘也

2006 年 6 月 18 日

信陵君杀晋鄙，救邯郸，破秦人，存赵国，赵王自郊迎。唐雎谓信陵君曰："臣闻之曰，事有不可知者，有不可不知者；有不可忘者，有不可不忘者。"信陵君曰："何谓也？"对曰："人之憎我也，不可不知也；吾憎人也，不可得而知也。人之有德于我也，不可忘也；吾有德于人也，不可不忘也。今君杀晋鄙，救邯郸，破秦人，存赵国，此大德也。今赵王自郊迎，卒然见赵王，臣愿君之忘之也。"信陵君曰："无忌谨受教。"

——《战国策·魏四》（节选）

2006 年 6 月 18 日，在结束对埃及的正式访问前夕，温家宝总理在开罗举行了记者会。有记者提出中国同非洲国家发展关系就是为了石油，为了攫取非洲的能源，说中国搞"新殖民主义"的尖锐问题时，温总理回答道："'新殖民主义'这顶帽子绝对扣不到中国的头上。从 1840 年鸦片战争开始，中国遭受了大约110年的殖民主义侵略。中华民族懂得殖民主义给人民带来的苦痛，也深知要同殖民主义作斗争。我们长期以来之所以支持非洲民族解放和振兴，这是一个主要原因。在这里，我想强调，长期以来非洲人民也给予了中国宝贵的支持。我们说，非洲人民对中国有‘德’。中国的先哲说过：‘**人之有德于我也，不可忘也**；吾有德于人也，不可不忘也。’大家知道，中国同非洲几个国家有石油贸易，这些合作是公开的、透明的，也是正常的、互利的。去年中国从非洲进口的石油不及某些大国的三分之一。中国在自己困难的时候，帮助非洲人民修建了像坦赞铁路那样的工程。今天，中国的经济发展了，更要不忘老朋友。中国有一句古话，‘路遥知马力，日久见人心’。让历史去证明吧。”

“人之有德于我也，不可忘也；吾有德于人也，不可不忘也。”这句话出自《战国策·魏四》，它的出现有其特殊的历史背景：公元前257年，秦国的军队包围了赵国的都城邯郸。平原君多次向魏安釐王和信陵君求救，魏安釐王也拟派将军晋鄙领兵十万前去救赵。但由于受到秦昭王的威胁，魏安釐王改变主意，只让晋鄙大军留驻邺地，不去救赵。后来信陵君听从门客侯嬴的计策，借助魏安釐王宠妃如姬帮忙，窃得兵符，并让朱亥杀死晋鄙，强行夺取兵权，一举击溃秦国，解除了赵国邯郸之围，赵孝成王亲自到郊外迎接信陵君。策士唐雎劝信陵君道：“我听说，事情有可以不知道的，也有不可以不知道的；有不可以忘记的，也有不可以不忘记的。”信陵君问道：“这话怎样讲呢？”唐雎回答说：“别人憎恨我，我不可以不知道；我憎恶别人，是不可以让别人知道的;别人有恩德于我,是不可以忘记的;我有恩德于别人,是应该忘记的。”信陵君记住了唐雎的话,一直遵行。

唐雎所讲的做人原则最为后世所看重的是“人之有德于我也,不可忘也”,即知恩图报的思想。所谓受人滴水之恩,当思涌泉相报,说的就是这个意思。在中国传统儒家思想中,知恩图报是特别受到重视的。比如儒家思想的核心价值观——孝道就是基于一种报恩的思想。因为对个人而言,“身体发肤,受之父母”,父母无疑是每一个人最大的恩人,为了报恩,子女对父母应该“生,事之以礼;死,葬之以礼,祭之以礼”(《论语·为政》)。孔子主张“三年之丧”,即父母死后子女要为父母守孝三年,这是因为“子生三年,然后免于父母之怀”(《论语·阳货》)。儒家以孝道,即报恩思想为中心,扩展开来,推广到君王就是尽忠,推广到兄弟就是友悌,推广到夫妇就是和睦,推广到朋友就是诚信,推广到国家,就是天下大同。由此,造就了中华民族诚信、谦让、团结、互助、热情、纯朴、勤劳的民族品性与民族精神。

知恩图报,是中华民族的传统美德。报恩,一方面指受人滴水之恩,当思涌泉相报,另一方面也强调当有恩于人时,要淡忘于心,不计回报,这就是“人之有德于我也,不可忘也;吾有德于人也,不可不忘也”这句话的真正含义。温家宝总理引用这句话,表明中国对非洲国家以基础设施建设为主的援非项目绝不是西方某些国家所诬蔑的“新殖民主义”,中国对非洲人民的帮助,是源于中华民族知恩图报的民族传统。

正因为中国对非洲人民的帮助是真心实意的,不计回报的,所以我们的援非项目总是急非洲人民之所急，想非洲人民之所想，以帮助非洲人民解决切实的困难为援非的根本目的，因而深入人心，得到了非洲人民的一致欢迎。

世上无难事，只要肯登攀

2006 年 6 月 22 日

水调歌头·重上井冈山

毛泽东

久有凌云志，重上井冈山。千里来寻故地，旧貌变新颜。到处莺歌燕舞，更有潺潺流水，高路入云端。过了黄洋界，险处不须看。　　风雷动，旌旗奋，是人寰。三十八年过去，弹指一挥间。可上九天揽月，可下五洋捉鳖，谈笑凯歌还。世上无难事，只要肯登攀。

2006 年 6 月 22 日，首届中国—南非商务合作论坛在开普敦国际会议中心举行。正在对南非进行正式访问的温家宝总理和南非副总统姆兰博—努卡共同出席了开幕式。温总理就中非、中南关系以及中国对非洲政策发表了重要演讲。在谈到中南关系时，温总理说：“南非是中国在非洲重要的战略合作伙伴，中国政府十分重视发展中南合作。”他勉励两国商界人士：**“世上**

无难事，只要肯登攀。加强中南、中非合作就如同爬山。希望大家只争朝夕，奋勇登攀。”

“世上无难事，只要肯登攀”出自毛泽东主席的《水调歌头·重上井冈山》词。此词写于1965年5月毛主席重上井冈山之时。当毛主席来到这以往战斗过的地方，他动情地说：“我离开井冈山已经38年了，这次旧地重游，回忆起38年前的这段历史，心情总是非常激动。为了创建这块根据地，不少革命先烈牺牲了自己的生命。没有过去井冈山的艰苦奋斗，就不会有今天。”毛主席说：“我要对井冈山大书特书一番。”随即，他在井冈山茨坪挥笔写下了这首词。

这首词最早发表在1976年1月的《诗刊》上。上阕起句“久有凌云志”直抒胸臆，点明了毛主席一直有重上井冈山的心愿。“凌云”二字，既写出了井冈山的高峻险要，也表达出作者此行带有崇高的使命，即考察调研老区人民的生活与当地的社会建设情况。“重上”二字，表明这次井冈山之行并非初次，既然是“重上”，那么肯定会涉及井冈山的过去与现在，而这“现在”才是作者最为关心、最想马上知道的。“千里来寻故地，旧貌变新颜”，毛主席不远千里、不畏山高路险重上井冈山，是为了寻找心中魂牵梦萦的“故地”，从“故地”二字上可以看出他对井冈山感情的深厚。来到故地，眼前所见焕然一新，处处旧貌换新颜，这使毛主席非常高兴，他不顾长途跋涉的疲惫与艰苦，忍耐不住内心的极度兴奋，兴致勃勃地到处看。据当时陪毛主席上井冈山的随行人员回忆：“他老人家不顾一路乘车的疲劳，风尘仆仆，登上黄洋界。毛主席他老人家站在最高处，极目远眺，久久不离。”井冈山的变化令毛主席感到欣喜，在描绘“新颜”时，他选取了这样几个典型物象：莺、燕、流水、公路。在毛主席看来，莺燕的歌舞因这新的时代变得更加欢畅，流水变得更加清澈潺湲，新修的公路历史上第一次奇迹般缭绕在这青山绿水、白云峻岭之间。“过了黄洋界，险处不须看”，作者登上黄洋界，当年那血与火的硝烟早已消散，遥想当年，不由感慨万千：就连黄洋界那样的险关我们都已经闯过，今后还有什么值得畏惧的困难呢？

下阕毛主席以对当年革命生涯的追叙起头，“风雷动，旌旗奋，是人寰”这三句三字短语，感情起伏跳跃，生动简洁地展现了井冈山以及整个革命斗争年代风雷激荡的壮阔场景。毛主席此次重上井冈山，距上次离开已经整整三十八年过去了，三十八年的岁月虽然峥嵘，但在历史的长河中只是一瞬，用历史的眼光看，任何的困难都是暂时的。在这追今抚昔中毛主席更加坚定了革命的信念与信心：“可上九天揽月，可下五洋捉鳖，谈笑凯歌还。”在这浪漫的理想讴歌中满怀着豪迈与乐观。

毛主席的这首词以“重上井冈山”为题，在新与旧、今与昔的回忆中将叙事、写景、抒情、议论融为一体，结构严谨，层次分明，音韵和谐，语言精炼，特别是以口语、谚语入词，是这首词作语言上的重要特色。温家宝总理引用毛泽东同志的这句哲言来概括中非合作的前景，目的是勉励两国商界人士努力克服困难，共同开创中南、中非合作的美好而广阔的未来。

和合故能谐

2006 年 8 月 6 日

畜之以道，则民和；养之以德，则民合。和合故能谐，谐故能辑，谐辑以悉，莫之能伤。

——《管子·兵法》(节选)

2006 年 8 月 6 日，温家宝总理在医院看望季羡林老先生时，和季先生探讨了“和谐”这个话题。当时，温总理引用《管子·兵法》中的“**和合故能谐**”一语在于说明：有了和睦、团结，行动就能协调，进而就能达到步调一致。协调和一致都实现了，便无往而不胜。针对季先生提出的“人内心和谐”的话题，温总理说，人内心和谐，就是主观与客观、个人与集体、个人与社会、个人与国家都要和谐。个人要能够正确对待困难、挫折、荣誉。

前文温总理所引的“和合故能谐”讲的是“和谐”的重要思想，其理论渊源非常悠久。相传早在西周时期，齐太公就曾说：“敬其众则和，合其亲则喜，是谓仁义之纪。”(《六韬·守土》)意思是说尊重民意就能得到人民拥护，使人民宗亲团结就能上下愉悦,这是施行仁义的准则。齐太公从“仁政”的角度肯定了“和”、“合”的重要性。《管子·内业》说:“凡人之生也,天出其精,地出其形,合此以为人。和乃生,不和不生。”在管子看来,即使是个人之出生、成长,也是“和”、“合”的结果。在军事层面上,管子主张要以“道”和“德”来养兵。这样一来,人民就能团结。人民和睦团结全军就能行动协调一致。普遍地协调一致了,军队就能立于不败之地。在政治层面上,管子认为只有“君臣亲,上下和”,国家才能大治。后来,齐国的晏子继承并发展了以管子为代表的齐文化中的“和谐”思想,晏子用调和不同味道才能制作出美味佳肴,调和各种声调音律才能演奏出美妙音乐作比喻,形象地阐明了“和”、“合”的重要性,提出了“尚和去同”的观点,这与孔子所说“君子和而不同,小人同而不和”(《论语·子路》)的观点差不多。所谓“和”,指的是“各美其美,美人之美”,所谓“同”,恰恰与“和”相反,指的是只美其美,不美人之美,是对他人意见无原则的附和或者蛮横地要求他人美己之美。可见,“和”在社会生活中无疑具有非常重要的积极意义。

“和”,是中国传统文化的一个重要范畴。在儒家那里,“和”的思想有了更深层次的发挥和升华。孔子讲“和”,是先就个人心性而言,然后逐步往外推,从小到大,由己及人,渐次推到人际之“和”、家国之“和”、人类之“和”、天人之“和”。孔子讲“和”,认为“君子和而不同,小人同而不和”,把作为社会细胞的个人之“和”放在了非常重要的地位。孔子认为,“礼之用,和为贵。”即说明了制礼、守礼的目的是为了实现人际之“和”。他还由“人和”讲到“政和”，主张“宽以济猛，猛以济宽，政是以和”。

中华传统文化中的“和谐”范畴，其内涵非常丰富，是属于全人类的宝贵文化遗产，是当今我国建设和谐社会的重要理论依据，其意义是非常巨大的。温家宝总理所引“和合故能谐”这句话，在中国古代对“和谐”的论述中有很强的代表性，对于今天我们构建社会主义和谐社会，建立资源节约型社会具有重要的理论与实践价值。

花径不曾缘客扫，蓬门今始为君开

2006年9月5日

客　至

杜　甫

舍南舍北皆春水，但见群鸥日日来。
花径不曾缘客扫，蓬门今始为君开。
盘飧市远无兼味，樽酒家贫只旧醅。
肯与邻翁相对饮，隔篱呼取尽余杯。

2006年9月5日，在访问欧洲前夕，温家宝总理在中南海紫光阁接受各国媒体采访的开场白中说：“‘**花径不曾缘客扫，蓬门今始为君开**’。欢迎你们，很高兴接受你们的采访。不久，我将要去欧洲出席亚欧首脑会议和中欧领导人会晤，并访问芬兰、英国、德国。这是我担任总理以后第三次访问欧洲。”

“花径不曾缘客扫，蓬门今始为君开”所体现的是对客人的尊敬。每一个人在日常生活中都有这样的经历,得知远方的亲朋好友要登门拜访,提早就把庭院和屋檐精心打扫,甚至作一番装饰。这不是作秀不是显露,而是出于对客人的尊重和重视,同时也体现了主人热情好客的一面。温总理在多次开场白中都曾引用这句诗来表达我们对于各国友好人士来华的欢迎。

“花径不曾缘客扫,蓬门今始为君开”引自杜甫诗《客至》。这首脍炙人口的《客至》是杜甫在上元二年(761)春天所作,当时诗人五十岁,在成都草堂居住。诗下作者自注:“喜崔明府相过”。相过,探望、相访。明府,是唐时对县令的尊称。诗题中的“客”即指崔明府,其人具体情况不详。杜甫母亲姓崔,这位客人有可能是他的母姓亲戚。

这首诗首联写景,用“春水”、“群鸥”意象,渲染出一种充满情趣的生活氛围,流露出主人公因客至而欢欣的心情。舍,指杜甫在成都浣花溪畔的草堂。春水,指流经草堂的浣花溪。诗中“皆”字写出了春水涨溢的情景。鸥鸟性好猜疑,如人有心机,便不肯亲近。而“群鸥日日来”,既写出了诗人毫无机心,得与鸥鸟相伴的人格襟怀,还点出了诗人所居环境的清幽僻静。当然,惟有鸥鸟相伴的背后,也透露出当时诗人亲友云散,交游冷落的窘况。颔联写作视角由户外转到院中,引出“客至”。“缘客扫”,为了客人而打扫,古人常以扫径表示欢迎客人。此联用与客人谈话的口吻,表现了诗人因好友来访的喜悦。颈联描写待客的情景。盘飧,盘中的菜肴;飧,本指熟食,这里泛指菜;兼味,菜肴两种以上叫兼味;旧醅,旧酿的陈年浊酒,古人好饮新酒,所以诗人因旧醅待客而感歉意。作者舍弃了其他情节,专取最能显示宾主情意的生活场景着意描画。主人盛情招待,频频劝饮,却因家贫酒菜欠丰而不免歉疚,但客人毫不计较这些,从中可见主客之间的真诚坦率。尾联笔锋一转,以邀邻助兴的精彩细节,结束全诗:客人肯不肯与邻家的老翁相对而饮呢?如果肯的话,我就隔着篱笆,招唤他过来一起陪坐痛饮。这令人想到陶渊明的“过门更相呼,有酒斟酌之”。无须事先约请,随时过从招饮,使人于真率的人际关系中领略到一种弃绝虚伪矫饰的纯朴之乐。

在杜甫的其他诗作中,也有许多以待客为题材的作品,但与此诗相比,情意迥别。如《宾至》诗写待客曰:“竟日淹留佳客坐,百年粗粝腐儒餐。不嫌野外无供给,乘兴还来看药栏。”《过客相寻》诗云:“挂壁移筐果,呼儿问煮鱼。”《有客》诗道:“有客过茅宇,呼儿正葛巾。自锄稀菜甲,小摘为情亲。”此类诗作,虽然言及待客吃饭,但显然比不上这首《客至》所写待客的热忱与宾主之间关系的亲密融洽。与其他诗作相比,《客至》一诗几乎无一字不言待客,特别是诗歌尾联,主人席上征询来客,是否邀请邻翁前来对饮,这一细节用近似口语的形式道出,让人感觉格外亲切。这首诗语言质朴流畅,明快自然,与诗歌内容非常协调,给人一种非常热烈欢快的情调。

在访问欧洲前夕,温家宝总理接受记者采访时引用杜甫《客至》中的诗句“花径不曾缘客扫,蓬门今始为君开”,一方面表达了自己接受记者采访时的愉悦心情,希望使采访时的气氛变得更加轻松融洽;另一方面也借此表达了中国愿意与欧洲各国加强合作的诚意。这样做的目的正如温总理在这次采访中所说:“中国的建设是一个长期、艰巨的过程,我们需要和平,我们需要朋友,我们需要时间。”

身无半亩，心忧天下

2006年9月5日

身无半亩，心忧天下；
读破万卷，神交古人。

——左宗棠

2006年9月5日，温家宝总理在访问欧洲前夕，接受了芬兰《赫尔辛基新闻报》、英国路透社和《泰晤士报》、德国德新社和《法兰克福汇报》五家媒体的采访。采访中《泰晤士报》一名记者发问："你在晚上睡觉之前最喜欢读什么书？掩卷之后，有哪些问题常使你难以入眠？"

温总理回答说："你实际上在问我关于读书和思考的问题。让我引用中外名家的诗词著作，它可以形象地告诉你我是一个怎样的人，经常读哪些书，在思考什么问题。'**身无半亩，心忧天下**；读破万卷，神交古人。''为天地立心、为生民立命、为往圣继绝学、为万世开太平。''长太息以掩涕兮，哀民生之多艰。''衙斋卧听萧萧竹，疑是民间疾苦声。''有两种东西，我对它们的思考越是深沉和持久，它们在我心灵中唤起的惊奇和敬畏就会日新月异，不断增长，这就是我头上的星空与心中的道德定律。’‘为什么我的眼里常含泪水？因为我对这土地爱得深沉。’”

“身无半亩，心忧天下”出自左宗棠的自勉联。左宗棠生性颖悟，少负大志。5 岁时就随父到省城长沙读书。他不仅攻读儒家经典，更多的则是经世致用之学，对那些涉及中国历史、地理、军事、经济、水利等内容的名著视为至宝。左宗棠学习刻苦，成绩优异，1832 年，他参加在省城长沙举行的乡试中举，但此后 3 次赴京会试，均不及第。后来左宗棠出佐湘幕，初露峥嵘，引起朝野关注，时人有“天下不可一日无湖南，湖南不可一日无左宗棠”之语。林则徐认定将来“西定新疆”，舍左君莫属，特地将自己在新疆整理的宝贵资料全部交付给左宗棠。道光十六年（1836），左宗棠作联语自勉：“身无半亩，心忧天下；读破万卷，神交古人。”这既是对自己的勉励，也是他一生的写照。林则徐对左宗棠十分器重，两人曾在长沙彻夜长谈。同治五年（1866）三月，左宗棠在福州寓所为儿女写家训时，写的也是这副联语，希望“儿辈诵之，志趣固不妨高也”。这就是左宗棠的玄孙女、全国政协委员左焕琛谨记在心的“祖训”。

上联讲立志。作者认为，自己虽然家无半亩土地，收入难以解决温饱，心里却时刻关心着国家民族的前途和命运。“心忧天下”，借用范仲淹《岳阳楼记》“先天下之忧而忧”的句意。他的《感事四首》中的诗句“书生岂有封侯想，为播天威佐太平”，也反映了他的这种“义与天下共安危”的志向。下联讲读书。

“读破万卷”乃借用杜甫《奉赠韦左丞丈二十二韵》“读书破万卷,下笔如有神”诗意,极言阅读之广。“神交”,指的是彼此没有见面,但精神相通,互相倾慕。正如高尔基所说:“读一本好书,就是与许多高尚的人交谈。”读书万卷,就是与许多智者交谈。作者认为,只有广泛阅读各类书籍,向古代贤哲仁人请教和作精神上的交往,才能发挥所长,经世致用。作者还指出:“读书可以养性,亦可养身,只要工夫有恒,不在迫促也。”认为“读书静坐,养气凝神”乃延年祛病的好办法。

温家宝总理说自己“身无半亩,心忧天下;读破万卷,神交古人”,表达了党和国家领导人清廉自守,好学不倦,忧国忧民,以天下为己任的崇高追求。

长太息以掩涕兮，哀民生之多艰

2006年9月5日

离骚（节选）

屈　原

揽木根以结茝兮，
贯薜荔之落蕊。
矫菌桂以纫蕙兮，
索胡绳之纚纚。
謇吾法夫前修兮，
非世俗之所服。
虽不周於今之人兮，
愿依彭咸之遗则。
长太息以掩涕兮，
哀民生之多艰。
余虽好修姱以鞿羁兮，
謇朝谇而夕替。
既替余以蕙纕兮，

又申之以揽茝。
亦余心之所善兮，
虽九死其犹未悔。

本文新闻背景详见“身无半亩，心忧天下”篇。

“**长太息以掩涕兮，哀民生之多艰**”出自屈原的《离骚》。温总理在一些公开场合多次引用《离骚》名句，表明他对这部作品的由衷喜爱，同时也说明他对屈原爱国之情的深切领会。

节选的诗句表达了诗人这样的一种情愫：诗人欲采香木的根株，戴薜荔的花心，佩戴蕙草编制的长长的胡绳花索来效法前代的贤人。他宁愿被今人所嘲笑也要遵循彭咸遗留下的规范。每想到此景，诗人总是擦拭着眼泪深深地叹息，哀伤自己活得如此艰难，只因为热爱美德并以美德自约，诗人早晨被责骂，晚上又被罢官。虽凄凉至此，诗人仍高歌，只要是自己衷心喜爱的事物，纵然为它死上千百次也不后悔半点。

《离骚》是屈原的代表作，也是中国古代诗歌史上篇幅最长的一首浪漫主义抒情诗，共373句，近2500字。篇名的涵义，古今各家说法不一：司马迁释为“离忧”（《史记·屈原列传》）；班固释为“遭忧”（《离骚赞序》）；王逸释为“别愁”（《楚辞章句·离骚经序》）。宋项安世根据《国语·楚语上》“迩者骚离”一句的韦昭注“骚，愁也；离，叛也”，判定“盖楚人之语，自古如此。屈原《离骚》，必是以离畔为愁而赋之。其后词人仿之，作《畔牢愁》，盖如此矣。”近人游国恩则据《大招》“伏戏《驾辩》，楚《劳商》只”及王逸注“《驾辩》、《劳商》，皆曲名也”，认为“劳商”与“离骚”均系双声字，“离骚”即“劳商”之转音，二者“一事而异名”，由此推论《离骚》本为楚国古乐曲名（《离骚纂义》）。这些说法虽都言之成理，但以司马迁和班固的说法最为贴近题旨，既有训诂依据，又有“独历年而离愍兮”（《思美人》），“思公子兮独离忧”（《山鬼》）等诗句为旁证，较为可信。

作为中国古代文学史上最早由文人自觉创作、独立完成的抒情诗，《离骚》在思想和艺术两方面都为后世文学树立了光辉的典范。《离骚》的主题是多重的，它既充分表达了诗人“存君兴国”的“美政理想”和深沉执著的爱国情感，同时又展现了“独立不迁”的峻洁人格和放言无惮的批判精神。其中爱国和忠君两个主题尤为突出。司马迁说：屈原“虽放流，睠顾楚国，系心怀王，不忘欲返。……一篇之中三致志焉”（《史记·屈原贾生列传》）。

《离骚》在艺术上的造诣也极高，在形象塑造、创作方法、表现形式、语言表达诸方面都有突破性发展。作者不仅以自身为原型塑造了一位光彩照人的抒情主人公形象，还在创作方法上继承发展了《诗经》、神话的优良传统，以现实主义为基调，浪漫主义为特色，将两者完美地结合起来，为后世的抒情文学在创作方法上树立了不朽的典范；它不仅继承并发扬了《诗经》赋、比、兴手法的艺术成果，采用“香草美人”的比兴手法，寄情于物，托物寓情，使主观之情与客观之物融而为一，通过“制芰荷以为衣，集芙蓉以为裳"，"佩缤纷其繁饰兮，芳菲其弥章"之类的描写，创造出一系列富于象征意味的艺术形象，而且还在吸收民间文学和先秦散文语言营养的基础上，打破《诗经》的四言格式，"自铸伟辞"(《文心雕龙·辨骚》)，创造了一种句法参差、韵散结合的新形式——骚体。总之，其艺术成就之辉煌，"虽与日月争光可也"(《史记·屈原列传》)。

《离骚》不仅在艺术上影响着后世一代又一代诗人的创作，其高风峻节的超凡人格体现以及崇高的爱国情怀也无不影响着每一个中国人。这种影响持久而深刻，温总理对《离骚》诗句的多次引用，便是最好的明证。

温家宝总理较近一次引用《离骚》是在2010年3月14日。温总理在人民大会堂三楼金色大厅与采访十一届全国人大三次会议的中外记者见面并回答记者提问时，引用《离骚》中的"亦余心之所善兮，虽九死其犹未悔"，再次以诗明志，表明了一种共产党人深情地热爱祖国，愿意为祖国繁荣富强而奋斗终身的情怀。

为什么我的眼里常含泪水

2006 年 9 月 5 日

我爱这土地

艾　青

假如我是一只鸟，
我也应该用嘶哑的喉咙歌唱：
这被暴风雨所打击着的土地，
这永远汹涌着我们的悲愤的河流，
这无止息地吹刮着的激怒的风，
和那来自林间的无比温柔的黎明……
——然后我死了，
连羽毛也腐烂在土地里面。

为什么我的眼里常含泪水？
因为我对这土地爱得深沉……

本文新闻背景详见“身无半亩，心忧天下”篇。

“为什么我的眼里常含泪水”出自艾青的《我爱这土地》。诗人艾青(1910—1996),原名蒋海澄,笔名莪伽、克阿、林壁等,浙江金华人。1928年入杭州国立西湖艺术学院绘画系,翌年赴法国勤工俭学。1932年初回国,从事革命文艺活动,不久被捕,1935年出狱,翌年出版了第一本诗集《大堰河》。1941年赴延安,任《诗刊》主编。在中国新诗发展史上,艾青是继郭沫若、闻一多等人之后又一位推动一代诗风,并产生过重要影响的诗人,在世界上也享有声誉。1985年,法国授予艾青文学艺术最高勋章,这是我国诗人得到的第一个国外文学艺术的最高级大奖。

《我爱这土地》一诗写于1938年,当时正是“七·七事变”后,“中华民族到了最危险的时刻”,从1840年鸦片战争以来,本就因深重苦难而遍布“悲凉之雾”的中国大地,又因日寇侵略而遭受了空前的战争灾难。诗人在国土沦丧、民族危亡的关头,满怀对祖国的挚爱和对侵略者的仇恨,写下了这首慷慨激昂的诗篇。

“假如我是一只鸟”,全诗以这样一个出人意料的假设开头,在炮火连天、国运危难的时刻,连一只看似微不足道的小鸟也要奋力抗争,用自己的歌喉发出不屈的声音,这使人不由自主地从心底发出呼声:“国家兴亡,匹夫有责!”“嘶哑的喉咙”,让我们看到这是一只饱经忧患的鸟,然而,哪怕喉咙嘶哑,也要喊出时代的最强音。鸟儿歌唱的四个对象:土地、河流、风、黎明,它们的核心意象是“土地”。诗人出生于农村,从小就对土地有着血肉一般的情感。而后,随着生活的颠簸,诗人到过上海、常州，又到过山西、陕西等地，对于这广袤的土地，诗人爱入肺腑，所以时刻为之魂牵梦萦。“这被暴风雨所打击着的土地”，是其时正在遭受日寇欺凌的国土的写照。然而，这土地是不屈的，因为，土地上有“永远汹涌着我们的悲愤的河流”和“无止息地吹刮着的激怒的风”。土地上的河流，象征着因土地遭受日寇凌辱而郁结在人民心中的悲愤，土地上空吹刮着的风，象征着中华民族不屈不挠的反抗精神，“无止息”暗寓着反抗精神的代代传承。因为这是永远不屈的土地，所以，诗人坚信“来自林间的无比温柔的黎明”必将到来。“无比温柔的黎明”不仅象征着当时充满生机与希望的解放区，也预示着人民为之抗争献身的民族独立与自由的曙光必将来临。但是诗人没有沉溺于对“无比温柔的黎明”的欣赏中。“然后我死了，连羽毛也腐烂在土地里面”，诗人以鸟之献身土地为喻，为了这黎明的早日到来，诗人要像鸟儿一样，作出郑重庄严的抉择，将自己一切的一切，都毫无保留地全部奉献给这片土地，对土地的爱在奉献中得到升华，得以永恒。

在第二节，诗人笔锋一转，全诗在问答中达到高潮，“因为我对这土地爱得深沉”，然而面对山河破碎、生灵涂炭的现实，怎能不使我“眼里常含泪水”？这“常含泪水”，绝不是一种绝望的呻吟，抑或是沉溺于“伤感主义”的唯美式的自我陶醉，而是诗人那炽热、真挚的爱国情怀的凝聚。写到这里，诗人对于土地之爱，已经表达得淋漓尽致。这种爱刻骨铭心，至死不渝，不仅来自诗人内心深处，更是全民族普遍的爱国情感的浓缩。如果说第一节是对“爱土地”主题的抒情性的铺陈描述,第二节短小精悍的两行则可看作是对主题的高度凝练的概括。

温总理引用艾青的这句诗来表达自己对于祖国对于人民的深厚感情,因为对于这片土地的挚爱,看到这里的人民还不富裕,祖国没有得到完全的统一,所以自己忧心如焚,寝食难安。

德不孤，必有邻

2006年9月11日

子曰："德不孤，必有邻。"

——《论语·里仁》(节选)

2006年9月11日晚，温家宝总理在芬兰进行正式访问期间，来到中国驻芬兰使馆，会见了使馆工作人员、中资机构、华人华侨和留学生代表并讲话。在讲话中，温总理说："'**德不孤，必有邻**。'我们在世界上做一个负责任、有信誉、有影响的国家，从不分国家大小、贫富、强弱，一律平等。我们自己受过欺负，因此我们也懂得尊重别人，一个尊重别人的国家，别人也会把我们当做朋友。要真诚对待平等对待我们的人，向他们实事求是介绍中国取得的成就和存在的问题，这样使人家感觉我们可亲、可信、可交朋友。"

"德不孤，必有邻"的意思是说：有道德的人不会孤立无援，必定会有同他相亲近的朋友。南宋朱熹在《论语集注》中解释此句说："德不孤立，必以类应。故有德者，必有其类从之，如居之有邻也。”人与人相处,总是喜欢寻找与自己性格相近、品德相类的朋友。《周易·系辞上》言“方以类聚,物以群分”,《周易·乾卦》又言“同声相应,同气相求;水流湿,火就燥;云从龙,风从虎”,说的都是这个意思。在儒家看来,虽然社会上有的人喜欢行善,有的人常常作恶,但是人之初,性本善,喜欢行善的人总是占据绝对优势,所以,只要你真心诚意与人友善,就不用担心自己缺少朋友。孔子在《论语·卫灵公》中说:“君子求诸己,小人求诸人。”孔子认为,真正的君子寻找朋友总是先修养好自己的德行,这样朋友不请自来。庸俗小人与君子不同,他们总爱以花言巧语的谗佞作法诈取他人的友谊,但是这种人的丑恶嘴脸一旦暴露出来,总是会使自己陷入孤立无援的窘迫处境。

在儒家看来,品德高尚的人,不但不用担心自己缺少朋友,他还会在无形中吸引许多性情温良的人前来与他比邻而居,从而生活在一个人心皆善,远离虚伪欺诈的美好环境中。孔子在《论语·里仁》中说:“里仁为美,择不处仁,焉得知?”意思是说人们选择住处,如果不能做到与仁厚善良的人为邻居,那么他就算不上一个明智的人。西汉刘向《烈女传》说:“孟子生有淑质,幼被慈母三迁之教。”为了孟子的健康成长,孟母曾经三次搬家,而“孟母三迁”也成为中国最为脍炙人口的典故,被写进儿童启蒙读物《三字经》中。孟子后来成为万世景仰的仅次于孔子的亚圣大儒,这与孟母为了使孩子接受最好的环境熏陶用心择邻而居是分不开的。这个故事告诉我们,只要你修身有道,品德高尚,一定会有志同道合的人前来与你比邻而居,可谓是“德不孤,必有邻”的形象化阐释。

儒家经典之一的《大学》主张:“自天子以至于庶人,壹是皆以修身为本”,个人只有修身有道,做到德行高尚,才能在家庭生活、社会生活中拥有超强的感召力与影响力。儒家认为,有德之人治家,则家齐,治国,则国治,平天下,则天下平。德,下至庶民,则为修身之本,上至天子,则为治国之本。《孟子·尽心上》说:“仁言不如仁声之入人深也,善政不如善教之得民也。善政,民畏之;善教,民爱之。善政得民财,善教得民心。”儒家正是看到了道德因素在维系社会秩序凝聚团结人心方面的巨大作用,所以他们强调德治,主张德教为先。孔子在《论语·为政》中对此有个形象的比喻,他说:“为政以德,譬如北辰,居其所而众星共之。”意思是说治理国家的人如果能用道德教化的手段来推行政令,这就好像是北极星一样,群星自然都环绕在它的周围。

温总理引用孔子“德不孤,必有邻”这句话,形象地诠释了中国目前“与邻为善、以邻为伴”和“睦邻、安邻、富邻”的外交政策源于中国文化的光荣传统;另外也说明了中国的和平发展需要朋友,中国的和平发展也一定不会缺少朋友。这是党和政府的坚定信念,也是亿万中国人民的共同心声。

青山遮不住，毕竟东流去

2006年10月8日

菩萨蛮·书江西造口壁

辛弃疾

郁孤台下清江水，中间多少行人泪。西北望长安，可怜无数山。　青山遮不住，毕竟东流去。江晚正愁余，山深闻鹧鸪。

2006年10月8日下午，温家宝总理与来访的日本新任首相安倍晋三举行会谈，双方就中日双边关系和共同关心的地区和国际问题交换了意见。温总理首先对安倍晋三首相的来访表示欢迎，对他在对华关系上所显示的积极姿态表示赞赏。他说："最近，双方就克服影响两国关系发展的政治障碍达成共识，促成了首相的这次访问，开启了改善两国关系的希望之窗。'**青山遮不住，毕竟东流去**'。中日友好是大势所趋，人心所向，符合两国人民的根本利益，有利于亚洲的和平与发展。当前，中日关系正处在关键时期，既面临新的发展机遇，也面临诸多挑战。我们应该从中日关系大局出发，顺应世界潮流，合乎人民愿望，坚定地走中日世代友好之路。”

“青山遮不住，毕竟东流去”出自宋代文豪辛弃疾所写的《菩萨蛮·书江西造口壁》一词。关于此词的创作动机，南宋罗大经《鹤林玉露·辛幼安词》有记载：“其题江西造口壁词云云。盖南渡之初，虏人追隆祐太后御舟至造口，不及而还，幼安因此起兴 。”造口，即造口镇，在今江西省万安县西南。罗大经指出，辛弃疾在宋孝宗淳熙三年（1176）任江西提点刑狱时，途经造口，有感于隆祐被追至此之事，因作此词，题写于壁。

这首词起句中的“郁孤台”在赣州城西北角，因该处“隆阜郁然，孤起平地数丈”而得名郁孤台。《江西通志》记载：“唐李勉为州刺史，登临北望，慨然曰：‘余虽不及子牟 ，心在魏阙一也。郁孤岂令名乎？’乃易扁为望阙。”辛弃疾登上郁孤台，何尝不也是“心存魏阙”，关心朝政呢？诗人联想到昔年宋室南渡于此地的仓皇，内心的国耻岂能不化作滴滴血泪流为诗篇呢？清江，因水色清澄透澈而得名，它流经赣州市和郁孤台下，向东北流入鄱阳湖。行人泪，既包含有由于金兵大举南下而流离失所的人民流下的痛苦之泪，也包括无数的爱国志士因为国土沦丧而流下的伤心血泪。词作中的“长安”，指的是北宋京城汴京，而不是南宋偏安江左的杭州。这首词上阕的大意是：郁孤台下滚滚东逝的清江水啊，你流淌的乃是无数因为国土沦丧流离失所而无所归依的人们的眼泪。站在这郁孤台上眺望故都汴京，故都不可见，只有眼前重重叠叠连绵不尽的群山。但最令人愤恨的是这“无数山”，许多也已经沦于敌手了。这怎能不令词人悲愤不已，而生壮志难酬、兴复难期之感。卓人月《词统》云：“忠愤之气，拂拂指端。”确实道出了这首词作所蕴含的悲凉与孤愤。

词作下阕紧承上阕，词意衔接紧密而又承中有转，感情深郁顿挫，一唱三叹。“青山遮不住，毕竟东流去”的大意是说：那绵亘不绝的山峰尽管可以遮蔽人们远望故都的视野，但是却阻拦不了江水的奔流。这既是词人眼前实景，又暗喻自己百折不挠的志向，弦外之音是民族的兴复大业，必定会冲破一切阻力，取得最终的胜利。作者对恢复中原、统一祖国充满了坚定的信心，然而当时局势并不乐观，一念及此，词人不由忧心忡忡。“江晚正愁余，山深闻鹧鸪”，道出了词人惊悸不安、忧心忡忡的复杂心绪。鹧鸪，因其叫声哀切，极似“行不得也哥哥”，在古代诗词意象中一般借以抒写迁客骚人的忧愤之思。杜甫在《同诸公登慈恩寺塔》一诗中说：“自非旷士怀，登兹翻百忧”，辛弃疾登临郁孤台，其感情是复杂的，可谓是百感交集，百忧并至。这其间既有感伤，又有振奋，既有自信，又有失望，从中透露出词人想收复失地但又身不由己的矛盾心情。总体上来看，这首词作感情悲愤而不失豪放，风格沉雄而又苍古浑厚。梁启超先生云：“《菩萨蛮》如此大声镗鞳，未曾有也。”陈寅恪先生亦谓此词“维系人心，抵御外侮”，“所以为当时及后世所传诵”。这些评论道出了这首词作的情感特征与艺术魅力，而这正是它得以传诵千古的价值所在。

这首词写得质朴自然，叙事抒情并不直露，融情入景，尤其是后两句“青山遮不住，毕竟东流去”为后人所传唱，给人启迪，发人深省。温家宝总理在与安倍晋三的会谈中引用这句词，语带双关，一方面表明中日友好是人心所向，大势所趋，这是任何人也阻止不了的；另一方面也暗指日本应正视历史，中日之间的历史遗留问题是无法回避、也是无法掩饰的。

言必信，行必果

2006 年 10 月 8 日

子贡问曰："何如斯可谓之士矣？"子曰："行己有耻，使于四方，不辱君命，可谓士矣。"曰："敢问其次。"曰："宗族称孝焉，乡党称弟焉。"曰："敢问其次。"曰："言必信，行必果，硁硁然小人哉！——抑亦可以为次矣。"曰："今之从政者何如？"子曰："噫！斗筲之人，何足算也？"

——《论语·子路》（节选）

2006 年 10 月 8 日，应温家宝总理的邀请，日本首相安倍晋三对中国进行正式访问。这是安倍就任日本首相以来首次访华。这也是日本首相第一次把中国作为上任后第一个出访的国家。温总理 8 日在人民大会堂与安倍晋三首相举行会谈。会谈期间，温总理首先对安倍晋三首相的来访表示欢迎，对他在对华关系上所显示的积极姿态表示赞赏。随后，温总理强调，保持中日关系长期稳定健康发展，必须按照两国达成的共识，妥善处理靖国神社问题，消除影响两国关系的政治障碍。温总理借用《论语》中的“**言必信，行必果**”一语进一步指出，这是推动中日关系向前发展的重要保障。

“言必信，行必果”出自《论语·子路》，是子贡向孔子请教有关“士”的问题时，孔子给出的关于“士”的界定之一。子贡，姓端木，名赐，字子贡，“孔门十哲”之一。子贡“利口巧辞”，富有外交才干，是孔门十哲中言语科（外交辞令）的代表。在孔子时代，语言训练的主要材料是《诗经》，孔子曾言：“不学诗，无以言。”（《论语·季氏》）子贡对《诗经》的学习，曾得到了孔子的高度肯定：“赐也，始可与言《诗》已矣，告诸往而知来者。”（《论语·学而》）在《论语》中，有关孔门弟子言行的记载，子贡可谓翘楚，且其中许多言论被视为儒家代表性名言，如“贫而无谄，富而无骄”（《论语·学而》），“我不欲人之加诸我也，吾亦欲无加诸人”（《论语·公冶长》）等。

篇首所选文段内容是子贡在向孔子请教关于“士”的问题。按照子贡和孔子的问答，“士”在这里被分为三种等级：做事贵有廉耻之心，奉命出使能圆满完成任务，这是第一等的士；宗族中人称赞其孝顺父母，乡党邻里称赞其敬爱兄长，这是第二等的士；讲话一定守信，做事坚决果断，这是遇事不问青红皂白、固执己见的小人的行为，但也算得上次一等的士。

从以上言谈中可以看出，孔子对“言必信，行必果”的评价并不是很高。因为当子贡第三次“问士”时，孔子的回答是“言必信，行必果，硁硁然小人哉！——抑亦可以为次矣”。孔子认为,“言必信,行必果”是一种固执己见的小人行为。孔子把“小人”归为次一等的士,可见这里的“小人”并非如现代社会所常用的品格卑下之意,此处的“小人”指的是地位低的人、普通人,或者说是指那些境界不高的人。在孔子看来,普通人只要做到了言行一致,也可以算得上是士了。

在教学中,孔子善于针对不同学生因材施教,进行启发式教学,在篇首所引文段中,孔子正是针对子贡的才能与性格特征一步步启发他,希望他发扬自己的优势,有所作为,做一个合格的士人。那么,子贡可否被称为孔子所说的“士”呢?回答是肯定的。与孔子其他弟子相比,子贡独一无二的地方是其在理财经商方面所具有的卓越天赋。子贡把儒家的“仁、义、忠、恕”等理念很好地贯彻到了经商之道中,因此被称为“儒商”的始祖。后世有“陶朱事业,端木生涯”,“经商不让陶朱富,货殖当推子贡贤”的评价。子贡继承自儒家思想的坚持诚信、公义和社会责任的立场,客观上有利于维持其商业活动的长远利益。而其“儒”与“商”的结合,对后世的影响也是十分深远的。“日本实业之父”涩泽荣一即在《〈论语〉与算盘》一书中,大力提倡要把商业才能和儒家精神结合起来,也就是说:一个人既要有“士”的操守、道德和理想,又要有“商”的才干与务实的精神。

子贡对“士”的坚守,还体现在他对孔子声誉的维护上。不论生前还是身后,子贡都在用自己的言行维护着一日为师、终身为父的儒家思想教义。听到叔孙武叔“子贡贤于仲尼”的言论,子贡说:“譬之宫墙,赐之墙也及肩,窥见室家之好。夫子之墙数仞，不得其门而入，不见宗庙之美，百官之富。得其门者或寡矣。夫子之云，不亦宜乎！”（《论语·子张》）子贡对孔子的维护，亦可见于下文：“夫子之文章，可得而闻也；夫子之言性与天道，不可得而闻也。”（《论语·公冶长》）“他人之贤者，丘陵也，犹可踰也；仲尼，日月也，无得而踰焉。”（《论语·子张》）

在现代人的意识中，“言必信，行必果”不再限于对“士”的界定，侧重点落脚在诚信问题上，具体指的是说话算数，办事果断，是为人处世应有的态度和行为准则。在与安倍晋三的会谈中，温家宝总理引用这句话，含意是十分丰富的。安倍当选首相前后承诺改善亚洲外交，表示出访要首选亚洲国家。安倍访华时曾表示：对于日本曾经给亚洲各国人民带来的巨大损害和痛苦，自己深表反省，并且承诺，自己将严格遵守双方关于克服影响两国关系的政治困难，促进日中关系健康稳定发展的共识，妥善处理历史的问题。但是，听其言而观其行，温总理借用古人的这番话，是希望安倍晋三能够做到言行一致，为改善和发展中日关系作出切实努力。

《诗》三百篇，大底贤圣发愤之所为作也

2006年11月13日

古者富贵而名磨灭，不可胜记，唯倜傥非常之人称焉。盖文王拘而演《周易》；仲尼厄而作《春秋》；屈原放逐，乃赋《离骚》；左丘失明，厥有《国语》；孙子膑脚，兵法修列；不韦迁蜀，世传《吕览》；韩非囚秦，《说难》、《孤愤》；《诗》三百篇，大底贤圣发愤之所为作也。此人皆意有所郁结，不得通其道，故述往事，思来者。

——司马迁《报任少卿书》（节选）

2006年11月13日，温家宝总理与中国文联第八次全国代表大会的代表谈心时说：文学艺术家的社会责任感来源于对国家和人民深切的了解和深沉的热爱。只有了解得深，爱得深，才会自觉担当起社会的责任。一些伟大的文学艺术家，他们之所以产生不朽的作品，除了他们具有非凡的才华之外，往往与他们特殊的经历有关。大家都熟悉司马迁在《报任少卿书》中一连

举的八件事：文王拘而演《周易》；仲尼厄而作《春秋》；屈原放逐，乃赋《离骚》；左丘失明，厥有《国语》；孙子膑脚，《兵法》修列；不韦迁蜀，世传《吕览》；韩非囚秦，《说难》、《孤愤》；**《诗》三百篇，大底贤圣发愤之所为作也**。

温总理引用的这段话描写的是一种在逆境中发奋的精神。人在恶劣的环境中往往能更大地调动自己的主观能动性，解放思想而有所作为。温总理所强调的，正是这样一种精神。句中司马迁历数古往今来诸如《周易》、《春秋》、《离骚》、《国语》、《孙子兵法》、《吕氏春秋》、《韩非子》、《诗经》等的名篇佳作，强调它们都是作者抑郁不得志的产物。司马迁正是从这些古圣先贤的事迹中找到了精神依托与前驱榜样，希望用自己的著述“偿前辱之责，虽万被戮，岂有悔哉！”

《报任少卿书》是司马迁给即将被汉武帝腰斩的任安所写的一篇回信。任安是司马迁的朋友，他曾写信给司马迁，希望司马迁利用中书令的尊宠地位为国家“推贤进士”。但是当时已受宫刑的司马迁是以宦官的身份担任中书令一职的，为士大夫所不耻。这种尴尬的身份无形中使得司马迁陷入了极度的郁闷之中，他没有及时给任安回信。几年后，任安因为戾太子事件被汉武帝认为“有不忠之心”而论罪入狱。司马迁回想往事，怜惜友人，于是写下了这篇著名的《报任少卿书》。

在这封长信中，司马迁向朋友任安、也向世人倾诉了自己自从遭受宫刑后内心的苦闷与激愤。信中，司马迁解释了先前没有回复任安的原因是自己“身残处秽 ”、“大质已亏缺”，“乃欲昂首信眉，论列是非，不亦轻朝廷，羞当世之士邪”。对于遭受宫刑，司马迁可谓是痛心疾首，他列举了几种不同的刑辱方式，认为“最下腐刑极矣”。然而司马迁之所以含羞忍辱地活下来，是因为他要继承父志，“网罗天下放失旧闻，略考其行事，综其终始，稽其成败兴坏之纪”。他就是为了“究天人之际，通古今之变，成一家之言”的著书大业，所以才“就极刑而无愠色”的。

汉武帝征和二年（公元前91），司马迁撰述的《史记》得以最终完成，在《史记》的撰述中司马迁实现了他生命重于泰山的人生宣言，但是当他的心愿得以了结后，历史上有关司马迁的记载也就留下了神秘的空白。《报任少卿书》向我们透露了司马迁遭受宫刑后的内心世界与他的高尚节操和气禀志向，文章感情沉郁真挚，风格悲歌慷慨，被前人评为“感慨啸歌有燕赵烈士之风，忧愁幽思则又直与《离骚》对垒”。

温家宝总理引用司马迁在《报任少卿书》中所列举的这些典故，目的是勉励广大的文艺工作者正确认识自己肩负的社会历史责任，努力创作优秀的文艺作品，以向广大人民群众传播先进文化，引导人民群众建立健康的文化消费习惯，提升广大人民群众的文化层次。

恻隐之心

2006年11月13日

孟子曰:“人皆有不忍人之心。先王有不忍人之心,斯有不忍人之政矣。以不忍人之心,行不忍人之政,治天下可运之掌上。所以谓人皆有不忍人之心者,今人乍见孺子将入于井,皆有怵惕恻隐之心——非所以内交于孺子之父母也,非所以要誉于乡党朋友也,非恶其声而然也。”

——《孟子·公孙丑上》(节选)

2006年11月13日,中国文联第八次全国代表大会召开期间,温家宝总理来到大会会场,在和代表谈心时,温总理说:“我们讲和谐,就是要讲友爱。当前,在发展经济的同时,要特别重视和加强道德教育。要提倡爱人民、爱祖国、爱科学、爱父母、爱老师,爱惜自己的人格和荣誉。同情心是爱的表现,也是道德的重要基础。《孟子》说:‘今人乍见孺子将入于井,皆有怵惕**恻隐之心**。’我们必须尊重和同情别人,才能得到别人的尊重和同情。我们的文艺工作者应该树立这样高尚的品德。”

“恻隐之心”出自《孟子·公孙丑上》,是孟子人性本善论的表述之一。关于“人性本善”还是“人性本恶”这一问题,冯友兰先生也曾做过深入的探讨,冯先生指出:这是中国哲学里争论最多的问题之一。的确,即使是在儒家内部这种争论也是存在的,如同是先秦儒家大师的孟子与荀子,他们对于人性是善还是恶就存在着明显不同的看法。荀子主张人性本恶,认为“人之性恶,其善者伪也”。孟子主张人性本善,如《孟子·滕文公上》云:“孟子道性善,言必称尧舜。”孟子认为,性善是“人之所以异于禽兽”的关键所在,是人的本质属性。孟子曾以水为喻,说:“水信无分于东西,无分于上下乎?人性之善也,犹水之就下也。人无有不善,水无有不下。”意思是说人性天生趋向于善,和水之天生趋下是同一个原理,而人之所以会变得不善,原因在于人性受到了逼迫。人之善如果自然生长,就如同树种成为大树,如同花苞开放为花一样,但如果受到外界的阻碍与摧残,就如同水一样,“搏而跃之,可使过颡;激而行之,可使在山”,人性亦可变恶。

孟子认为人性本善,人的善性外在体现为恻隐、羞恶、辞让、是非四心,孟子又称之为“不忍人之心”。孟子曰:“无恻隐之心非人也,无羞恶之心非人也,无辞让之心非人也,无是非之心非人也。恻隐之心,仁之端也;羞恶之心,义之端也;辞让之心,礼之端也;是非之心,智之端也。”孟子认为,“人之有四端,犹其有四体也”,即儒家所主张的仁义礼智这“四端”犹如人的身体,是人本来就有的，并不是从外部注入而来的。遵守性善，就是顺天之正，就会得道多助。不遵守性善，就是逆天而行，失道寡助。

孟子认为，虽然人性本善，但是在现实生活中，每一个人的所作所为都有善与不善之分，可见，要想达到性善的道德修为必须付出努力，这时候就需要人们在内心进行“取舍”，去寻求本有的善。孟子性善论最后的落脚点就在“取舍”二字上，所以孟子说：“求则得之，舍则失之”，强调一个“求”字。而对于性善论，孟子借助于人的心理活动为其作出了最用力的论证。他举出“今人乍见孺子将入于井，皆有怵惕恻隐之心”的譬喻，用以说明性善可以通过每一个人都具有的同情心加以验证。著名教育家陈鹤琴先生说：“同情行为在家庭里、在社会里是一种非常重要的美德。若家庭里没有同情行为，那父不父，母不母，子不子，家庭就不成为家庭；若社会里没有同情行为，尔虞我诈，人人自利，社会也不成社会了。”

温家宝总理在这里举出孟子有关“恻隐之心”的话以说明“同情心是爱的表现，也是道德的重要基础”，温总理的用意在于呼吁广大的文艺工作者，要同情民众疾苦，关注现实生活，创作须反映民众心声，为社会的公平与正义尽职尽责。

德惟善政，政在养民

2006年11月13日

禹曰："於！帝念哉！德惟善政，政在养民。水、火、金、木、土、谷，惟修，正德、利用、厚生、惟和。九功惟叙，九叙惟歌。戒之用休，董之用威，劝之以九歌，俾勿坏。"

——《尚书·大禹谟》(节选)

2006年11月13日，中国文学艺术界联合会第八次全国代表大会、中国作家协会第七次全国代表大会在北京人民大会堂召开之际，温家宝总理来到会场。在和代表谈心时，温总理引用《尚书·大禹谟》里的"**德惟善政，政在养民**"告诉在座的各位代表：我们讲"善"，就是要在为了中国的光明未来而追求真理的进程中，与人为善，尊重人，理解人，关心人，爱护人。随后，温总理指出：文学艺术家更要积极反映和大力弘扬那些善的事物和行为，因为这有利于构建和谐社会。

"德惟善政，政在养民"一句中所谈到的"善政"，与儒家所主张的“德政”、“仁政”是同一意思。宋代名臣范仲淹由此引申，他在《陈十事》中说：“此言圣人之德惟在善政，善政之要，惟在养民。养民之政，民先务农。农政既修则衣食足，衣食足则爱体肤，爱体肤则畏刑罚，畏刑罚则盗寇自息，祸乱不兴。是圣人祸乱不兴之德发于善政，天下之化起于农亩。”简言之，“善政”就是给人民好处或造福于民的政治。

其实，儒家历来所倡导的仁政就来源于大禹的善政思想。“祖述尧舜，宪章文武”，在儒家的笔下，尧、舜、禹、商汤、周文王、周武王等被推崇为先王和圣贤。孟子曾言：“昔者禹抑洪水而天下平，周公兼夷狄，驱猛兽，而百姓宁，孔子成《春秋》而乱臣贼子惧。”又说：“我亦欲正人心、息邪说、距诐行、放淫辞，以承三圣者。”(《孟子·滕文公下》)显然，孟子推崇“大禹、周公、孔子”为三圣。宋代大儒朱熹也曾明确提出：“夫尧、舜、禹，天下之大圣也。”(《中庸章句序》)由此可见，大禹是历代儒家所推崇的圣贤。而大禹治理政事，依凭的正是德治和法治，而非权势。在大禹时期，如何团结众多的部落，使其能够“宾服于己”，不是一件容易的事情。大禹采用的办法是先“敬业修德，以身垂范，使其感怀”，这样一来，天下的老百姓就会遵从，就可以做到政令统一。对于大禹的评价，《史记》曰“其德不违”。《淮南子》记载说：“禹知天下之叛也，乃坏城平池，散财物，焚兵甲，施之以德，海外宾伏，四夷纳职，合诸侯于涂山，执玉帛者万国。”《史记·太史公自序》里也谈到：“维禹之功，九州攸同，光唐虞际，德流苗裔。”正如同以上各部典籍所载，大禹正是靠德来感化民众，使其臣服的。

大禹治国不仅有赏有罚，而且德治与法治相辅相成，根据历代传说，后人编撰、整理出了《禹刑》一书。《汉书·刑法志》说："夏有乱政，而作禹刑"。《吴越春秋》记载大禹"造井示民，以为法度"。井，指的就是法律，将法律公布于众，目的就是为了让人民遵守。除此之外，大禹还提出了"刑期于无刑"的主张。大禹认为，要维护国家统治，刑罚只能作为一种辅助手段，而只有施德政，才会减少犯罪，才能得到人民的拥护。由此可见，在大禹的治国理念中，法治和德治是相互结合的，用刑的目的是为了将来不再用刑。所以《荀子》里评论说："禹之法犹存，而夏不王世。道存则国存，道亡则国亡。"

温家宝总理引用《尚书·大禹谟》中的这句话，强调"德惟善政，政在养民"的施政主张，体现了其以人为本的发展理念，目的也正是在强调，要把科学发展的成果体现在提高人民生活水平上，体现在满足人民物质文化需求上，体现在人的全面发展上。

言有物，行有格

2006年11月13日

子曰：言有物而行有格也，是以生则不可夺志，死则不可夺名。故君子多闻，质而守之；多志，质而亲之；精知，略而行之。《君陈》曰："出入自尔师虞，庶言同。"《诗》云："淑人君子，其仪一也。"

——《礼记·缁衣》（节选）

2006年11月13日，温家宝总理来到文联第八次全国代表大会的会场，在和代表谈心时，温总理说："今天，我们的社会与以往任何历史时期都不相同了。但实现国家的现代化，让中国人民过上幸福生活，依然是摆在我们每个人面前的庄严历史责任。惟有科学的精神，民主的作风和实事求是的态度才能促进中国的发展。因此我们强调作家的作品和作家人格的统一，或者知与行的统一，言与行的一致，做到'**言有物，行有格**'。"

"言有物，行有格"出自《礼记·缁衣》。所谓"言有物"，是告诫人物说话要有根据，不能信口胡说。在《论语·阳货》中，孔子说“道听而途说，德之弃也”，意思是说当听到不可靠的传闻后不加分辨而随意向人传说，从道德上来讲是不可取的。在行动上，儒家主张“行有格”，意思是说行动要有气节，要讲原则，要以儒家仁、义、礼、智、信的道德规范来要求自己。孟子说：“离娄之明、公输子之巧，不以规矩不能成方圆；师旷之聪，不以六律不能正五音；尧舜之道，不以仁政不能平治天下。”强调的是“行有格”的必要性。孔子在《论语·为政》中说：“道之以政，齐之以刑，民免而无耻。道之以德，齐之以礼，有耻且格。”《周易·家人》象辞曰：“君子以言有物而行有恒。”都是强调道德修养与言行的关系，其外在表现即是言行一致，行有常则。

“格”，也可以引申为今天所讲的“人格”。“人格”一词来源于拉丁文，原意指的是“面具”，它是指社会个体在大庭广众的社交场合下必须遵守相应的社会规则，是与个人独处时可以相应的无所顾忌相对而言的。中国上古时期没有“人格”这一现代说法，但是与之相关的概念范畴却是存在的，如《礼记》中的“行有格”。但儒家所强调的“人格”，指的是人的行动应该做到内在道德与外在行为的统一，即知与行的统一，言与行的一致。如果做到“言有物而行有格”，那么，就会“言寡尤，行寡悔”，活着的时候才能志向坚定不移，死了以后也不会影响他的好名声，也就是“生则不可夺志，死则不可夺名”的意思。

今天，在新的历史条件下，我们强调“言有物，行有格”，一方面是说，对于中华民族的传统美德，我们要加以继承并以之作为我们的言行准则；另一方面，这种优良品德是党领导人民在长期革命斗争与建设实践中形成的，我们要大力发扬，建设新时期的社会主义道德体系，并以之要求自己。温家宝总理要求艺术家们“言有物，行有格”，是勉励他们增强自我修养，做到作品与人格的统一，知与行的统一，言与行的统一，只有这样，才能创作出优秀的作品，从而致力于社会主义精神文明建设。

去民之患如除腹心之疾

2006 年 11 月 23 日

陛下诚能择奉公嫉恶之臣而使行之，陛下厉精而察之，去民之患如除腹心之疾，则其以私罪至某，赃罪正入已至若干者，非复过误，适陷于深文者也。

——苏辙《上神宗皇帝书》（节选）

2006 年 11 月 23 日至 24 日，第十二次全国民政会议在北京举行，温家宝总理在会前会见了与会代表并发表讲话。温总理指出，从一定意义上来说，总理就是最大的民政部长，就是一个最直接的民政工作者。温总理还说，当人民群众遇到困难时，想到的第一个部门就是民政部门，要找的第一个干部就是民政干部。做好民政工作，最重要的是要对群众有深厚的爱，有真挚的感情，了解民情、反映民意、改善民生。“**去民之患如除腹心之疾**”，人民群众的事情涉及他们的切身利益，再小也是大事。

“去民之患如除腹心之疾”这句话是苏辙在《上神宗皇帝书》中阐述兴利除弊的问题时提出来的。作为苏洵之子，苏轼之弟，苏辙的学问深受其父兄影响，以儒学为主，最倾慕孟子而又遍观百家。他最擅长政论和史论，其成就如苏轼所说，达到了“汪洋澹泊，有一唱三叹之声，而其秀杰之气终不可没”的境界：政论多纵谈天下大事，分析当时政局，颇能一针见血；史论则同父兄一样，针对时弊，古为今用。其笔下常常贯注着不平之气，如《黄州快哉亭记》就融写景、叙事、抒情、议论于一炉，风格鲜明。而以上的所有特点，我们从《上神宗皇帝书》的论述中都可约略窥见一斑。

《上神宗皇帝书》作于熙宁二年（1070）。当时意气风发的苏辙上书神宗皇帝，陈述自己对王安石变法的看法，提出了许多重要思想。“去民之患如除腹心之疾”就是其中之一。句中“患”即祸害之意；“腹心”即人的心脏，比喻极其重要之处；“疾”即疾病；意思是说，去掉老百姓的祸患，如同除去自己的心病。这句话中所蕴涵的道理有三：

其一，它体现了中国传统文化中的民本思想。汉代刘向《说苑·政理》言：“善为国者，爱民如父母之爱子、兄之爱弟，闻其饥寒为之哀，见其劳苦为之悲。”这就是说，善于治理天下的明君贤臣也是善于了解民生疾苦的。

其二，这句话告诉了我们一个解除民患的具体做法：要想“去民之患”，就要“知民之患”；要想“知民之患”，就要“沉”下去，做到知民意，听民声，尝民苦，察民心。古人有云：“知屋漏者在宇下，知政失者在草野。”就是说，是否漏雨，在屋宇下的人最清楚；政策的得失，老百姓最明白。作为执政者，要想真正了解百姓的疾苦,就要不辞辛苦,深入底层,多听听老百姓的声音。

其三,这句话还告诉我们,从根本上来说,能否站在民意的立场上,急民之所急,想民之所想,设身处地"去民之患",实际上就是判断一个官员是否称职的标准。白居易的《策林》说:"善除害者察其本,善理疾者绝其源",刘禹锡的《为容州窦中丞谢上表》亦云:"可行必守,有弊必除",可见为官之道,全在于这"去患"二字之中。

"去民之患如除腹心之疾"是一面镜子,是一种的情怀,是一种责任。温家宝总理经常强调各级干部要了解民情、反映民意、改善民生,自己也多次深入基层去了解民意、倾听民声,以实际行动践行着这句话。

忧民之忧者，民亦忧其忧

2007 年 2 月 16 日

齐宣王见孟子于雪宫。王曰："贤者亦有此乐乎？"孟子对曰："有。人不得，则非其上矣。不得而非其上者，非也，为民上而不与民同乐者，亦非也。乐民之乐者，民亦乐其乐；忧民之忧者，民亦忧其忧。乐以天下，忧以天下，然而不王者，未之有也。"

——《孟子·梁惠王下》（节选）

2007 年 2 月 16 日上午，中共中央、国务院在人民大会堂举行 2007 年春节团拜会。温家宝总理在会上向大家拜年，并在随后的讲话中强调了"民生"的重要，他说："'**忧民之忧者，民亦忧其忧**'。只要我们真心实意为群众办实事，尽最大努力解决民生问题，就一定会得到人民群众的拥护，就能越来越充分调动人民群众的积极性和创造活力。"

有着"亚圣"之称的孟子，其思想以"民本"、"仁政"、"王道"和"性善论"为主要内容，而"民本"思想尤为其精华所在。

“忧民之忧者,民亦忧其忧”就是由民本思想为基础而得来的。

篇首节选文字出自《孟子·梁惠王下》篇。《梁惠王》是《孟子》的第一篇,主要阐述孟子“与民同乐”的思想。这段引文所述其实是孟子第三次与齐宣王讨论“与民同乐”的问题了。在这一次讨论中,孟子不仅说到了乐,而且还从乐说到忧。一句“乐以天下,忧以天下”,更为全面地彰显了民本主义思想的本质。孟子提出,国君如果想要百姓都爱戴自己,归附自己,就必须自己先爱民,多听取民声,了解民意,把百姓的疾苦放在心上。如果执政者能够以百姓所忧心的事情作为自己忧心的事情,百姓也会反过来为执政者考虑,心怀执政者的忧患。但执政者如果不具备仁、义的情操,丝毫不体恤百姓的疾苦,百姓就会像逃避水火一样离他而去,甚至还会推翻他。孟子还以民之忧乐作为评判战争合理与否的依据:当齐国打败了燕国,齐宣王向他请教是否应该吞并燕国时,孟子说:“取之而燕民悦,则取之;取之而燕民不悦,则勿取。”(《孟子·梁惠王下》),可见这一思想在孟子思想中的重要地位。

此外,《孟子·尽心下》中有言:“诸侯元宝三:土地、人民、政事。”同篇又云:“民为贵,社稷次之,君为轻。是故得乎丘民而为天子,得乎天子为诸侯,得乎诸侯为大夫。”《孟子·离娄上》也说:“桀、纣之失天下也,失其民也。失其民者,失其心也。”所有这些,包括“忧民之忧者,民亦忧其忧”,都是孟子民本思想的重要组成部分。虽然孟子的这些思想,最终目的还是为了帮助统治者实现“王天下”的目标,但在诸侯纷争的时代里,这一思想无疑是非常进步的，也是极为珍贵的。它如同茫茫黑夜中的一支烛火，在民主思想发展的进程中投下了希望的光芒，后世那些令人感动的，以“先天下之忧而忧，后天下之乐而乐”为要义的重民和保民思想，就是遥承这一烛光而光芒四射的。

在许多重要场合，温家宝总理多次引用或化用孟子的这句名言。如2008年3月18日，十一届全国人大一次会议闭幕后，温总理与中外记者见面并回答记者提问时说道：“‘两会’期间我一直在上网，广大网民向我提问题，提建议，甚至为我分忧，多达数百万条。参与的恐怕有上亿人。这么多群众以如此高的热情关注‘两会’，特别是关心政府的工作，使我深受感动。他们的意见、批评都是对政府的信任、支持、鼓励和鞭策。我常常一边看网，脑子里就想一段话，就是‘民之所忧，我之所思；民之所思，我之所行’。群众之所以用这么大的精力来上网写问题、提建议，是要政府解决问题的。”这段话再次表明了温总理对民生问题的密切关注，而他“心系民生”的这种情怀，在他任职以来所采取的一些重大利民措施中都得到了充分的体现。

民惟邦本

2007年2月26日

尚书·五子之歌(节选)

皇祖有训，
民可近，
不可下，
民惟邦本，
本固邦宁。
予视天下愚夫愚妇一能胜予，
一人三失？
怨岂在明，
不见是图。
予临兆民，
懔乎若朽索之驭六马，
为人上者，
奈何不敬？

2007年2月26日，新华社刊发了温家宝总理的一篇署名文章《关于社会主义初级阶段的历史任务和我国对外政策的几个问题》，温总理在这篇文章中谈到文化交流的作用和意义，并对中国传统文化作出了高度的评价，温总理在文章中谈到："和而不同"的哲学思想，"**民惟邦本**"的民本思想，"尊师重教"的教育思想，"己所不欲，勿施于人"的社会伦理思想等都是中国传统文化中的精华。随后，温总理指出：我们要运用各种形式和手段，包括巡演巡展、汉语教学、学术交流和互办文化年等，进一步推动中华优秀文化走出国门、走向世界，增强国际影响力。

在上文中，温总理所提到的"民惟邦本"出自《尚书·五子之歌》。《五子之歌》是一组组诗。据诗前叙事之辞介绍，该组诗的创作背景是：大禹传位给启，启传位给太康。夏后帝太康不理朝政，终日在外游猎玩耍，竟至百日不归，丧德失民，民怨四起。有穷国诸侯王后羿看到人民到了忍无可忍的地步，就抵拒太康不让他归国。在这痛心的时刻，太康的五个弟弟搀扶着他们的母亲来到洛水边上，等待太康的归来。他们回想祖父大禹的告诫，写了一组诗歌，以示怨愤。这里所选是其中的第一首。意思是说：我皇祖大禹曾有明训，人民可以亲近而不可以轻视，人民是国家的根本，只有根本牢固了，国家才能安宁。我看处理天下的事情，就是一般愚笨的人也能胜过我。一个人多次失误所导致的民怨难道要等它完全显现出来吗，应当考虑在它还没有显明时就省察自己。我治理人民，谨慎得像用坏索子驾驭着六匹马一样，做君主的人，又怎么能不有所敬畏呢？

这首诗所表现的思想是非常深刻的,尤其是作为诗眼的“民惟邦本,本固邦宁”两句,更是以凝练的语言,概括出了中国传统文化中极其宝贵的思想之一种——民本思想。也就是说人民是国家的基石,只有巩固国家的基石,国家才能安宁。民本思想的萌芽在中国是很早的,从现存资料看,在春秋战国时期,随着“民”在人们思想中的地位进一步上升,先进的思想家和政治家们就开始意识到,民心向背对封建王朝的兴亡具有决定作用。如春秋时齐国政治家管仲就说过:“夫霸王之所始也,以人为本,本理则国固,本乱则国危。”道家学派创始人老子说:“圣人无常心,以百姓心为心。”孔子的论述则更多,他的以“仁”为核心的思想中深深地渗透着对“民”的关切和重视。到了他的后学孟子那里,这一思想则被概括为:“民为贵,社稷次之,君为轻。”根据现代学者的研究,今文《尚书》为东晋豫章内史梅赜向朝廷所献之本,其中夹杂了两汉魏晋人的许多伪作,《五子之歌》便是其中之一。据此,我们可以肯定:《五子之歌》中“民惟邦本”的思想,其实是人们对春秋以来已成为一种共识的“重民”思潮的概括和总结。这一思想产生之后,立即成了历代仁人志士反抗封建专制制度的思想武器。王符《潜夫论》就说:“帝以天为制,天以民为心,民之所欲,天必从之。”程颐也说:“民可明也,不可愚也;民可教也,不可威也;民可顺也,不可强也;民可使也,不可欺也。”(《遗书》二十五)朱熹则进一步发展为:“国以民为本,社稷亦为民而立,而君之尊,又系于二者之存亡。”

当今,“民惟邦本,本固邦宁”这一古老的思想又焕发出了新的生命活力。我们现在提倡“以人为本”的科学发展观,就是对“民本”思想的继承和发扬。其实质就是通过改革开放,解放和发展生产力,满足人们日益增长的物质文化需求,重视人在社会中的地位和作用、尊重人的价值、关心和保障人的权益,在平等、自由的条件下实现人的全面发展。温总理的这篇署名文章发表在2007年3月“两会”召开前夕,在之后不久召开的“两会”上,民生问题备受关注,诸如棚户区、贫困生、征地补偿、抑制房价上涨等等问题,在温总理的政府工作报告中得到高度重视,从中可以看出党和政府对民生问题的关注与“以人为本”的科学发展思路。

贤路当广而不当狭，言路当开而不当塞

2007 年 3 月 4 日

理宗即位，行简贻书丞相史弥远，请帝法孝宗行三年丧。应诏上疏曰："……自陛下临御至今，班行之彦，麾节之臣，有因论列而去，有因自请而归。其人或以职业有闻，或以言语自见，天下未知其得罪之由，徒见其置散投闲，倏来骤去，甚至废罢而镌褫，削夺而流窜，皆以为陛下黜远善士，厌恶直言。去者遂以此而得名，朝廷乃因是而致谤，其亦何便于此。夫贤路当广而不当狭，言路当开而不当塞，治乱安危，莫不由此。"

——脱脱《宋史·列传第一百七十六》(节选)

2007 年 3 月 4 日，温家宝总理参加全国政协十届五次会议经济界、农业界联组会。在谈及对政府部门各部长的要求时，引用了《宋史》里面的"**贤路当广而不当狭，言路当开而不当塞**"来强调招贤纳才、广纳善言的重要性。

“贤路当广不当狭，言路当开不当塞”出自南宋乔行简(1156—1241)对当时刚继位的宋理宗的一篇上疏。篇首引文中的“行简”指的就是当时的名臣乔行简。乔行简官拜左丞相，封肃国公，后又封鲁国公，谥文惠。《宋史》谓之“历练老成，识量弘远，居官无所不言。好荐士，多至显达，至于举钱时、吴如愚，又皆当时隐逸之贤者。”宋理宗赵昀，是赵匡胤之子赵德昭的九世孙，1222年立为宁宗弟沂王嗣子，赐名贵诚，后赐名昀，宋宁宗死后，宰相史弥远矫诏废太子赵竑，立赵昀，即南宋第五位皇帝。

古代封建帝王即位之初，一般都会颁发求贤进言之诏，以图革故鼎新，有所作为。宋理宗也不例外，即位伊始，就颁布了《求贤》、《求言》二诏。针对二诏颁发存在的一些问题，乔行简上疏说：“二诏之颁，果能确守初意，深求实益，则人才振而治本立，国威张而奸宄销。臣窃观近事，似或不然。”在列举若干时弊后，他说：“贤路当广而不当狭，言路当开而不当塞。治乱安危，莫不由此。”宋理宗读后深以为是，乔行简因此得以升任侍读兼国子祭酒、吏部侍郎，先后代理礼部尚书、刑部尚书等职。

“贤路当广而不当狭，言路当开而不当塞”这句话阐明的是举贤任能、从善如流的重要性。首先，要重视人才，这也是古代治国之道的核心内容。早在西周时期，人们就认识到人才是“邦家之基”、“邦家之光”，主张尚贤使能。孔子认为：“舜有天下，选于众，举皋陶”，“汤有天下，选于众，举伊尹”。孟子说：“不信仁贤，则国空虚”，只有“尊贤使能，俊杰在位，则天下之士皆悦而愿立于其朝矣”,如此方可“无敌于天下”。诸葛亮曾言:“治国之道,务在举贤”。李世民也认为:“致安之本,惟在得人”。其次,治理国家要广开言路。《晏子春秋》曾说:“下无言则上无闻矣”,“聋暗,非害国家而如何也?”唐代名相魏征则提出了“兼听则明,偏信则暗”的著名论断。也就是在魏征的谏诤下,唐太宗广开言路,从谏如流,最终开启了贞观盛世。

总之,广开贤路,则小人去而君子来,人才可得;广开言路,则不会闭目塞听、独断专行而能集中民智,群策群力。温家宝总理引用这句话意思很明确,意在强调人才强国战略与广开言路以科学决策的重要性,并希望大家本着知无不言、言无不尽的态度,对政府工作多提意见、建议和批评。

名为治平无事，而其实有不测之忧

2007年3月16日

天下之患，最不可为者，名为治平无事，而其实有不测之忧。坐观其变，而不为之所，则恐至于不可救。起而强为之，则天下狃于治平之安，而不吾信。惟仁人君子豪杰之士，为能出身为天下犯大难，以求成大功。此固非勉强期月之间，而苟以求名之所能也。

天下治平，无故而发大难之端，吾发之，吾能收之，然后有辞于天下。事至而循循焉欲去之，使他人任其责，则天下之祸，必集于我。

——苏轼《晁错论》(节选)

2007年3月16日上午，十届全国人大五次会议在人民大会堂举行记者招待会。温家宝总理在会上引用了苏轼的诗句来回答中国新闻社记者关于中国经济现状及发展的提问。温总理说："近些年来，中国经济保持了平稳较快的发展，但无论是过去、现在还是将来，都不必评功摆好。我的脑子里充满了忧患。**‘名为治平无事，而其实有不测之忧’**。”

此处温总理所引的“名为治平无事，而其实有不测之忧”出自苏轼的《晁错论》。晁错（前200—前154），颍川人。汉文帝时，晁错因文才出众被太子刘启（即后来的景帝）尊为“智囊”，其为人刚直，直言敢谏，对汉初的经济发展和“文景之治”作出了巨大的贡献，著有《论贵粟疏》、《言兵事书》、《说景帝前削藩书》、《募民徙塞下书》等大量政论性文章。《汉书·艺文志》有“晁错三十一篇”之说，可惜未能全部流传下来。也正因为晁错为人刚直，招致了众人嫉恨，加之晁错力主“削藩”，在后来的“七国之乱”中，诸侯以“请诛晁错，以清君侧”为名威逼景帝，景帝无奈，只好腰斩晁错于东市。

宋人范温在《潜溪诗眼》中曾说：“老坡作文，工于命意，必超然独立于众人之上。”这里的老坡指的就是自号“东坡居士”的苏轼。的确，《晁错论》就是这样一篇“超然独立于众人之上”的人物史论。文章肯定了晁错“能出身为天下犯大难”的耿耿忠心，同时也指出晁错“忠而受祸”是“有以取之”的，立意新颖深刻。

晁错之时，西汉政权内部矛盾重重，危机四伏，汉高祖封同姓为王，仅齐、楚、吴三个王的封地就分去了天下的一半，晁错因此向景帝上奏《削藩策》。但他的削藩办法与先前的贾谊相比性急了一些。这种强行削藩，是冒着极大的风险的，无形中把他自己置于非常危险的地步，因为其时削藩或不削藩，吴王刘濞都会反。结果晁错被杀了，叛军依然不退，最后还是靠武力解决问题。其实早在晁错被腰斩前，这篇《削藩策》所将带来的危险性，就连晁错的父亲也感受到了。他的父亲一听说此事就急忙从颍川老家赶到长安去找晁错，劝他："刘氏安矣，而晁氏危矣！"但晁错不为所动，认为："固也。不如此，天子不尊，宗庙不安。"而后他父亲因为"不忍见祸及吾身"，"遂饮药死"。晁错这种"苟利国家生死以，岂因祸福避趋之"的献身精神，是那些"坐观其变，而不为之所"的人难以望其项背的。

苏轼非常赞赏晁错的这种行为，认为"惟仁人君子豪杰之士，为能出身为天下犯大难，以求其成功"，并且一再申说："古之立大事者，不惟有超世之才，亦必有坚忍不拔之志。"与此同时，苏轼还在《晁错论》中抒发了自己的一些政治远见：天下最难的事，莫过于看起来太平和谐，而实际上危机四伏的时候，有人能站出来进行一些革新——晁错被祸的原因在于此，而晁错的伟大也正在于此。

晁错的那段历史虽然过去了，但"名为治平无事，而其实有不测之忧"这句话却犹如一道警钟，时时长鸣在心忧天下的人的耳边。温家宝总理用这句话来表明自己对当时中国经济所面临的问题的看法是非常合适的。当一个国家长期处于稳定发展的良好格局中，往往对其中潜伏的危机与风险预见不够，这就更需要在"天下治平无事"时独具慧眼，看出其中隐伏的不测之忧。只有这样，才能时刻保持清醒的头脑，处理好改革发展中的一系列问题。

去问开化的大地，去问解冻的河流

2007 年 3 月 16 日

窗外的争吵

艾　青

昨天晚上
我听见两个声音——

春天：
大家都在咒骂你
整天为你在发愁
谁也不会喜欢你
你让大家吃苦头

冬天：
我还留恋这地方
你来的不是时候

我还想打扫打扫
什么也不给你留

春天：
你真是冷酷无情
闹得什么也没有
难道糟蹋得还少
难道摧毁得不够

冬天：
我也有我的尊严
我讨厌嬉皮笑脸
看你把我怎么办
我就是不愿意走

春天：
别以为大家怕你
到时候你就得走
你不走大家轰你
谁也没办法挽留

用不到公民投票
用不到民意测验

用不到开会表决
用不到通过举手

去问开化的大地
去问解冻的河流
去问南来的燕子
去问轻柔的杨柳

地里种子要发芽
枝头骨朵要吐秀
万物都频频点头
异口同声劝你走

你要是赖着不走
用拖拉机拉你走
用推土机推你走
敲锣打鼓送你走

2007年3月16日上午，十届全国人大五次会议在人民大会堂举行记者招待会，温家宝总理应大会新闻发言人姜恩柱邀请同中外记者见面，并回答记者提出的问题。温总理在回答记者提出的关于民生的问题时说："解决民生问题还要让人民生活得快乐和幸福。这就要保障人民的民主权利,推进社会的公平与正义。"他还自己设问:"记者也许问,什么叫快乐?我可以借用诗人艾青的一句诗:'**去问开化的大地,去问解冻的河流。**'"

温总理之所以会用艾青的这句诗回答记者的提问,与诗句所蕴涵的内容密切相关。这句诗出自艾青的《窗外的争吵》,要了解这首诗歌的内涵,我们不妨先了解一下这首诗歌写作的背景,这样才能真正理解作者想要表达的思想、情感。该诗创作于1980年春节,当时整个中国大地正涌动着经济体制改革和对外开放的热潮,在这股热潮的感召下,已届古稀之年的艾青诗兴大发,写下了这首洋溢着蓬勃活力又富有生活气息的诗作。

这首诗构思非常巧妙。它采用了拟人的手法,借"春天"和"冬天"这两个富有象征意味的意象之间的对话,用带有口语色彩的语言,形象地告诉我们:"新"与"旧"之间时刻在发生"争吵",而且"争吵"会非常激烈;但新生事物终究要战胜旧事物,春天最终会战胜冬天,大地将会开化,河流将会解冻,"春天"的力量是无可抗拒的。诗的想象也较为新奇。"春天"和"冬天"的交替本是常见的自然现象,但作者展开丰富的联想,将两者之间的交替想象为一次激烈的争吵。同时又通过细致的描写,绘声绘色地写出了其争吵的过程和结果。这种新奇的想象表现出诗人高超的形象思维能力,极大地丰富了诗的意境,增添了诗歌的艺术情趣。这正如艾青自己所说:"没有想象就没有诗。"(《在〈诗刊〉社举办的"青年诗作者创作学习会"上的谈话》)这首诗正是他这一理论的具体实践。艾青为何会选择春、冬这两个意象加以想

用这些意向又试图表达什么呢？

固定的出现时间，都是顺时的产物。解冻的走，从上游一直流向下游，即使由于冰冻而短向远方。燕子会因为北方冬天的寒冷而南之时，也会慢慢回到北方。这，就是万物的冬的意象加以想象是为了说明自然界的一其规律可循的。但温家宝总理为什么会认然界的规律顺时而行呢？

问题就必须仔细分析温总理所言。温总理指首先着眼于生活困难群体。因为在中国城有相当大的比重，特别是农民。一个船队，不是那个航行最快的船只，而是那个最慢的善了困难群体的生活状况，也就改善了整个解决民生问题除了让人民丰衣足食外，还要和幸福。这就需要政府下大力气去保障人民会的公平与正义。温总理引用“去问开化河流”补充说明何谓人民的快乐，实质上指的，只有当我们顺应时势，人民才能获得真

用艾青这两句饱含深情的诗句形象地解释了温暖遍布世间的期待，以及对一个公平而又往。

水能载舟，亦能覆舟

2007年3月16日

马骇舆则君子不安舆，庶人骇政则君子不安位。马骇舆则莫若静之，庶人骇政则莫若惠之。选贤良，举笃敬，兴孝弟，收孤寡，补贫穷，如是，则庶人安政矣。庶人安政，然后君子安位。《传》曰："君者，舟也；庶人者，水也。水则载舟，水则覆舟。"此之谓也。故君人者欲安则莫若平政爱民矣，欲荣则莫若隆礼敬士矣，欲立功名则莫若尚贤使能矣，是君人者之大节也。

——《荀子·王制》(节选)

2007年3月16日上午，十届全国人大五次会议在人民大会堂举行记者招待会。中央电视台记者就陈良宇、郑筱萸案件提出了"如何有效地遏制一些行政领域权钱交易的现象"的问题。温家宝总理在回答时说道："解决这个问题，首先，要从制度上入手。要贯彻我们已经制定的行政许可法，减少审批事项。政府部门掌握了大量的行政资源和审批权力，容易滋生权钱交易、以权谋私、官商勾结的腐败现象。第二,要推进政治体制改革。减少权力过分集中的现象,加强人民对政府的监督。今后,凡属审批事项,特别是涉及人民群众利益的,都要公开、公正和透明。第三,要实行教育和惩治并举的方针,让每个干部和领导者懂得'**水能载舟,亦能覆舟**'。对于那些贪污腐败分子,不管发生在哪个领域,涉及到什么人,不管他职务多高,都要依法严肃惩处。"

"水则载舟,水则覆舟",也作"水能载舟,亦能覆舟",简称"载舟覆舟",原出自《荀子·王制》。篇首所引的这段话将"水能载舟,亦能覆舟"的要旨阐述得十分明白,其大意是:

马受惊拉车,那么君子在车上坐着就会不安;百姓惊恐于政事,那么君王在王位上就坐不安稳。马受惊拉车,不如让马安静下来;百姓惊恐于政事,不如给他们恩惠。选拔贤能有才的人,推举忠厚恭敬的人,提倡孝悌友爱,收养孤寡之人,救济贫苦的人,如果能这样,那么平民百姓就会安心政事,而君王的政位也就稳定了。《传》说:"君主是船,百姓是水。水能承载船只,也能倾覆船只。"说的就是这个道理。因此,君王若想要使国家安定,不如勤政爱民;想要使国家兴盛,不如礼贤下士;想要获得治世之功,不如举贤任能,这是做君王的应该懂得的道理。

"水则载舟,水则覆舟"体现的是中国古代非常可贵的民本思想。唐代名相魏征《谏太宗十思疏》亦云:"怨不在大,可畏惟人;载舟覆舟,所宜深慎。"这里船与水的关系也就是君王与百姓之间的关系,意指事物用之得当则有利,反之必有弊害。以此比喻说明民心向背决定政权的生死存亡,实质上是要告诫统治者只有贵民重民方能长治久安,不被人民所推翻。

其实,中国哲人早从西周开始就意识到了民心与天命的关系,认为民心所向即为天命。《尚书·泰誓上》有言:“民之所欲,天必从之。”东汉王符在《潜夫论》中说:“国以民为基。”梁启超的《新民说·叙论》道:“国也者,积民而成,国之有民,犹身之有四肢五脏筋脉血轮也。”可见国之根本在民,只有固根本,才能安社稷。正是这种贵民重民的传统民本思想在中国历史上造就了一批懂得“忧民之忧”的帝王和许多爱民为民的贤臣。

温家宝总理在谈及目前存在的一些腐败现象时,重申“水则载舟,水则覆舟”这句话,意在告诫广大领导干部,一定要把群众的利益放在心上,争做人民满意的公务员。正如 2009 年 8 月 14 日温总理在接见第七届“人民满意的公务员”代表时指出的那样:“我们把群众的利益放在心上,群众就欢迎我们坐在台上。群众在我们心中有多重的分量,我们在群众心中就有多重的分量。只有我们做得让群众满意,群众才会对我们满意!”

召远在修近，闭祸在除怨

2007年3月16日

法天合德，象法无亲，参于日月，佐于四时。悦在施，有众在废私，召远在修近，闭祸在除怨。修长在乎任贤，高安在乎同利。

——《管子·版法》(节选)

2007年3月16日上午，十届全国人大五次会议在人民大会堂举行记者招待会。在招待会上，日本NHK电视台记者就中日关系的前景向温家宝总理提问。温总理回答说："中日两国是一衣带水的邻邦。中国有一句古话：'**召远在修近，闭祸在除怨。**'这是管子的话。在中日两国政府的共同努力下，我们就消除影响两国关系的政治障碍问题达成了共识，这就促成了安倍首相去年10月访问中国。中日两国发展合作关系，世代友好，符合历史潮流，符合人民愿望。"随后，温总理指出：虽然现在两国间还存在许多问题，但是三个政治文件已经从政治上、法律上和事实上总结了两国关系的过去，也从长远和战略上，规划了两国关系的未来。最后,温总理进一步提出希望,希望中日两国坚持三个文件的精神,以史为鉴,面向未来。

“召远在修近,闭祸在除怨”出自《管子·版法》。“版法”的含义是选择施政纲要,载之于版籍,以为后世常法。篇首节选的这段文字意思是说:作为统治者应该效法天地,对万物普施德泽恩惠,对众生公正无私亲。施政治民则要像日月、四时那样光明无私。要想使人民乐业就要做到赈贫乐施,要想使民众拥护就必须废除私心,要招徕远方的人们就必须修明国政,要避免祸乱的发生就必须消除怨恨。准备长远大计,在于任用贤人;巩固尊崇地位,在于与民同利。

所谓“召远在修近”,近,指国内。意思是说要想招纳远方的人,就要先整治好国内。怎样治理呢?《管子·牧民》篇提到:“凡有地牧民者,务在四时,守在仓廪。国多财则远者来,地辟举则民留处,仓廪实则知礼节,衣食足则知荣辱。”要使国内仓廪充实,人民丰足安乐,且礼义彰明,这样远国的民众才会来依附。关于“闭祸在除怨”,不是说有了怨才去清除,而是要保持所在之地尽量不发生人怨。《周易·既济》说,“君子以思患而豫防之”;《黄帝内经》也谈到“圣人不治已病治未病,不治已乱治未乱”,说的就是这个意思。大凡祸乱的发生,一般生于民众的怨咎,因此管理民众一定要有原则,要以身作则,奖赏合理,刑罚适中,这样不安全因素就会减少,人民就会安居乐业,政通人和,所以说“闭祸在除怨”。

温家宝总理借“召远在修近,闭祸在除怨”这句话来发表自己对中日关系的看法,一方面是说要想处理好邻国之间的关系,要想消除相互间的宿怨,避免争端,首先各国自身要摆正姿态,努力消除影响两国关系的政治障碍,在这点上,中日两国政府都作出了很好的努力,也达成了许多共识。另外一方面也借此向日本政府表示:中日两国一衣带水,希望日本政府珍视中日两国人民的传统友谊,正视与合理处理中日历史遗留问题,以史为鉴,面向未来,努力改善中日关系,使两国人民世代友好下去。

沉舟侧畔千帆过，病树前头万木春

2007 年 3 月 16 日

酬乐天扬州初逢席上见赠

刘禹锡

巴山楚水凄凉地，二十三年弃置身。
怀旧空吟闻笛赋，到乡翻似烂柯人。
沉舟侧畔千帆过，病树前头万木春。
今日听君歌一曲，暂凭杯酒长精神。

2007 年 3 月 16 日上午，十届全国人大五次会议在人民大会堂举行记者招待会，温家宝总理回答记者提出的问题。在谈到海峡两岸关系问题时，温总理说："大陆同胞想到台湾旅游已经期盼多时了，准备多日了。我们希望早日实现这个愿望。海峡两岸和平发展是大势所趋，是任何人无法改变的。'**沉舟侧畔千帆过，病树前头万木春。**'"

篇首所引的是中唐著名诗人刘禹锡赠送给白居易的诗作。唐敬宗宝历二年(826),刘禹锡罢和州刺史任返洛阳,同时白居易从苏州归洛阳,两位诗人在扬州相逢。白居易在筵席上写了一首诗相赠:"为我引杯添酒饮,与君把箸击盘歌。诗称国手徒为尔,命压人头不奈何。举眼风光长寂寞,满朝官职独蹉跎。亦知合被才名折,二十三年折太多。"刘禹锡便写了《酬乐天扬州初逢席上见赠》来酬答。"酬",答谢,这里指以诗回赠。"乐天",白居易的字。"见",放在动词前,表示对自己怎样;"见赠",白居易赠送给刘禹锡的诗作。诗题意为:酬谢白居易在扬州初逢席上赠送给我的诗作。

首联回首往事,抒发感慨。"巴山楚水",泛指今四川一带,这里指诗人的贬居之地。永贞元年(805),王叔文革新失败被杀,刘禹锡被贬朗州司马。宪宗元和十年(815)曾被召回长安,因游玄都观看桃花作《戏赠看花诸君子》讽刺权贵,又被贬为连州刺史,后又转任夔州、和州刺史。"二十三年",作者从805年被朝廷贬职,到827年重新回京任职,其间共二十三年。"弃置身",被抛弃的人。这一联作者紧承白居易"二十三年折太多"之句而发,一来一往,显出朋友之间推心置腹的亲密关系。颔联化用典故。"怀旧",怀念老朋友;"闻笛赋",指晋人向秀所作《思旧赋》。向秀跟嵇康是好朋友,嵇康因不满当时掌握政权的司马氏集团而被杀。一次向秀经过亡友嵇康、吕安的旧居,听见邻人吹笛,不胜悲叹,于是写了《思旧赋》。刘禹锡借用这个典故,表达了他对因参与政治改革而被迫害致死的挚友的怀念。

“烂柯人”，化用晋人王质之典。据《述异记》记载，王质进山砍柴，看见两个童子下棋，便停下观看，等到棋局终了，童子问王质为何不去，王质才惊悟过来，发现手中的斧柄已腐烂了。回到村里，一切都已变化，才知道时间已过了百年。诗人化用这一典故，既暗示自己贬谪时间之久，又表现了世态的变迁，以及回归之后颇觉生疏而怅惘的心情，涵义十分丰富。颈联是对白居易赠诗“举眼风光长寂寞，满朝官职独蹉跎”一句的回答。白诗意为同时代人都得到了升迁，只有刘禹锡依然寂寞蹉跎，颇为刘禹锡打抱不平。而刘禹锡却并不这样认为，他虽以“沉舟”、“病树”比喻自己，但诗的格调并不悲观，“沉舟侧畔千帆过，病树前头万木春”，在这些充满生命力的场景描写中，一个面对世事变迁、仕宦升沉时不低沉、不气馁、不自怨自艾的达观者形象跃然纸上。此联生动形象，富有哲理意味，“真谓神妙，在在处处，应当有灵物护之”（白居易《刘白唱和集解》），而诗的感情基调也由前两联的衰飒一变而为超迈、高昂，尾联也就在这突起的情调中顺势而下，点出了题意：今天听了你的诗歌不胜感慨，暂且借酒来振奋精神吧！在朋友的热情关怀下，诗人表示要振作起来，重新投入到生活中去，表现出诗人坚韧不拔的意志。全诗感情起伏跌宕，沉郁中见豪放，加上颈联这一内涵隽永的千古名句为之增色，使得这首诗成了古代赠别诗中的不朽之作。

在十届全国人大五次会议记者招待会上，温家宝总理引用刘禹锡的这两句诗，可谓意味深长。其时台湾当局挟洋自重，对促进海峡两岸交流问题不仅消极应对，且屡生事端，以至于有人将之喻为西方反华势力不沉的“航空母舰”。可就在这艘所谓“航空母舰”的周边,中国大陆与新加坡、马来西亚等东南亚国家的海上交流正千帆竞渡。长此以往,谁敢担保这艘所谓的航母无“沉舟”之虞?“沉舟侧畔千帆过”形象地表达了温总理对当时海峡两岸交流受阻的焦虑和对台湾当局的提醒。然焦虑并非绝望,对海峡两岸的未来,温总理充满信心:“病树前头万木春”,这句诗可说是温总理对海峡两岸和平发展前景热切向往和坚定信念的真切表达。

上德不德

2007 年 4 月 12 日

上德不德，是以有德；下德不失德，是以无德。

——《老子》三十八章（节选）

2007 年 4 月，温家宝总理访问日本期间，在日本国会发表了题为《为了友谊与合作》的演讲。在演讲中，温总理说："中国在发展中存在着资源、能源、环境等瓶颈制约，但经过多年努力，我们找到了一条发展的新路子，这就是树立和落实科学发展观，建设资源节约型、环境友好型社会，促进经济社会全面、协调、可持续发展。中国的发展主要靠自己，中国发展了会对周边和整个世界的发展做出应有的贡献，我们将坚持科学发展、和谐发展、和平发展，努力把中国建设成为富强、民主、文明、和谐的现代化国家。中国历来有'**上德不德**'、'讲信修睦'的优良传统，我可以负责任地告诉各位，中国高举和平发展合作的旗帜，坚持走和平发展的道路，推动建设和谐世界的决心永远不会改变。"

《老子》大约成书于战国中前期，后世又称为《道德经》、《道德真经》、《五千言》、《老子五千文》等，分《道经》和《德经》两篇，共八十一章，五千余字。该书以“道”解释宇宙万物的演变，以为“道生一，一生二，二生三，三生万物”是世界万物产生的根源，同时又具有“独立不改，周行而不殆”的运动特性。《老子》正是以此为起点，通过分析有无、虚实、祸福、正奇等极富辩证色彩的事物之关系，构建起他的宇宙观、自然观和社会观。

节选部分所谈的是“上德”和“下德”的不同。“德”在老子哲学里是一个特殊的概念，它与道的含义相同，因此经常连用，所不同者，“道”为体，“德”为用。这一句中出现的“德”字，含义和用法略有不同。所谓“上德”，指具有上德的人，其意是：上“德”的人不自恃有德，所以实际是有德；下“德”的人自以为不离失德，所以没有达到“德”。这句话凝聚了老子的哲学智慧，包含着老子对当时社会的批判意识。老子以为，“德”和“道”是不能分离的。“道”虽然“独立而不改，周行而不殆”，无处不在，但它无形无迹，不可名状，人们把握它只能通过它显现或作用于物的“德”。而对“德”的认识和把握，往往由于居心的不同，而有“不德”和“不失德”之不同。所谓“不德”，按河上公的解释，就是“因循自然……其德不见”，林希逸也以为：“有德而不自知其德化”为“不德”。所谓“不失德”，就是执守于形式上的“德”，“执而未化”，不能做到“不德”。也就是说，在老子看来，“上德”与“下德”的区别就在于能否做到顺任自然而无心作为，能做到即为“上德”，做不到即为“下德”。

老子的这种认识是建立在他对那个时代的批判这一基础上

的。在老子看来，在他所处的那个时代中，先贤所倡导的“礼”、“仁”这些“德”已堕落成繁文缛节，成了拘执人心的羁绊，同时又为争权者所利用，成了他们剽窃名位的工具，是“忠信之薄而乱之首”。在这种情况下，要判断一个人真正有“德”还是别有用心，唯一的标准就是是否出于“无德”，即是否出于自然而然。正如陈鼓应先生所说：“本章立论的动机，实有感于人际关系的愈来愈外在化，愈来愈强化，而自发自主的精神已逐渐消失，仅靠一些规范把人的思想行为定着在固定的形式中。”可见老子对当时社会的认识是极其深刻的。

西汉史学家司马谈在《论六家要旨》里面曾高度称赞以老子为代表的道家，以为：“道家使人精神专一，动合无形，赡足万物。其为术也，因阴阳之大顺，采儒墨之善，撮名法之要，与时迁移，应物变化，立俗施事，无所不宜，指约而易操，事少而功多。”“其术以虚无为本，以因循为用。无成执，无常形，故能究万物之情。不为物先，不为物后，故能为万物主。”从《老子》对“德”的认识来看，这种评价是切当而中肯的。

老子此语是想说明真正有德行的人，是不会自我夸耀的。温总理在日本国会演讲时，引用这句话，意在表明中国的一贯外交立场：中国是个大国，曾以江海般宽容、博大、谦虚的胸怀真诚地帮助过其他国家，并赢得他们的信任，但中国人追求的是“上德不德”的崇高精神，绝不会因为自己有德于人而倨傲于人。

与朋友交，言而有信

2007年4月12日

子夏曰："贤贤易色；事父母，能竭其力；事君，能致其身；与朋友交，言而有信。虽曰未学，吾必谓之学矣。"

——《论语·学而》（节选）

2007年4月10日至13日，温家宝总理应邀对韩国、日本进行正式访问。温总理此访是中国总理时隔7年首次对韩日两个邻国的访问，受到两国政府和人民的热烈欢迎和盛情接待。4月12日，温总理在日本国会发表了题为"为了友谊与合作"的演讲。在演讲中，温总理说："中国古代先贤说：'与国人交，止于信'，'**与朋友交，言而有信**'。日本人也常说，'无信不立'。国与国之间的交往更应以诚信为本。《中日联合声明》等三个政治文件，从政治上、法律上和事实上总结了两国关系的过去，规划了两国关系的未来，是中日关系的基石。不管遇到什么情况，只要双方都严格遵循这三个政治文件所确定的各项原则，两国关系就能顺利向前发展。”

上文所引的“与朋友交，言而有信”出自《论语·学而》，是孔子弟子子夏的言论。关于子夏，《论语·先进》篇载，孔门有十哲，“文学：子游、子夏。”在孔子的弟子中，子夏是孔门四科文学科的佼佼者，他姓卜，名商，字子夏，《史记·仲尼弟子列传》记载子夏少孔子四十四岁，可说他是孔子晚年所收最为得意的弟子之一。《论语》中记载了不少子夏与孔子的师生对话，从中可见子夏的秀异出群以及孔子对他的赞美欣赏。本文所选《论语·学而》中子夏这段话的意思是说：敬重内在品德高尚的贤人，看轻外表漂亮内心庸俗的美色；奉养父母亲，能够竭尽自己的能力；侍奉君王，能够为国家奋不顾身；与朋友交往，说话诚实守信。这样的人，即使没有接受过教育，我也一定会说他接受过最好的教育。

“与朋友交，言而有信”这句格言，阐述的是人与人之间交往的诚信原则。“信”，属于儒家“五常”之一。汉代董仲舒在《贤良策》中认为：“仁义礼智信五常之道，王者所当修饬也。”《大学》主张：“为人君，止于仁；为人臣，止于敬；为人子，止于孝；为人父，止于慈；与国人交，止于信。”诚信，是为人安身立命之本，孔子在《论语·为政》中说：“人而无信，不知其可也。大车无輗，小车无軏，其何以行之哉？”朱熹在《朱子语类》中则解释“人而无信，不知其可也”道：“人而无真实诚心，则所言皆妄。”就是说一个人一旦言而无信，那么他的一切言行都将失去别人的信任。而如果人与人之间交往全都缺乏诚信，那么整个社会就会尔虞我诈，社会秩序也就会一片混乱。

《论语·颜渊》曾记载子贡向孔子问政，孔子回答："足食，足兵，民信之矣"，并且明确告诫子贡，如果在这三者之中去其二，则只取"信"，因为在孔子看来，"自古皆有死，民无信不立。"在中国传统文化中，诚信一直是社会交往中最为基本的原则之一。要想获得别人的信任，只有自己先对别人讲诚信。诚信，是个人道德修养的基本内容。曾子在《论语·学而》中说："吾日三省吾身：为人谋而不忠乎？与朋友交而不信乎？传不习乎？"也就是说曾子将忠信作为自己的为人准则，每日反省检查，督促自己不可一日不讲诚信。正是古人这种努力的道德实践与自觉的理论提倡，才形成了中华民族与人一诺千金不移、一言既出驷马难追的诚实守信的优良传统。今天，我们提倡诚实守信，这既是对中华民族传统精神的继承与弘扬，也是迫切的现实需要，很难想象，一个不重诚信、不讲信用的社会将会是怎样的一个社会？

温家宝总理引用儒家关于诚信的论述，用意是希望日本方面要信守自己的承诺，他特别提醒日本方面要重视《中日联合声明》等三个政治文件，因为这是中日关系的基石，如果连白纸黑字的承诺都可以背弃，"人而无信，不知其可"，则"国而无信，更不知其可"了。

非知之难，行之惟难
非行之难，终之斯难

2007 年 5 月 4 日

臣观自古帝王受图定鼎，皆欲传之万代，贻厥孙谋。故其垂拱岩廊，布政天下。其语道也，必先淳朴而抑浮华；其论人也，必贵忠良而鄙邪佞；言制度也，则绝奢靡而崇俭约；谈物产也，则重谷帛而贱珍奇。然受命之初，皆遵之以成治；稍安之后，多反之而败俗。其故何哉？岂不以居万乘之尊，有四海之富，出言而莫己逆，所为而人必从，公道溺于私情，礼节亏于嗜欲故也？语曰：“非知之难，行之惟难；非行之难，终之斯难。”所言信矣！

——魏征《十渐不克终疏》（节选）

2007 年 5 月 4 日上午，温家宝总理来到中国人民大学看望青年学生，在与同学们的交谈中引用魏征的名言“**非知之难，行之惟难；非行之难，终之斯难**”来鼓励同学们坚持读书学习。随后，温总理又对这四句话作了解释：知道不是很难的，行动才是很难的，行动还不是最难的，善始善终地行动才是最难的。

这四句本是魏征在《十渐不克终疏》中用于劝诫唐太宗要注意保持在位之初的政治风格的。此文在《贞观政要》、《全唐文》、《新唐书》等书中均有载录，是一篇坦诚而又直切时弊的佳作。全文层次分明，语言精炼，逻辑严密，辞强理直，淋漓激切。因该奏疏条陈的内容有十条，故称《十渐不克终疏》，简称《十渐疏》。这份上疏的写作有其一定的历史背景：唐太宗初继位时，时常提醒自己要“安不忘危，治不忘乱”，但是愈到后来，其骄傲自矜日渐显露。如贞观九年，就曾炫耀自己“武胜于古”，“文过于古”，“怀远胜古”。正因为看到唐太宗逐渐懒于政事，颇好奢纵，亲亵群小，滥用民力，担心他“不能克终俭约”，“诤臣”魏征便于贞观十三年(639)写下了这篇《十渐不克终疏》。

疏中，魏征列举了唐太宗执政初到当前为政态度的十大转变，指出太宗“顷年已来，稍乖曩志，敦朴之理，渐不克终”，希望太宗皇帝以“非知之难，行之惟难；非行之难，终之斯难”自省自勉。唐太宗接到魏征的奏章之后，反复斟酌，幡然悔悟，慨叹道：“朕今闻过矣，愿改之，以终善道。有违此言，当何施颜面与公相见哉！”并且让人将这篇奏疏书写到屏障上，以便朝夕温习，还嘱咐史官将之载入史册，以传后世。为了奖励魏征的直谏，唐太宗赏赐了魏征“黄金十斤，马二匹”。

细读“非知之难，行之惟难；非行之难，终之斯难”四句，言简意赅。前两句“非知之难，行之惟难”代表了中国古人对于知行问题的理解。关于知、行关系的论述,较早的有《尚书·说命中》载傅说对商王武丁的谏辞中的“非知之艰,行之惟艰”语,《孔传古文尚书》解释道:“言知之易,行之难”。而后两句“非行之难,终之斯难”则是对前面“非知之难,行之惟难”的补充,“行”比“知”难,但“行”而“终之”更难。《战国策·秦四》曾说:“始之易,终之难”,这也是告诫我们做事一定要慎始而敬终、善始善终。温家宝总理引用这句经典箴言,意在勉励同学们不仅要博览群书,更要理论联系实际,勇于实践,善于行动;做事不能虎头蛇尾,要持之以恒,慎始而敬终。只有这样才能大有作为,有所成就。

伐柯伐柯，其则不远

2007年6月9日

诗经·豳风·伐柯

伐柯如何？匪斧不克。
取妻如何？匪媒不得。
伐柯伐柯，其则不远。
我觏之子，笾豆有践。

2007年6月9日，温家宝总理在中华世纪坛观看中国非物质文化遗产专题展，在与中国非物质文化遗产的传人进行交谈时说："《诗经》中有句话：'**伐柯伐柯，其则不远**。'意思是说，我们做斧柄时，只要按照先人传下来的斧柄的样子去做，大体能像。做出来的虽然不是同一把斧柄，但是同根同源。即观斧造斧，斧砍斧削，互为其根，互为其本，这就叫一脉相传。"

在很多采访中，温总理曾多次引用《诗经》中的诗句来回答记者提问或者表达自己的观点。我们知道，《诗经》是我国第一部诗歌总集，其描写周代社会生活的大量诗句为我们了解当时的历史打开了一扇窗户，《诗经》中赋、比、兴的艺术手法及其清新自然的创作风格则成为后世文学创作的取之不尽的艺术宝藏。屈原的《离骚》、汉乐府民歌中的寓言拟物诗、李白的《古风》、陆游的《卜算子·咏梅》以及元曲清戏中的美刺讽喻作品等，无不是对《诗经》艺术手法的继承和发展。

再来看《诗经》中流传较为广泛的这首《伐柯》，旧说多以之为"美周公也。周大夫刺朝廷之不知也"，这种说法显然是对《诗经》命意的过度政治化阐释，故为后世学界所不取。细味全诗，不难发现，《伐柯》其实是一首男子在喜庆的婚礼上所唱的乐曲。

诗的前四句将伐柯之斧与娶妻之媒相比附，强调婚姻的成合无媒不成。伐，砍伐；柯，斧柄。意谓：怎样才能砍削一个斧柄？没有斧头砍不成。如何娶得妻子回，没有媒人办不到。可见，斧头和媒人是获得斧柄和成合家庭的必要条件。作者以设问的方式，借助砍削斧柄这一日常生活事象，将无媒不婚的道理说得浅显而明白。黄焯《毛诗郑笺平议》对此有精深体会："伐柯宜斧，取妻须媒，与后世俚语'耕当问奴，织当问婢'意同。"故后世以"伐柯人"称媒人，并把为人做媒称为"作伐"、"伐柯"或"执柯"。

诗的后四句则将"伐柯"之"则"与"之子"之为相比附，表达了男子对新婚妻子的赞美。则，法则，标准；觏，遇见；笾豆，竹制的食器；践，陈列整齐。意思是：砍斧柄啊砍斧柄，斧柄的样子就在眼前;我娶的妻子怎么样啊? 只看她应对婚礼很周全。在对后四句的理解上,学界颇感费解的是“笾豆有践”,多将之解释为婚宴上餐具摆列整齐有序。其实如果结合诗人借斧柄之则的设喻,不难看出,这位新郎颇为欣赏的是新婚妻子料理餐宴事宜的得体和周全。能把笾豆摆放得整齐有序,足见女子的细心和教养。所以后四句的潜台词就是,根据手头斧柄的样子就知道怎么砍削斧柄,看到新娘会不会料理家务就知道她将来是不是贤惠的妻子。

诗中“伐柯伐柯,其则不远”一句,后人多引之来比喻两种事物的继承或发展的协调关系。温家宝总理引用《诗经》中的这句话,借斧头和斧柄的关系,生动地阐明了文化传统(带柄之斧头)与新的文化创造(新的斧柄)之间同根同源、互为其本的内在关系,既表达了对我国文化遗产源远流长的赞美,也体现了对民间艺人继承传统文化的勉励。

广直言之路，启进善之门

2007年9月24日

臣某伏奉某月日恩制，大赦天下。一人有庆，百度惟新，戴天履土，罔不欣抃。某闻天地元功，施雨露而育物；帝王继统，升日月以垂曜。群品资始，万方文明。

伏惟陛下嗣守鸿业，光膺骏命，淳化均于四序，大德合于二仪。保宁社稷，光宅区宇。弘孝慈以御下，崇恭俭以垂休。恩覃溪洞，事冠千古。况乃顺时布政，乘春导和，敷作解之泽，宣在宥之典。九族既睦，四门广辟。而又洗涤幽絷，雷雨之施也；归还流窜，罗网之释也；移叙贬黜，覆载之仁也；蠲除逋债，政理之源也；褒宠勋贤，激劝之方也。废金宝之贡，有以彰俭德；搜遗逸之士，有以表至公。元勋宿將，赏延子孙；庶尹卿士，荣周存殁。广直言之路，启进善之门，德超虞、夏，道掩轩顼。必将平一殊俗，发挥大猷，亿万斯年，永荷天绪。

臣谬当任用，守职藩维，不获奔赴阙庭，亲睹盛礼。感悦欢抃，倍万恒情。

——柳宗元《贺赦表》

2007 年 9 月 24 日下午，温家宝总理来到国务院参事室和中央文史研究馆看望国务院参事和中央文史研究馆馆员。在与大家的交谈中，温总理引用了柳宗元的“**广直言之路，启进善之门**”来说明：“只有不断听取意见，工作才能有进步；只有发扬成绩，克服缺点，才能多为人民办好事。”

作为政府中唯一以民主党派和无党派爱国人士为主体的，具有统战性、咨询性的工作部门，国务院参事室是一个最需要“广纳天下善言”的机构。温总理用“广直言之路，启进善之门”两句来勉励国务院参事，可谓一语中的地道出了他们的职责。其实，这句话最早在柳宗元的《贺赦表》中出现时，寄托的是作者对于君王的一种期盼。

《贺赦表》作于贞元二十一年(805)正月。唐顺宗李诵即皇帝位，大赦天下，柳宗元代桂、广帅臣作此贺表敬献。

向帝王进献贺表这类官样文章当然不能写得如游记、杂文一样或显才华，或见思想，而是要周正平和，雍容华贵。然而关注民生，心忧天下的柳宗元毕竟和纯粹的御用文人有区别，多年的僚属生涯，使他深知为官者应慎言谨行，但对清明政治的向往追求，又使他不愿徒凭玩弄文字技巧以博君王一笑，而是希图将自己对理想帝王之道的思考融入其中，以恪尽规劝讽谏君主的臣子之责。

贺表开篇对顺宗大赦天下的意义极力鼓吹，认为这如天地之施雨露，日月之耀群星，上合天意，下孚万民。从“伏惟陛下嗣守鸿业”至“九族既睦，四门广辟”是第二部分，主要歌颂顺宗皇帝的帝王之德，说他顺天承命而继嗣大统，为人孝慈恭俭，为民顺时布政。从“而又洗涤幽絷”至“搜遗逸之士，有以表至公”是第三部分，是对顺宗大赦天下具体措施及其意义的颂扬。就顺宗的措施而言，一是赦免有罪之人，诸如幽絷之徒、流窜之犯、贬黜之士、逋债之民；二是褒奖有功之臣；三是废除各地的金宝之贡；四是广征山林隐逸。这四项举措在当时的确有着安定民心，稳固社稷的作用。从“元勋宿将，赏延子孙”至“亿万斯年，永荷天绪”是第四部分，是对顺宗大赦天下之行所取得的效果的赞颂。一则无论元勋宿将还是庶尹卿士都能感受到皇恩的浩荡；二则从此将言路大开，朝政清明，帝王盖世恩德，远迈前贤；三则从此将天下一统，江山永固。从“臣谬当任用”至结尾是第五部分，表达自己远在边关，虽不能亲赴朝堂共睹圣礼，但也为皇上的英明决策感到万分高兴。

整篇贺表尽管几乎都是颂扬之词，但也并非一味谀辞奉主。顺宗刚刚即位，却秉赋孝慈恭俭之德、超迈虞夏轩顼之能，这与其说是写实，不如说是作者对理想君王的一种期待。至于说大赦之后，必将“广直言之路，启进善之门”，又何尝不是作者对顺宗皇帝的一番苦心规谏？

“广直言之路，启进善之门”在本文中只是作为顺宗大赦天下效果的一个带有期待性的说明，但也可说是作者本人对理想政治环境的一种向往。因为在作者所推崇的轩顼虞夏时代，大都坚持广言路、善纳谏的政治传统，如《史记·孝文本纪》记载“古之治天下，朝有进善之旌，诽谤之木，所以通治道而来谏者”,《后汉书·张王仲陈列传》则记:“尧舜立敢谏之鼓,三王树诽谤之木,春秋采善书恶,圣主不罪刍荛。”正因在朝堂上列有进善之旌、诽谤之木、敢谏之鼓,这才有古圣先贤时代的清明政治。温家宝总理讲话中对这两句话的引用,是对中国古代优良政治传统的肯定,也体现出中央政府以开阔的心胸广泛采纳各阶层民众意见的信心和决心。

烈士暮年，壮心不已

2007 年 9 月 24 日

步出夏门行·龟虽寿

曹　操

神龟虽寿，犹有竟时；
腾蛇乘雾，终为土灰。
老骥伏枥，志在千里；
烈士暮年，壮心不已。
盈缩之期，不但在天；
养怡之福，可得永年。
幸甚至哉，歌以咏志。

2007 年 9 月 24 日下午，在与国务院参事和中央文史研究馆馆员座谈中，温家宝总理说："在座的各位既普通又特殊，普通是因为你们生活在人民中间，特别是和知识分子有广泛联系。特殊是因为你们有知识、有专长，可以在现代化建设中发挥特殊作用。你们中许多人都已高龄了,‘**烈士暮年,壮心不已**’,你们要继续关心国家大事。”

“烈士暮年,壮心不已”是曹操的名句,曹操的一生正是这句诗的写照。在创作这首诗时,54 岁的曹操刚刚在官渡击败袁绍父子,平定北方乌桓叛乱,正是踌躇满志、睥睨天下之时。这首诗充分表现了他的雄心壮志和锐意进取精神。

开篇四句从人寿有限着眼,通过两层比喻,以证明世间万物都逃不过生死盛衰的规律。“神龟”典出《庄子·秋水》:“吾闻楚有神龟,死已三千岁矣。”“腾蛇”典出《韩非子·难势》:“飞龙乘云,腾蛇游雾,云罢雾霁,而龙蛇与蚓蚁同矣。”以长寿而著称的神龟和能腾云驾雾的腾蛇,它们和大千世界芸芸众生一样,也都难以摆脱生死大限。

这种对生命极限的无奈感慨,在刀光剑影的汉魏六朝乱世时代,是颇为普遍的。但与同时代人因生死大限难脱而转向“遨游快心志,保已终百年”(曹丕《芙蓉池诗》)的及时行乐不同,已处人生暮年的曹操,却希图继续创建伟业。第二节四句诗,以伏枥老骥自比,表达作者的“烈士”壮怀。尽管对“伏枥”一词学界解释各异,或谓伏卧于厩,或谓服食于槽,然皆可状垂垂老矣之马。在曹操笔下,垂垂老矣之马虽不免困于马厩之老惫,但却有着为常马所不具备的日行千里的远大志趣。这一老马,可说是作者的自喻,也是作者心仪并自许的烈士。“烈士”一词,《庄子·秋水》谓:“白刃交于前,视死若生者,烈士之勇也”。《韩非子·诡使》谓:“好名义不仕进者,世谓之烈士。”这类“烈士”都还只是道德意义上的，曹操则进一步丰富了传统意义上的“烈士”内涵，真正的“烈士”应是如伏枥老骥一样，即便走向了生命的衰老，但仍然“壮心不已”。

第三节“盈缩”四句，从慷慨激昂的志趣挥发转入理性的生命思索：人的寿夭修短，不应只简单的归结为天命，如若善于修养，也可以延年益寿。从前诗对壮志情怀的抒发我们可以推知，诗人的生命“养怡”之福里，显然也包含着对不老的理想抱负的“养怡”。

全诗从人寿有限到“可得永年”，表达了诗人对生命有限和无限的一种哲理性的思考。作为自然的生命是有限的，但作为精神的志趣和理想却是无限的，正是对这种无限的理想抱负的追求，才使得生命具有了永恒的意义。这或许才是曹操这首《龟虽寿》所要表达的深层内涵。

诗中尤为后人称赏不已的是“老骥伏枥，志在千里；烈士暮年，壮心不已”，这四句诗生动体现了曹操虽然人到老年，但仍然雄心勃勃，希冀再干一番惊天动地的大事业的壮烈情怀。直至今天，人们为了表示自己的才能和雄心都还没有完全发挥出来，希望再有所作为时，也经常会说到这句话。温家宝总理引用这句诗，就是希望年事已高的各位国务院参事和中央文史馆的馆员们，即使身处暮年，也应雄心不老，继续为国家、为政府献计献策，书写生命的暮年辉煌。

言能听，道乃进

2007年9月24日

汤征诸侯。葛伯不祀，汤始伐之。汤曰："予有言：人视水见形，视民知治不。"伊尹曰："明哉！言能听，道乃进。君国子民，为善者皆在王官。勉哉，勉哉！"

——司马迁《史记·殷本纪第三》（节选）

2007年9月24日下午，在中秋佳节之时，温家宝总理到国务院参事室和中央文史研究馆，看望国务院参事和中央文史研究馆馆员。面对馆中的博学之士、社会名流和专家学者，温总理深情地说："'广直言之路，启进善之门'，这是柳宗元的话。'**言能听，道乃进**'，这是《史记》的话。只有不断听取意见，我们的工作才能有进步；只有发扬成绩，克服缺点，才能多为人民办好事。总之，就是要发扬民主，广开言路，从善如流。"

温总理为何会引用"言能听，道乃进"这句古话呢？这当然与诗歌所表达的意思息息相关。篇首文段为这句话的出处，意思是：成汤原来是夏朝的方伯（一方诸侯之长），有权征伐诸侯。

葛伯不奉祭祀,成汤就首先征伐葛伯。成汤说:“人照一照水就能看出自己的形貌,看一看民众就可以知道国家治理得好与不好。”伊尹回答说,“真是明智啊!只有能够听取别人的意见,治国之道才能不断得到完善。这样君临天下,视察子民,为善的人就会前来任职王官。”这里所说的“汤”,即成汤(?—前1588),商朝的创建者(前1617—前1588在位)。成汤曾为商国诸侯,当时的夏帝桀骄奢淫逸,民众对之恨之入骨,诅咒说:“时日曷丧,予及汝皆亡!”成汤顺天应民,在贤臣伊尹、仲虺的辅佐下,联合各诸侯国,在夏王朝的废墟上,建立了一个新的强盛帝国,即商王朝。成汤目睹了夏朝的衰亡过程,引之以为戒,为了警示后人不再重蹈这一覆辙,提出了“言能听,道乃进”之言。

“言能听,道乃进”,提出的是听言纳谏的思想,这在中国文化传统中,历朝历代都备受重视。“言能听”,不仅指要善于听取别人善意的劝说,还指要善于听取各方面不同的意见,无论言者之贵贱尊卑。这一思想古已有之,《毛诗序》说:“言之者无罪,闻之者足以戒”,这句话是说说真话的人没有罪过,而听到的人应该引起警惕。能够听取来自各方面的不同意见,这对执政者来说,是非常可贵的为政之德。《资治通鉴·唐纪》中,记载唐太宗贞观二年,太宗问魏征:“人主何以为明,何以为暗?”魏征回答道:“兼听则明,偏信则暗。”正因为唐太宗“兼听”,且“言能听”,才造就了光耀千秋的贞观之治。

“广直言之路,启进善之门”和“言能听,道乃进”,这两句话的意思是一致的,都是在强调发扬民主、广开言路的重要性。因为“能听”，使得我们的决策更加科学合理，统筹兼顾；因为“兼听”，使得我们的事业深入人心、有着十分广泛的群众基础，团结了一切可以团结的力量，从而无往而不胜。

时移世易，变法宜矣

2007 年 12 月 7 日

故治国无法则乱，守法而弗变则悖，悖乱不可以持国。世易时移，变法宜矣。譬之若良医，病万变，药亦万变。病变而药不变，向之寿民，今为殇子矣。故凡举事必循法以动，变法者因时而化，若此论则无过务矣。

——《吕氏春秋·察今》(节选)

2003 年 12 月 7 日下午访问美国期间，温家宝总理在纽约联合国总部会见了联合国秘书长安南。在谈到联合国作用和改革时，温总理说，联合国最具代表性和权威性，《联合国宪章》的宗旨和原则仍是国际关系的基石，它的作用必须得到发挥。随后，温总理引用中国古代典籍《吕氏春秋》中的“**时移世易，变法宜矣**”一语说，面临新形势、新任务和新挑战，联合国需要进行合理和必要的改革。温总理还表示中国支持联合国为进行改革而成立的高级别名人小组，并愿继续加强与联合国的合作。

“世易时移，变法宜矣”这句话出自《吕氏春秋·察今》篇，该篇的主旨在于阐发因时变法的思想。题目作“察今”，作者不赞同当时许多人“法先王”的复古主张，认为“审堂下之阴，而知日月之行，阴阳之变；见瓶水之冰，而知天下之寒，鱼鳖之藏也。尝一脟肉，而知一镬之味，一鼎之调”，从而提出“察己则可以知人，察今则可以知古”的主张，认为应当在“察今”上下功夫。作者认为，先王之法为“不可得而法”，并不是因为先王之法不好，而是因为时势发生了变化，因此，“因时变法者，贤主也”。在这一篇中，作者列举了“荆人袭宋夜渡澭水”、“刻舟求剑”、“引婴儿投江”三则寓言故事，说明了因循守旧者的荒谬与危害，嘲笑了那些泥古守旧者的幼稚与荒唐。文章通过打比方、引用寓言故事等手法反复强调“世易时移，变法宜矣”的道理，指出针对当今的实际情况来制定适宜的法令制度对治理国家的重要性。

“世易时移，变法宜矣”这句话的意思是说做事不能墨守成规，要讲求变通，该变法时就必须变法。与《吕氏春秋》同时代的一些典籍中也涉及到了同样的思想，如《韩非子·五蠹》中写道：“故凡举事必循法以动，变法者因时而化。”又说“是以圣人不期修古，不法常可，论世之事，因为之备，故事因于世而备适于事”，这里所阐述的也是“世易时移，变法宜矣”的思想。《吕氏春秋》中的这种“变法”主张，主要是受到法家学说的影响。与其他诸子不同的是，法家认为历史是一个发展的、进化的过程，每个时代都有其独特性，完全没有必要以古非今。如《商君书》的作者就将历史过程分为“上世”、“中世”、“下世”，认为它们各不相同，治世方法亦要有所差异。在《商君书》的基础上，韩非子进一步将历史分为“上古”、“中古”、“近古”、“当今”四个时期,并且指出:随着时代的变迁,人们的观念、价值也处在一个变化的过程之中,因此,顺应潮流、适时变法是非常必要的。对于战国时期的社会矛盾和变化,法家的反映最灵敏,观察最仔细,见解最实际。通过敏锐的观察,他们提出:要通过变法与改革促进和顺应历史之变,以解决社会矛盾。历史证明,因时变法、勇于改革是强国之路,所以说“世易时移,变法宜矣”。

温家宝总理引用这句话时作了适当的调整,一方面是在表明中国支持联合国秘书长安南进行联合国改革的态度,另一方面,也对某些人为了一己私利而阻挠改革的进程委婉地予以劝喻。

言者无罪，闻者足戒

2008年1月24日

故诗有六义焉：一曰风，二曰赋，三曰比，四曰兴，五曰雅，六曰颂。上以风化下，下以风刺上，主文而谲谏，言之者无罪，闻之者足以戒，故曰风。

——《毛诗序》（节选）

2008年1月24日，温家宝总理在中南海主持召开座谈会，征求各民主党派中央、全国工商联负责人和无党派人士对《政府工作报告》（征求意见稿）的意见。在座谈会上，温总理鼓励参加座谈的代表畅所欲言时说：“我们的方针还是那几句话：知无不言，言无不尽，**言者无罪，闻者足戒**。召开这样的会议，我觉得非常好，实际上是政府开启了一扇从善之门，从善如流。”

“言者无罪，闻者足戒”出自《毛诗序》。关于这句话的含意，我们不妨从《诗经》的采集和编订着手来理解。在周朝，“采诗”是一项政治制度，政府设有专门的采诗官，他们巡游各地，深入民间采集民歌俗谣，以考察民情，了解政治上的得失利弊，作为施政的借鉴与参考。有关采诗的记载，古代典籍中多有论述，例如《礼记·王制》：天子“命太师陈诗以观民风”。《孔丛子·巡狩》：“古者天子命史采诗谣，以观民风。”《汉书·食货志》：“孟春之月，群居者将散，行人振木铎徇于路以采诗，献之太师，比其音律，以闻于天子。”又《汉书·艺文志》：“古者有采诗之官，王者所以观风俗、知得失，自考正也。”东汉何休《春秋公羊传解诂·宣公十五年》说得更为详细：“男女有所怨恨，相从而歌。饥者歌其食，劳者歌其事。男年六十，女年五十无子者，官衣食之，使之民间求诗。乡移于邑，邑移于国，国以闻于天子，故王者不出牖户尽知天下所苦，不下堂而知四方。”

《诗经》的大多数篇章都是由这种“采诗”的方式得来的，其中的“风诗”部分对于当时社会政治生活面貌有比较全面的反映。从内容上考察，不少篇章或“讽”或“颂”，或“美”或“刺”，表现出较强的政治目的，因此《毛诗》各篇之前所附的《小序》认为《诗经》每篇皆有美刺某王、某公的本事可以考证，虽然多数不足相信，但也有一部分材料比较可靠。

《诗经》的这种美刺传统，在上古时期的政治生活中曾经起着非常积极的作用。封建统治者在提倡诗歌“美刺”精神的同时，又主张“发乎情，止乎礼义”，这无疑在一定程度上限制了他们所采诗歌批判现实的力度，并且所采集的诗歌中“美诗”往往多于“刺诗”。不过，在封建专制的政治条件下，统治者能够认识到“刺诗”对他们“观风俗，知得失”的重要作用，并向大众宣扬“言之者无罪，闻之者足以戒”的不因言罪人的采纳态度，这是难能可贵的，虽然历史上因言获罪的事例很多，但是这种理论上的宣扬与提倡还是表现出了一定的政治气魄。

直到今天，“言者无罪，闻者足戒”这句话还是常常可以听到：只要是善意的批评与建议，即使别人提得不正确，也不能怪罪别人；听取意见的人即使没有对方所提的缺点错误，也值得引以为戒。所谓“有则改之，无则加勉”说的也是这个意思。温家宝总理在多个场合鼓励大家要“知无不言，言无不尽，言者无罪，闻者足戒”，就是希望大家从实际出发，说实话，办实事，敢建诤言，敢讲真话，切实地做到对政府工作实行民主监督。

度尽劫波兄弟在，相逢一笑泯恩仇

2008 年 3 月 18 日

题三义塔

鲁　迅

奔霆飞熛歼人子，败井颓垣剩饿鸠。
偶值大心离火宅，终遗高塔念瀛洲。
精禽梦觉仍衔石，斗士诚坚共抗流。
度尽劫波兄弟在，相逢一笑泯恩仇。

2008 年 3 月 18 日上午，十一届全国人大一次会议闭幕后，温家宝总理在人民大会堂会见中外记者并回答记者提问。台湾工商时报记者问道："再过几天，台湾内部要有一个变化，其实台湾老百姓对于这个变化的看法是，不管是什么人当选，他们都希望台湾的未来能够更好，台湾的经济发展更好，至少在区域经济竞争中不要再落后。在这样的基础上，请问总理，3 月 22 日之后，大陆方面有没有可能和台湾在经贸合作方面有进一步的往来？大陆是否会对台湾释出更多的经贸优惠政策？比如两岸能不能协谈类似 CEPA 这样的协定，或者大陆开通直通车来提振台湾的资本市场？”

面对这一问题，温总理在列举了大量事例后总结说：“我是一个爱国主义者，我脑子里总是在想，‘一心中国梦、万古下泉诗；’‘**度尽劫波兄弟在，相逢一笑泯恩仇**’。我们将继续扩大同台湾经贸交流的范围，包括投资、贸易、旅游、金融，提高合作的层次。在这些问题上，我们都可以本着平等互利的原则来进行协商。这样做实际上是发挥了两岸互补的优势和互利的优势。”

“度尽劫波兄弟在，相逢一笑泯恩仇”引自鲁迅的《题三义塔》。此诗写于 1933 年 6 月 21 日。《鲁迅日记》中记述了当日“为西村真琴博士书一横卷”的缘由。日本的西村医生在上海捡到一只在战争中丧家的鸠（即鸽子），细心照料。后来鸠死了，西村医生为鸠建塔以示纪念。《题三义塔》第一句“奔霆飞熛歼人子，败井颓垣剩饿鸠”与西村先生的故事正合，可知鲁迅先生的日记中记载的正是此诗的背景。

首联描写得到鸠的具体情景，也是对日本帝国主义发动侵略战争的强烈谴责和声讨。奔霆，指飞机抛的炸弹。飞熛，指炮弹、枪弹。“奔霆飞熛”极言战事之凶险。“败井颓垣”则描绘兵燹之后饿鸠的具体处境。在飞机炮弹的狂轰乱炸下，到处都是断壁残垣。这里不见人影，一片凄凉，只有一只饿鸠停在断墙上。句句写鸠而实又处处写人。“饿鸠”是“奔霆飞熛”带给“人子”的孑遗。一“歼”字一“剩”字，自成因果，字字带血，句句凝重，有如千钧。

颔联紧承首联，写出了鸠的结局。“大心”是佛家语“大悲心”的略称，《大乘起信论》以“欲拔一切众生苦”之心为大悲心。这里指西村从战火中救出饿鸠的慈悲之心。瀛洲，传说中的东海神山，《史记·秦始皇本纪》：“齐人徐等上书，言海中有三神山，名曰蓬莱、方丈、瀛洲”。此处指日本。这一联表现了西村博士和日本农人的博大胸怀：偶然相逢，使饿鸠得以脱离痛苦的渊薮，结果虽然它死亡了，但“终遗高塔念瀛洲”，西村和农人依照佛教的仪式为鸠建立冢墓，藉以表达对本民族所犯滔天罪行的忏悔之情。该联对仗工稳、语意流畅，“偶值”与“终遗”一跌一宕，表现出日本军阀统治下劳动人民的善良行为。

颈联承接上联的想象化用典故，把诗的含义又推进了一步。“精禽”即精卫，本诗中的“精禽”，就指死去的鸠。诗人在此展开了丰富的想象：那鸠此刻在睡觉吧，它如果睡醒了，就会像精卫鸟一样，不停地衔石填海，把中日两国人民之间的鸿沟填平。对句中的“斗士”，是指日本爱好和平的人民和一切反侵略的进步人士；“抗流”，指抗击横行世界的法西斯逆流。此诗写就不久，鲁迅在听到日本共产党员、作家小林多喜二遇害的噩耗后，在唁电《听到小林同志的死》中深情地说道：“中日两国人民亲如兄弟，资产阶级欺骗人民，用血在我们中间制造鸿沟，并且继续制造。但是无产阶级和它的先锋队正在用自己的血来消灭这道鸿沟。”此言正与本诗含义相合。

在层层铺垫之后尾联借势抒怀，于最后一句提炼出了本诗的主题。“劫波”，佛学术语，佛教以为世界经历若干万年毁灭一次，重新开始，叫做一“劫”，后人借用指天灾人祸；喻劫数之多，称“劫海”，“劫海”的波涛就叫“劫波”，此指日本帝国主义侵略中国的战争。“恩仇”，偏义复词，此指仇恨。诗人在这里热情地预言，侵略者造成的“劫波”过去以后，中日两国人民之间的兄弟友谊将会万古长存。到时候，鸿沟消除，相逢对笑，恩仇泯灭，将是一个令人振奋的结果。诗的境界高远，胸怀博大，充分显示了一个饱经沧桑、有着深厚文化底蕴的民族所特有的睿智和宽容。

本诗寓意深远，内涵丰富：一边斥敌，一边道情；既控诉了日本法西斯的暴行，又道出了中日人民的深情厚谊。结构上，头两联叙事，后两联抒情言志，前后相接而又层层相续，错落有致而又环环相扣。声律精密自然，对仗谨严工稳而无斧凿之痕。

在中外记者招待会上，面对台湾记者的发问，温家宝总理借用“度尽劫波兄弟在，相逢一笑泯恩仇”这两句诗，既说明了大陆和台湾是兄弟手足关系，又说明了无论经过什么劫难，双方都是一家人，随着接触的增多，两岸之间无论有怎样的恩怨仇恨都会化解。这实际上也是温总理对两岸消除历史积怨、加强交流合作的期望。

如将不尽，与古为新

2008年3月18日

纤　秾

司空图

采采流水，蓬蓬远春。
窈窕深谷，时见美人。
碧桃满树，风日水滨。
柳荫路曲，流莺比邻。
乘之愈往，识之愈真。
如将不尽，与古为新。

2008年3月18日上午，在十一届全国人大一次会闭幕后的记者招待会上。温家宝总理接受记者采访时引用诗句“**如将不尽，与古为新**。”来表达自己对于解放思想的重视。

这句诗出自司空图的《二十四诗品·纤秾》，意思是说大自然中蕴藏的美景难以穷尽，诗人只要深入地体察，就能产生不断创新的诗境。即使古人已经写过的题材，也能有所创造，达到不断再创新的意境。后人多引用此句来表明创新的可能性和重要性。温总理在讲话中引用这句诗，正是体现了在新的时代创新的必要性。

诗的一至八句采用多种描写手段，从不同意象来描写“纤秾”的特点。“采采”，鲜明的样子；“蓬蓬”，茂盛的样子。这两句一从水波的锦文写“纤”，一从生机勃勃的春景写“秾”，给人以鲜明的色彩对比。接下来，诗歌转而写“纤秾”的意趣神态：“窈窕”，写山水的深远；在这深远的山谷中闪现着美人的倩影，幽杳之境而见绰约之姿，表明“纤”和“秾”两者相伴而生、相依而存。五至八句进一步状写纤秾之特色：“碧桃”是花之纤秾者也，何况满树！再加上其时为“风日”，也就是所谓“蓬蓬远春”；其地为“水滨”，亦即所谓“采采流水”。此时此地，衬以满树碧桃，更有柳荫以路曲而绿云弥望，流莺如比邻而软语缠绵，构成了一派明丽清新、色彩鲜艳、幽静秀美的春光图，把读者引入美不胜收的艺术世界中，享受纯净、高尚、清爽、秀丽的自然界之美好。而“纤秾”之景象和神韵也就在这流水潺潺、泉声叮咚、碧桃垂柳和幽谷美人的画面中呼之欲出了。经过多方描绘，作者笔触转向了对纤秾内涵的分析：“乘之愈往，识之愈真”。“乘”者，趁也；“识”者，认也。诗人以为纤秾之境，循此之境而乘之愈往，必能识得其内含之真谛：于纤秀秾华之中存冲淡之韵味，于色彩缤纷之中寓雄浑之真体。诚如《皋兰课业本》所说，“此言纤修秾华，仍有真骨，乃非俗艳。”“纤秾”之妙不在“艳”，而在于其中的“真”。这“真”是什么呢？似乎能呼之欲出而又莫可名状，作者没有明说，但他留给我们的是一个广阔的想象空间。诗的最后两句对纤秾的特点作了进一步解释：“如将不尽，与古为新。”“不尽”为无尽，亦即终古常见之意，终古常见，却又不是陈陈相因，能与古为新则光景常新。正如李德裕《文章论》所说：“譬诸日月，虽终古常见而光景常新，此所以为灵物也。”纤秾之境就具有这样的特点。而这句名言也因为富有哲学的意蕴，从而超出了文论本身，成了具有普遍意义的哲学表述。

《二十四诗品》虽然在探讨理论问题，但每一首诗都精美深邃，富于形象性、思辩性和哲理性，它们是有无相生、虚实相形、主客相通、诗思谐和的全息图像，它们所敞开的可能性，就像是作者在《与李生论诗书》等文中提出的诗美境界一样，有着极为丰富的“象外之象”、“韵外之致”和“味外之旨”，令人愈品而味愈出。《纤秾》诗就充分地体现了《诗品》的这一特点。

温家宝总理在十一届全国人大一次会议后的记者招待会上，面对记者的提问，巧妙地借用《纤秾》诗的最后两句，精辟地概括了当前形势下解放思想对经济建设和社会发展所起到的重要作用。

事不避难

2008年3月18日

邓骘兄弟以诩异其议，因此不平，欲以吏法中伤诩。后朝歌贼宁季等数千人攻杀长吏，屯聚连年，州郡不能禁，乃以诩为朝歌长。故旧皆吊诩曰："得朝歌何衰！"诩笑曰："志不求易，事不避难，臣之职也。不遇盘根错节何以别利器乎？"

——范晔《后汉书·虞傅盖臧列传》（节选）

2008年3月18日上午，十一届全国人大一次会议闭幕后，温家宝总理在人民大会堂会见中外记者并回答记者提问。面对英国记者提出的中国是否打算放缓经济增长的问题时，温总理从我国的经济政策、经济增长的预期目标等几个方面作了回答并总结说："我们必须密切关注经济局势的变化和走势，及时、灵活地采取对策，并且把握宏观调控的节奏、方向和力度，使经济既保持平稳、较快发展，又能解决大约一千万的就业人口问题，还能有效地抑制通货膨胀。至于结果怎么样，要到明年的3

月份我再给各位回答。但是我有一个信念，就是**事不避难**、勇于担当、奋勇向前。”

“事不避难”这个成语最早见于《后汉书》。《后汉书》是中国古代著名的历史传记之一，其在叙事、塑造人物等方面有着很高的成就。它善于用人物间的对话和精细的细节描写来刻画人物，使得人物形象栩栩如生。《虞傅盖臧列传》就是这样一篇作品。

《虞傅盖臧列传》中的虞傅是指虞诩，顺帝时，官至尚书仆射，东汉名将，武平（今河南鹿邑西北）人。长于谋略，曾多次平定叛乱，屡建奇功。为人刚直不阿，弹劾贪官，讥刺朝政，屡次忤怒权要贵戚。因此，他一生九次被谴责审治，三次遭到刑罚，然而至死不屈。

据《后汉书》载，虞诩初任太尉府郎中时，羌人攻掠并州、凉州，大将军邓骘认为军费太多，无法兼顾，想丢弃凉州，集中力量保卫北边。虞诩闻后拜见太尉李修，以为邓骘的意见不可行。他的理由有三：第一，先帝开疆拓土，流血流汗，才把凉州收入东汉的版图，今日不能仅仅为了节省一点开支，就轻易抛弃它，这是目光短浅的做法。第二，放弃凉州，就意味着作为国家心腹之地的长安地区失去了屏障，使京城处于危险之中。第三，凉州是出勇士和猛将的地方。现在西羌人之所以不敢攻打长安，就是因为凉州在它后面。凉州人民之所以能义无反顾地作战，是因为有强大的东汉政权作后盾。假如现在抛弃凉州，势必会引发叛乱，因此“恐其疽食侵淫而无限极，弃之非计。”李修采纳了虞诩的建议，从而使凉州一带没有脱离东汉政府的版图。但虞诩的这一建议却得罪了邓骘兄弟，邓骘兄弟想要报复虞诩。正好朝歌（河南淇县）之民起事，宁戚等数千人杀死官长，屯聚连年，州郡无法平定。于是，邓骘兄弟便推荐虞诩任朝歌长。表面上看，虞诩被提升了，实际上邓骘是要置虞诩于死地。虞诩的朋友听说了此事，都替他担心，纷纷前来慰问。

篇首节选的文段就是虞诩和前来慰问的故旧之间的对话。对话并不长，却颇有典型性，不同人物的性格特点极为鲜明。亲朋好友听说这个消息后对虞诩吊曰："得朝歌何衰！"作品用一个"吊"字生动地表现出了慰问者对虞诩的关切和对他前途的担忧，在他们看来，虞诩得罪大将军，且又是去危机四伏的朝歌，此行必定是凶多吉少。而虞诩的反应则出乎慰问者的意料。他不仅不是一脸忧容，而是"笑曰"。这一"吊"一"笑"两个动作描写，形成了强烈的反差，从而反衬出虞诩的英雄本色。而"志不求易，事不避难，臣之职也；不遇盘根错节何以别利器乎"的回答，则更使一个深明大义，同时又富有谋略、不畏艰险，渴望建功立业的勇者形象跃然纸上。

虞诩的这两句话因其大丈夫气概而广受后世推崇。东汉后期"党锢之祸"中的党人李膺因党事免官在家，乡人劝其逃避，李膺回答："事不避难，罪不逃刑，臣之节也。"不仅没有逃走，还自动赴诏狱，最后被拷掠而死。后唐时期的宰相任熊祥也以直言敢谏而闻名朝野，他平时就很倾慕虞诩的为人，被诏为会试主文时，就以"事不避难臣之职"为赋题。"我有一个信念，就是事不避难、勇于担当、奋勇向前。”面对世界各国媒体，温家宝总理再次引用虞诩的这句名言，向世人传达了这样一种信念：中国人民必定能克服前进道路上任何艰难险阻，达到光辉的彼岸。

天变不足畏，祖宗不足法，人言不足恤

2008 年 3 月 18 日

安石性强忮，遇事无可否，自信所见，执意不回。至议变法，而在廷交执不可，安石傅经义，出己意，辩论辄数百言，众不能诎。甚者谓“天变不足畏，祖宗不足法，人言不足恤”。罢黜中外老成人几尽，多用门下儇慧少年。

——脱脱《宋史·列传第八十六》(节选)

2008 年 3 月 18 日上午，十一届全国人大一次会议闭幕后，温家宝总理在人民大会堂会见中外记者并回答记者提问。凤凰卫视记者问道：“上届政府曾经经历两次令全球华人为之牵挂的突发危机。5 年前，新任总理的您经历了‘非典’危机，人们还不知道您当时的心路历程。5 年之后，突如其来的南方冻雪灾害，人们又看到您走在抗击雪灾的前线，这场雪让您感受到了什么？未来 5 年您将还会面临什么样的挑战？”

温总理回答说:“5 年已经过去了,行事见于当时,是非公于后世。历史是人民创造的,也是人民书写的。一个领导者应该把眼睛盯住前方,把握现在,思考未来。我脑子里在盘旋四件事情。第一,要使中国的经济继续保持平稳较快发展,同时有效地抑制通货膨胀,这就必须解决经济发展当中的不稳定、不协调、不可持续的问题。目前最大的困难是物价过快上涨和通货膨胀的压力,隐藏的风险是经济可能出现的波动,我们必须在这两者之间走出一条光明的路。第二,经济体制改革和政治体制改革要有新的突破,这就必须解放思想。解放思想需要勇气、决心和献身精神。解放思想和改革创新,如果说前者是因的话,后者就是果。

“5 年前,我曾面对大家立过誓言,‘苟利国家生死以,岂因祸福避趋之’。今天我还想加上一句话,就是‘**天变不足畏,祖宗不足法,人言不足恤**’。”

“天变不足畏,祖宗不足法,人言不足恤”出自《宋史·列传第八十六》,即王安石、王安礼、王安国三人的传记。这是王安石在变法之时,面对保守派的强烈反对而提出的,《宋史》只是照实记载了下来。

“天变不足畏,祖宗不足法,人言不足恤”所要表达的意思是什么?王安石为何会在巨大的压力之下说出此言呢?天变,指天象变化;法,指效法、师法;恤,忧虑之意。这几句话的意思是:“天象的变化不必畏惧,祖宗的规矩不一定效法,人们的议论也不需要担心。”通过解读王安石的这句话,我们可以知道他对于变法所抱持的巨大勇气与无所畏惧的精神。王安石不仅这样说，而且这样做。熙宁二年(1069)二月，王安石冲破重重阻力开始推行新法，在政治、经济诸领域采取了一系列改革措施。王安石的新法旨在改革北宋建国以来的积弊。就国内而言，宋朝统治者由于对土地采取"不抑兼并"态度，导致三分之一的自耕农沦为佃户；同时，豪强地主隐瞒土地，致使富者有田无税、贫者负担沉重；连年的自然灾害加剧了农民苦难，因而造成各地农民暴动频繁。就外事而言，与西夏、辽国的战争不断。王安石的新法确实取得了一定的成果，清代蔡上翔在《王荆公年谱考略》中说："荆公之时，国家全盛，熙河之捷，扩地数千里，开国百年以来所未有者。"但是由于王安石急于求成，推行过急，利弊互见，因此遭到许多守旧官员反对，加之在执行的过程中又用人不当，熙宁七年(1074)，王安石被罢免。虽然第二年即被重新启用，但是变法声势已大不如前。熙宁九年(1076)王安石求退金陵，不问世事。虽然变法失败了，但是王安石面对守旧官员猛烈抨击之时的勇气却令人佩服，正如他在年轻时写的一首诗所说："不畏浮云遮望眼，只缘身在最高层。"(《登飞来峰》)他用无畏的勇气和一身正气成就了"世界史上最有名誉之社会革命"(梁启超语)的改革家形象。

王安石提出的这一著名的"三不足"论断，不仅简明扼要地说出了王安石变法的决心，而且表现出他变法的巨大勇气，成为许多改革者自我激励的豪言壮语。温总理在记者会上引用王安石的这句话，表达了自己坚持正义、造福人民的信心和战胜一切艰难险阻的勇气。总理根据现实进一步指出经济体制改革和政治体制改革要有新的突破,就必须解放思想。解放思想需要勇气、决心和献身精神。解放思想和改革创新,如果说前者是因的话,后者就是果。只有具有了勇气、决心和献身精神,才能解放思想,也只有在解放思想的前提下,才能改革创新。温总理之所以引用王安石的话就在于这句话所提出的战胜一切艰难险阻的勇气,正是解放思想、改革创新所必备的思想前提。

行事见于当时，是非公于后世

2008 年 3 月 18 日

太祖谕之曰："自古有天下国家者，行事见于当时，是非公于后世。故一代之兴衰，必有一代之史以载之。……今命尔等修纂，以备一代之史。务直述其事，毋溢美，毋隐恶，庶合公论，以垂鉴戒。"

——朱元璋《明太祖宝训·卷六》(节选)

2008 年 3 月 18 日上午，十一届全国人大一次会议闭幕后，温家宝总理在人民大会堂回答凤凰卫视记者提问时说："5 年已经过去了，**行事见于当时，是非公于后世**。历史是人民创造的，也是人民书写的。一个领导者应该把眼睛盯住前方，把握现在，思考未来。"

"行事见于当时，是非公于后世"体现的是一种坦荡的胸怀，颇有些问心无愧的豪迈气概。这句话出自《明太祖宝训·卷六》，明太祖朱元璋提出这句话是在他统一天下后，即洪武二年(1369)准备诏修《元史》之时。明太祖认为："元虽亡国，事当纪载。况史纪成败，示劝惩，不可废也。”在召集史臣后，他分析了元朝统治的兴亡原因，希望史臣修史不要刻意贬低和赞扬，撰述要实事求是，要符合公论。

这里所说的“行事见于当时，是非公于后世”的思想主要体现在史家修撰史书的态度上面。中国古代史家撰述，其目的与宗旨在于“史家大端，在善善恶恶，所谓诛奸谀于既死，发潜德之幽光者，其权至重”（潘耒《遂初堂文集·修明史议》）。正因如此，不虚美，不隐恶，秉笔直书的写作态度一直为史家所强调，他们希望借此实现史书明治乱、鉴得失的历史价值。

与秉笔直书的写作态度相一致，史家还特别看重“是非之心”对修史的影响。所谓“是非之心”不是一人之是非，而是指“赏罚之权行于一时，是非之衡定于万世”（汤斌《汤子遗书·陈史法以襄文治疏》）的不偏不倚的“以万世之心为心”的“公心”。如朱彝尊从“史当取信百世”出发，认为：“国史，天下之至公，不得以一毫私意梗避其间者也。”（《曝书亭集·史馆上总裁第六书》）甚至康熙也认为：“作史之道，务在秉公持平，不应胶执己见，为一偏之论。”（《清圣祖实录》卷一五四，康熙三十一年正月）史书能否核实求真以成信史，关键在于史家要秉持公心，排除门户之见与一己之私，千万不能“以一家之私言，致蔑万世之公论”（徐乾学《修史条议》）。

朱元璋以“行事见于当时，是非公于后世”诫谕史臣，希望他们修撰《元史》时能秉持公心，据实直书。那是因为在古代封建社会，史臣们往往很难做到“在史言史，不识忌讳”（汤斌《陈史法以裹文治疏》)，盖因“旧史往往详于记善，略于惩恶，盖史官有所忌讳而不敢直书故也。”(赵翼《廿二史札记》)但最终《元史》还是因其修撰时间太短，加之朱元璋有希望借此来说明元之亡与明之兴都缘于天命的政治需求，亦招致了后人的訾议。虽则古代史论与修史实际有些脱离，但这种“行事见于当时，是非公于后世”的求真精神，历千祀而不衰，已经成为中国文化基本精神之一。相较那些“家谱”式的封建正史，这种“以史为人类活态之再现，而非其僵迹之展览。为全社会之业影，而非一人一家之谱录”(梁启超《中国历史研究法·自序》)的唯物史观，更能科学地揭示人类社会发展的一般规律。

温家宝总理引用这句话，既表达了历史是由人民群众创造的、也是由人民群众书写的，同时又表明了党中央把握现在、思考未来的胆识与魄力。虽然现在改革开放面临着重重困难，但这是发展道路上在所难免的，这就需要人民公仆们解放思想、实事求是，千万不可畏首畏尾、行事退缩。真正为人民群众做点好事、实事的清官廉吏，人民一定会把他记在心上——毕竟历史自有公论！正是因为有这种“行事见于当时，是非公于后世”的担当意识，中国的发展才取得了令世界瞩目的成就。

一心中国梦，万古下泉诗

2008年3月18日

德佑二年岁旦

郑思肖

力不胜于胆，逢人空泪垂。
一心中国梦，万古下泉诗。
日近望犹见，天高问岂知。
朝朝向南拜，愿睹汉旌旗。

2008年3月18日，十一届全国人大一次会议闭幕。会后，温家宝总理与中外记者见面并回答记者提问时说："我是一个爱国主义者，我脑子里总是在想'**一心中国梦，万古下泉诗**'、'度尽劫波兄弟在，相逢一笑泯恩仇'。我们将继续扩大同台湾经贸交流的范围，包括投资、贸易、旅游、金融，提高合作的层次。"

中国梦、中国情如同血液般注入中国人的体魄中，每当国有难、民有患时，这股热情便被激发。每一个普普通通的中国人心中都有一个中国梦，何况是身为泱泱大国总理的温家宝。他在多次回答外国记者提问的时候，都会强调这份深藏于国人心底的中国情。

温总理引用的这句诗是宋末诗人郑思肖的名句。郑思肖原名少因，宋亡后，改名思肖，表示思念赵宋，因为“肖”是宋朝国姓“趙”的构成部分。宋恭帝德祐二年(1276)三月，元军攻下临安，皇帝赵显被俘。而这年元旦，诗人身在元军占领下的苏州，他一方面预感到山雨欲来的形势，一方面又不甘心大好河山为之断送，于是满怀郁愤写下了《德佑二年岁旦》两首诗。诗作长歌当哭，抒写国家的动乱和个人的哀伤，真实地表现出诗人亡国前的痛楚。“一心中国梦，万古下泉诗”出自第一首。

诗的首联抒怀。“力不”，指力不从心；两句意为面对元军的侵略，自己无能为力，只有空自垂泪而已。一个“空”字将自己想有所抱负却无可奈何的心情表达得淋漓尽致。这首诗的结构脉络和一般诗歌不同，它打破了一般诗歌先叙事写景以作铺垫，然后再抒怀达意的写作套路，一开始就直抒胸臆，让郁积已久的感情喷涌而出。这说明作者一直处在国破家亡的悲愤情绪中，一拿起笔，满腔忧愤就崩泄笔端。

颔联紧承上联抒怀明志，说自己一心要收复中原，统一祖国，那万古流传的《下泉》诗，正是自己内心思治愿望的写照。“中国”，《诗经·大雅·民劳》有云：“惠此中国，以绥四方。”此代指南宋京城临安。《下泉》是《诗经·曹风》中的一篇。诗中有“芃芃黍苗，阴雨膏之。四国有王，郇伯劳之”之句，意思是说，当太平盛世的时候，田间的禾苗有雨露的滋润，长得欣欣向荣；国家安定，有郇伯那样贤明的君主来关怀百姓，治理国家。《毛诗序》谓：“下民不得其所，忧而思明王贤伯也。”这一联作者借《下泉》一诗，委婉地表达了朝廷腐败，人民思治的愿望，表明作者对南宋王朝沦落至此的原因有着较为清醒的认识。

颈联上接颔联，化用典故，表达对时政的看法。“日近”句化用晋明帝故事。据《世说新语・夙惠》：“晋明帝数岁，坐元帝膝上。有人从长安来……因问明帝：‘汝意谓长安何如日远？’答曰：‘日远，不闻人从日边来，居然可知。’元帝异之。明日，集群臣宴会，告以此意，更重问之，乃答曰：‘日近。’元帝失色曰：‘汝何故异昨日之言邪？’答曰：‘举目见日，不见长安。’”“天高”句从杜甫“天意高难问，人情老易悲。”（《暮春江陵送马大卿公恩命追赴阙下》）和张元幹“天意从来高难问，况人情老易悲难诉”（《贺新郎・梦绕神州路》）句化出。上句“日近”可望，反衬“天高”难问，意思是国运如何，前景难测，诗人惶惶不安的心境不言而喻。

接下来，尾联中的“朝朝”表现激切盼望的心情，“汉旌旗”，代表南宋军队和政权，两句以祈祷的口吻，表达了对故国的期盼。整首诗，从无力恢复江山入手，最后以美好的祈祷结尾，作者的一腔忧愤、满腹辛酸和寸寸丹心尽情流溢于纸笔。

幼年时期，郑思肖就立志攻读，心中时怀报国大志。到了壮年时期，正值南宋末年，继金兵之后蒙古贵族不断南侵，面对国破家亡的社会大动乱，郑思肖向朝廷上书，力举救国之策，然而朝廷并未采纳。宋亡后，郑思肖发誓不向元朝投降，而是选择了隐居到苏州一座寺庙之中，生活极为艰苦。但他爱国之志不减，在任何时候都不忘亡国之耻。他善画兰，但他画兰从不画泥土，根均裸露，寓国土沦丧。亲戚朋友中，凡仕元朝者均被他视为不齿，拒绝往来。病笃之际，他还嘱托友人为其在坟前树一碑，刻“大宋不忠不孝臣思肖”九字，忠烈之性至死不渝。而他的这种至情至性和对国家前途的忧患和担当，对故国的殷切眷恋，对敌人永不屈服的意志，在这首感伤凄婉、清俊绝俗的小诗中都得到了较为充分的表现。

在十一届全国人大一次会议后的记者招待会上，温家宝总理引用郑思肖的这两句话来回答台湾记者的提问，形象生动地表达了自己渴望两岸加强经贸文化交流、实现国家完全统一的“中国梦”。

周虽旧邦,其命维新

2008 年 3 月 18 日

诗经 · 大雅 · 文王

文王在上,於昭于天。　周虽旧邦,其命维新。
有周不显,帝命不时。　文王陟降,在帝左右。
亹亹文王,令闻不已。　陈锡哉周,侯文王孙子。
文王孙子,本支百世。　凡周之士,不显亦世。
世之不显,厥犹翼翼。　思皇多士,生此王国。
王国克生,维周之桢。　济济多士,文王以宁。
穆穆文王,於缉熙敬止。假哉天命。有商孙子。
商之孙子,其丽不亿。　上帝既命,侯于周服。
侯服于周,天命靡常。　殷士肤敏。裸将于京。
厥作裸将,常服黼冔。　王之荩臣,无念尔祖。
无念尔祖,聿修厥德。　永言配命,自求多福。
殷之未丧师,克配上帝。宜鉴于殷,骏命不易。
命之不易,无遏尔躬。　宣昭义问,有虞殷自天。
上天之载,无声无臭。　仪刑文王,万邦作孚。

2008 年 3 月 18 日上午，十一届全国人大一次会议闭幕后，温家宝总理在人民大会堂会见中外记者并回答记者提问时说："我想集中回答一下关于解放思想这个问题。一般的道理大家都知道。我想从中国的文化、传统和历史上讲一点自己的看法。我一直很重视两句话：一句话来自《诗经》，一句话来自《诗品》，就是'**周虽旧邦，其命维新**'，'如将不尽，与古为新'。"

"周虽旧邦，其命维新"主要讲"革新"意识，当时周文王禀受天命，昭示天下：周虽然是旧的邦国，但其使命在革新。正是因为这种废旧立新的"革新"精神，使得当时各部落在周文王的统治下势力强盛，从而为之后周武王伐纣灭商提供了物质准备和精神支持。产生于两千多年前的这种"革新"意识，在今天可解读为解放思想，改革创新。温总理的引用，体现了一个大国总理对改革和创新意识的重视，同时也在强调我们中华民族虽是一个拥有悠久历史的国度，但是不断的改革、创新与发展更是我们的历史使命。

温总理引用的这句话出自《诗经·大雅·文王》，《文王》是《大雅》的首篇，据《毛诗序》说："《文王》，文王受命作周也。"郑玄笺注云："受天命而王天下，制立周邦。"说明这是一首谱写周文王业绩、歌颂他受天命而王天下的诗篇。全诗前半部分主要赞扬文王之德：文王之德上与天合；其德并不止于一身，能使子孙贤德，百世不替；由于文王德修兼备，群臣能虔敬谨慎，遇事而惧，由于文王深谋远虑，光明恭敬，商王朝的子孙"侯服于周"，殷商的臣子也臣服于周，并来京助祭。全诗后半部分勉励周王朝诸臣,要感念先祖的懿德,修养自身的德业;同时告诫子孙要以殷为鉴,不断宣扬美好的德行。

对“周虽旧邦,其命维新”一般有两种解释,一种解释为:“周族虽然是一个古老的小邦,但承受天命以后就换了一副新气象。”另一种解释是“周虽然是旧的邦国,但其使命在革新”。字面上,这两种解释都行得通,但从后世引用的情况看,后一种含义较为普遍。“周虽旧邦,其命维新”一语,蕴涵着丰富的哲理。首先,它强调了修德在“维新”中的重要性。郑玄笺此句曰:“文王初为西伯,有功于民,其德著见于天,故天命之以为王,使君天下也。”也就是说,文王之所以能以“旧邦”而受天命“维新”,是由于文王的修德,文王之德泽溥被,周族的发展有了光明的前途,承受天命也就适得其时。这实际上为历代统治者“以德治国”的理念提供了合理的依据。其次,诗句强调了“变”的思想。“其命维新”,不管将“新”解释为“新气象”,还是“革新”,它们所突出的实际上就是一个“变”字,变则新,新则久,这一点已触及到了人类文化发展的实质所在。正因为如此,这句话引起了先贤的高度重视。儒家经典“四书”中有两部就直接引用了这句话。《大学》还引经据典,进一步发挥,指出早在商汤时期,“盘铭”上就刻着“苟日新,日日新,又日新”的字句,提示出求新是一个持续不断的过程;《尚书·康诰》篇云“作新民”,强调要造就一代自新的人。之后,《易传》从天人合一的角度作了进一步概括,《系辞上》云:“一阴一阳之谓道”,“盛德大业至矣哉!富有之谓大业,日新之谓盛德,生生之谓易”。这是一个层次分明的理论纲要:道是由一阴一阳的运动体现出来的,阴与阳相互交合易转,形成生生不已的变化过程,日新月异,气象万千。张岱年解释说:“世界是富有而日新的,万物生生不息。‘生’即创造,‘生生’即不断出现新事物。新的不断代替旧的,新旧交替,继续不已,这就是生生,这就是易。”(《张岱年全集·卷五》)冯友兰将“周虽旧邦,其命维新”这两句诗简化为“旧邦新命”这四个字,“中国历史发展的新阶段足以当之。阐旧邦以辅新命,余平生志事盖在斯矣。”(《冯友兰学术精华录·康有为“公车上书”书后》)由三千年前“周虽旧邦,其命维新”一语引申、发展而来的新变思想,代表着中国文化的基本精神,是激励中华民族不断创新、不断前进的思想源泉。

温家宝总理在十一届全国人大一次会议后的记者招待会上,面对记者的提问,用这句诗非常精辟地揭示了解放思想对于进一步推动改革创新,促进经济建设和社会发展的重要性和必要性。

多难兴邦

2008 年 5 月 23 日

邻国之难，不可虞也。或多难以固其国，启其疆土；或无难以丧其国，失其守宇。

——《左传·昭公四年》（节选）

2008 年 5 月 12 日，一场震动整个亚洲的大地震突如其来，顷刻间，城镇变成废墟，成千上万鲜活的生命被吞噬。5 月 23 日上午，温家宝总理来到受灾最严重的北川中学临时学校看望师生。在一间教室里，温总理拿起一支白色粉笔，在黑板上写下了四个大字：“**多难兴邦**”，温总理说，“我们要记住这 4 个字。相信经受过灾难的同学会更加努力。将来会有一个新的北川中学。它将不仅是一种纪念，更是地震灾区人民和全国人民精神的一种象征。”

篇首节选文段讲的是这样一个故事：经过一度内乱，楚灵王逐渐巩固了自己的统治，有了称霸的野心。在众多诸侯国中，楚国和晋国势力较强，楚灵王就派人出使晋国，要晋平公和他一起召集诸侯会盟，让楚国做盟主。一心想做盟主的晋平公，听了很不高兴。但他表面上不露声色，先安排楚国的使者去休息，然后找来大夫司马侯研究对策。文段所选就是司马侯和晋平公对话中的一部分。

司马侯素以稳重、思考问题全面而深得平公信任。他没有先讲自己的看法，而是问晋平公打算如何处理。晋平公以为晋国山多地险、战马成群，且政局稳定、国力强大，而楚国内乱刚定、困难重重，自顾且不暇，是没有资格做盟主的。司马侯进谏说："邻国之难，不可虞也。或多难以固其国，启其疆土；或无难以丧其国，失其守宇。"意思是说：认为楚国动乱多难，就一定不能做盟主，这是没有根据的。历史上有些国家多灾多难，反而促使他们内部团结一致，发愤图强，很快就兴盛起来。接着，他又举了齐桓公和晋文公称霸的故事，并向晋平公提出了自己的对策：同楚国争霸，不能把希望寄托在楚国的内乱上，而是要抓住楚王狂妄自大的心理，应当趁机满足他的欲望，让他更加肆无忌惮，最后自取灭亡。果然不出司马侯所料，楚灵王做了盟主后，更加忘乎所以，经常不理朝政，没过几年楚国就发生内乱，灵王被逼自杀。

楚灵王没有死在多次内乱中，而是死在自己的骄傲自大中。司马侯的多难兴邦论可谓深刻。历史经验告诉我们，个人的奋斗、社会的发展乃至国家的强盛，固然是多种积极因素作用的结果，但与一些消极因素的作用也不无关系。而且，有时这种因素的影响作用可能更为明显。司马迁在《报任少卿书》中曾有一段精彩论述:“盖文王拘而演《周易》;仲尼厄而作《春秋》;屈原放逐,乃赋《离骚》;左丘失明,厥有《国语》;孙子膑脚,《兵法》修列;不韦迁蜀,世传《吕览》;韩非囚秦,《说难》、《孤愤》。《诗》三百篇,大底贤圣发愤之所为作也。此人皆意有所郁结,不得通其道,故述往事,思来者。”司马迁认为周文王、孔子、吕不韦、屈原、韩非这些光辉灿烂的名字之所以不朽,就是因为他们的“多难”,正是“多难”使得他们发愤以图强,从而创造出不朽之业绩。孟子著名的“生于忧患而死于安乐”论,实际上为我们揭开了这一对矛盾相互转化的成因:“故天将降大任于斯人也,必先苦其心志,劳其筋骨,饿其体肤,空乏其身,行拂乱其所为,所以动心忍性,曾益其所不能。人恒过,然后能改;困于心,衡于虑,而后作;征于色,发于声,而后喻。入则无法家拂士,出则无敌国外患者,国恒亡。然后知生于忧患而死于安乐也。”孟子是从“天将降大任于斯人”的角度来论述这一问题的,但如果抛开惟命论色彩的外衣,孟子话中包含的道理不正是多难兴邦的深层原因吗?

司马侯“多难以固其国”的主张虽然诸侯之间争讼纷纭的战争时代是为诸侯之间的争霸而服务的,但他的思想精髓却超越了那个诸侯之间争讼纷纭的战争时代而具有长久的生命力。后世的有识之士对其作了进一步提炼和概括,将它表述为“多难兴邦”。如清代洋务运动的主要倡导人李鸿章在其遗折中就说:“现值京师初复,銮辂未归,和议新成,东事尚棘,根本至计,处处可虞,窃念多难兴邦,殷忧启圣,伏读迭次谕旨,举行新政,力图自强。”提炼后的表述,文字更为简洁,寓意也更为鲜明。

2008 年 5 月 23 日,在灾后临时搭建的教室的黑板上,温总理用白色粉笔又写下了“多难兴邦”这四个苍劲大字,他是在用这种独特的方式,向世界人民表达中国灾后重建和发展兴邦的信心和决心!

天下兴亡，匹夫有责

2009年1月15日

是故知保天下，然后知保其国。保国者，其君其臣，肉食者谋之；保天下者，匹夫之贱，与有责焉耳矣。

——顾炎武《日知录·正始卷十三》（节选）

2009年1月15日，温家宝总理在人民大会堂会见了出席中央国家机关第二十三次党的工作会议暨第二十一次纪检工作会议的代表。会上，温总理指出：每一个共产党员特别是领导干部，要在应对金融危机，保持经济增长中发挥模范作用，“**天下兴亡，匹夫有责**。”党员干部要有强烈的责任感和使命感，高标准、严要求，兢兢业业地在各自的岗位上做好本职工作，圆满完成党和国家的各项任务。

“天下兴亡，匹夫有责”最早是从篇首所引顾炎武《日知录》的这段文字中演化而来的。顾炎武（1613—1682），明末清初著名的思想家、史学家、语言学家，被后人尊称为亭林先生，曾参加抗清斗争，后致力于学术研究，晚年侧重经学的考证，代表作

《日知录》较为系统地阐述了他在哲学、政治、经济学等方面的观点。

《日知录》是顾炎武“稽古有得，随时札记，久而类次成书”的。“日知”二字出自《论语·子张》：“子夏曰：‘日知其所亡，月无忘其所能，可谓好学也已矣。’”意思是每日知道一点以前所不知道的，每月不忘记已经掌握的，这就可以说是好学了。此书名表明的是著者的一种笃学之志。关于这本书的内容及写作目的，顾氏自己说得非常明确：“别著《日知录》，上篇经术，中篇治道，下篇博闻，共三十余卷。有王者起，将以见诸行事，以跻斯世于治古之隆。”撰写《日知录》，“意在拨乱涤污，法古用夏，启多闻于来学，待一治于后王”。从这可以看出《日知录》是寄托作者经世思想的一部书，经术、治道、博闻三大内容中，治道是核心。

顾炎武的治道思想是极为丰富的，其中影响最大的就是“经世”思想。首先，他提出社会兴衰取决于社会风气，评价君主的功绩，首先要看社会风气，而有了让百姓安居乐业的物质条件，才会有好的社会风气；其次，对“公”与“私”的关系作了辩证的论述，并对“私”作出了肯定，反映了当时资本主义生产关系萌芽状态下新兴市民阶层的思想意识。从上述思想出发，顾炎武又对君权的合理性与权威性进行了大胆质疑。他提出“君”并非封建帝王的专称，反对“独治”，主张“众治”，也就是所谓的“人君之于天下，不能以独治也。独治之而刑繁矣，众治之而刑措矣”（《日知录》卷六），“以天下之权寄之天下之人”（《日知录》卷九）。这种主张具有民主启蒙色彩，在反对封建专制独裁的斗争中无疑起到了思想武器的作用。而更为突出的是，他进而喊出了“保天下者，匹夫之贱与有责焉耳矣”的响亮口号。“天下”不是某个姓氏的“家天下”，而是整个中华民族的“公天下”。因此，他的这一口号具有划时代的意义，成为激励中华民族奋进的精神力量。之后，清末文学家吴趼人在《痛史》第十回中将其明确表述为“天下兴亡，匹夫有责”。梁启超则作了进一步发挥：“今欲国耻之一洒，其在我辈之自新……夫我辈则多矣，欲尽人而自新，云胡可致？我勿问他人，问我而已。斯乃真顾亭林所谓天下兴亡，匹夫有责也。”（《痛定罪言》）“夫以数千年文明之中国，人民之众甲大地，而不免近于禽兽，其谁之耻欤？顾亭林曰：‘天下兴亡，匹夫之贱，与有责焉已耳！’”（《饮冰室合集·变法通论·论幼学》）就这样，“天下兴亡，匹夫有责”这句原出于顾炎武的经典名言，经过吴趼人、梁启超的概括和宣传而广为人知。

顾炎武一生都在躬身实践着这一主张。他以“天下为己任”而奔波于大江南北，即令身在病中，仍在呼吁“天生豪杰，必有所任……今日者，拯斯人于涂炭，为万世开太平，此吾辈之任也”（《亭林诗集》卷三）。他曾用诗《精卫》来表达自己的志向和襟怀，“万事有不平，尔何空自苦；长将一寸身，衔木到终古？我愿平东海，身沉心不改。大海无平期，我心无绝时。呜呼！君不见，西山衔木众鸟多，鹊来燕去自成窠。”这首充满悲慨和不屈的诗歌充分表达了他甘愿为天下兴亡而尽匹夫之责的高尚情怀。而温总理多次引用这句话，表明了他对这句话的深深认同。

永歌之不足，
不知手之舞之足之蹈之也

2009 年 2 月 14 日

诗者，志之所之也，在心为志，发言为诗。情动于中而形于言，言之不足，故嗟叹之，嗟叹之不足，故永歌之，永歌之不足，不知手之舞之足之蹈之也。

——《毛诗序》（节选）

2009 年 2 月 14 日，温家宝总理邀请 65 岁的著名傣族舞蹈表演艺术家刀美兰到中南海总理办公室做客，与她一起探讨如何更好地传承和发扬光大少数民族文化艺术时，温总理说："舞蹈是有魂的。从人的生命到大自然到人的心灵，都是有魂的东西。虽然我不懂舞蹈，但是我觉得舞蹈是表达感情的极致。"温总理略微停顿了一下，继续说，"当人们思想感情难于用语言表达时，舞蹈可以充分地表达出来。正如《诗序》所说：'言之不足，故嗟叹之，嗟叹之不足，故永歌之，**永歌之不足，不知手之舞之足之蹈之也**。'舞蹈也是一种文化传承的文脉。文脉传承就

像血脉传承一样，要把傣族的文化艺术世代传承下去。”

温总理在谈话时引用的“永歌之不足，不知手之舞之足之蹈之也”出自《毛诗序》，《毛诗序》是古代诗论的第一篇专著，作者不详。《毛诗》约成书于西汉，是西汉时鲁国毛亨和赵国毛苌所传的《诗经》。汉代所传《诗经》，另有鲁（申培公所传）、齐（辕固生所传）、韩（韩婴所传）三家诗。三家诗都有序，但亡佚已久，而毛诗序独存。《毛诗》每一篇下都有小序介绍本篇内容、意旨等，而全书第一篇《关雎》下，除有小序外，还有一篇总序，称为《诗大序》，即《毛诗序》。

《毛诗序》揭示了诗歌抒情与言志相统一的艺术本质。这里所说的“诗者，志之所之也”的“志”和“情动于中而形于言”的“情”，是合二而一的东西。正如孔颖达《春秋左传正义·昭公二十五年》所说：“在已为情，情动为志，情、志一也。”提出诗歌言志抒情的特征，并不是从《毛诗序》开始的。先秦时的《礼记·乐记》中已经有相同的论述。另外，《尚书·尧典》也有类似的说法，《荀子·儒效》也讲“诗言是其志也”。但是，《毛诗序》将言志与抒情结合起来讲，就更清楚地揭示了诗歌艺术的特征。在指出诗歌的抒情特征时，《毛诗序》又主张“发乎情止乎礼义”，要求情感抒发严格遵从儒家道德教义的规范。

另外，抒情之说，早先主要用在乐论之中，《毛诗序》关于抒情观点的表述可以说沿袭自《荀子·乐论》或《礼记·乐记》，它还残留着许多乐论的因素，这与它基于诗与乐的相关性来认识诗的本质有关。《诗》三百篇当时都能够配合音乐来“弦歌之”，正因如此,《毛诗序》才汲取了乐论中的抒情说作为先秦以来言志说的必要补充。如果联系中国古代文学观念的整个发展史,我们就会意识到这一补充是多么有意义。在诗歌的发展史上,诗、乐、舞三者的发展是紧密联系在一起的。朱自清先生在《诗言志辩》中道:“以声为用的诗的传统,比以义为用的诗的传统古久得多。”《毛诗序》的价值还在于进一步阐明了诗歌言志抒情的特征及诗歌与音乐、舞蹈之间的相互关系。

温家宝总理在引用“永歌之不足,不知手之舞之足之蹈之也”的同时,指出“舞蹈是有魂的。从人的生命到大自然到人的心灵,都是有魂的东西。虽然我不懂舞蹈,但是我觉得舞蹈是表达感情的极致。”舞蹈不仅仅是一种艺术形式,同时也是一种心灵的宣泄方式,灵魂的牵引方式。诗歌是表达情志的方式,但同时也是一种艺术加工,甚至可以说是一种感情的挤压。情感想要在短短的数字之间流露,就必须要压缩,使其不泄于外,含而不露方是诗歌的妙境。音乐则不同,音乐的表达方式较之诗歌外放,但是声音表达情感的力度并不足够,因此舞蹈就成为了必不可少的情感表达方式。当舞者在尽情挥洒自己的青春与情感之时,观舞者透过舞者的肢体就能感受到舞者的喜怒哀乐,甚至是瞬间的情感爆发,这,正是《毛诗序》所强调的“手之舞之足之蹈之”的舞蹈独特之处所在,也就是温总理所言的舞蹈之中所蕴藏的情感的灵魂。

知屋漏者在宇下，知政失者在草野

2009 年 2 月 28 日

由此言之，书亦为本，经亦为末，末失事实，本得道质，折累二者，孰为玉屑？知屋漏者在宇下，知政失者在草野，知经误者在诸子。诸子尺书，文明实是。说章句者，终不求解扣明，师师相传，初为章句者，非通览之人也。

——王充《论衡·书解篇第八十二》(节选)

2009 年 2 月 28 日，全国“两会”召开前夕，在接受中国政府网和新华网的联合专访时，温家宝总理说：“我曾经多次引用过这样一句话，‘**知屋漏者在宇下，知政失者在草野**’。最能了解政府的是群众，最有资格评价政府的也是群众。群众信任你，你才能坐在这里，你坐在这里就要为群众服务，我将本着这个信念为群众服务到底。”

“知屋漏者在宇下，知政失者在草野”语出《论衡》，作者王充是东汉时期杰出的思想家、哲学家。王充十五六岁赴洛阳，师事史学家、古文经学家班彪。人谓之“家贫无书，常游洛阳市肆，阅所卖书，一见辄能诵忆，遂博通众流百家之言。”后担任过府掾功曹等职，因常与官长不合，屡遭“废退穷居”，故勤于著述。著有《讥俗》、《节义》、《政务》、《论衡》、《养性》等书，但只有《论衡》保存了下来”。

在《论衡》一书中，王充除了旗帜鲜明地对谶纬迷信思想与当时社会的颓风陋俗进行抨击之外，还对儒家学说进行了诘难。他批评“世儒学者好信师而是古，以圣贤所言皆无非”，认为“贤圣之言，上下多违，其文，前后多相伐”，并以《论语》、《孟子》为例，批驳孔、孟言行中的矛盾。王充主张为了追求真理，要敢于说出圣贤所没有说过的话，认为：“苟有不晓之问，追难孔子，何伤于义？诚有传圣业之知，伐孔子之说，何逆于理？”秦始皇时儒家经典遭受“燔烧禁防”，故经书“缺灭而不明，篇章弃散而不具”，但是“秦虽无道，不燔诸子。诸子尺书，文篇具在，可观读以正说”。因此，王充提出可以从诸子的角度勘正儒家经典的讹误。为了形象地说明这一点，他将之比喻为：“知屋漏者在宇下，知政失者在草野”，换句白话来说，就是房子漏不漏，住户最知道；政策好不好，百姓最清楚。

所以说，国家政策的得失，老百姓的评说非常重要。因为为政的得失，与老百姓的利益直接相关，他们的反映最有参考价值。只有深入到广大的人民群众当中，体察民情、倾听民声，才能了解到人民群众最关心、最直接、最现实的利益问题，才能看到政失所在，才能让施政落实到关键处。温家宝总理在 2004 年曾两度在信中提到了“知屋漏者在宇下，知政失者在草野”：一次是在致中央电视台《焦点访谈》栏目的信件中，他指出人民的意见、要求和呼声是对政府工作最好的批评和监督；另一次是国务院参事室原副主任吕德润就参事室工作人员耿大兵回乡见闻一事曾给总理写过一封信，温总理在回信中希望参事们多了解下情，多反映意见。温总理多次引用王充的这句话，想要强调的也是为官者应当多听取民意，本着以人为本、求真务实的执政理念来为人民服务。

明年春色倍还人

2009 年 3 月 13 日

春日京中有怀

杜审言

今年游寓独游秦，愁思看春不当春。
上林苑里花徒发，细柳营前叶漫新。
公子南桥应尽兴，将军西第几留宾。
寄语洛城风日道，明年春色倍还人。

2009 年 3 月 13 日上午，十一届全国人大二次会议在人民大会堂举行记者招待会，温家宝总理与中外记者见面，在回答记者提问时说："我记得去年 9 月 24 日，我在纽约讲过一句话，就是'信心比黄金和货币更重要'。那时，世界还是一片迷惘，我们对于金融危机的发展前景也看不清楚。现在，时间过去不到半年，我们已经提出了一揽子应对计划。实现这个计划，我依然认为，首要的还是要坚定信心。只有信心才能产生勇气和力量，只有勇气和力量才能战胜困难。我希望这次记者会能够开成一个提振信心和传播信心的会。这应该是每位记者的良知和责任，也是人们的期望。莫道今年春将尽，‘**明年春色倍还人**’。我期待着明年中国和世界都会变得更好。谢谢大家。”

温总理在此反复强调信心，并巧用诗句来表达自己的信念，鼓励人们在困难面前要勇于面对和挑战。莫道今年春将尽，明年春色倍还人，意即不要为今年如画的春景即将逝去而伤感，要知道明年的春天必将以更美的景色来报答你的期待。

这句脍炙人口的诗出自杜审言的佳作《春日京中有怀》。杜审言是大诗人杜甫的祖父。史书上记载，唐高宗乾封三年、总章元年(668)，杜审言游寓长安，参加省试下第。此诗当是杜审言当春下第后所作。诗的首联交代宦游的时间和地点。秦，指唐代京城长安。一个“独”字，将诗人游寓他乡的寂寥心情表现得既淋漓又含蓄。然而，长安古都的春和景明、鸟语花香，对于“独在异乡为异客”的诗人来说，却并“不当春”。这一联巧用重字，使作品节奏和谐，声情摇曳，生动地塑造出一个“相思不独欢，伫立空为叹”的自我形象。

颔联是对首联“不当春”三字的具体化。上林苑，是汉武帝刘彻于建元二年(前139)在秦代的一个旧苑址上扩建而成的宫苑，规模宏伟，宫室众多，今已无存。这里借指长安园林。细柳，古地名，在今陕西省咸阳西南，渭河北岸一带。汉文帝时周亚夫曾在此驻军，称为“细柳营”。在西京长安，上林苑里鲜花盛开，细柳营前柳枝嫩绿，然而，这一切因诗人省试下第被迫沦落他乡，自然无心看顾。清人吴乔说："景物无自生，惟情所化。"这一联景中见情，一个"徒"字和一个"漫"字，形象地表现出诗人睹物伤怀的惆怅心绪。

颈联描绘的是诗人想象中洛阳友人赏春欢宴的情景。唐朝时长安是西都，洛阳是东都。杜审言曾任洛阳丞，后任膳部员外郎及著作佐郎时亦多在洛阳供职，其家又在洛阳西巩县，因此他对洛阳有一种特别亲切的感情。西第，东汉外戚梁冀为大将军，起府第在洛阳城西，后人称之为西第。留宾，汉游侠陈遵，豪饮好客，宴会时常取客人车辖投入井中，以防客人中途离去，留宾即出自此典故。诗人想象友人此时在洛阳南桥游赏，又在西第宴饮。想象中的欢畅，正与自己"独游秦"形成鲜明的对比，在对比中表现出自己的寂寞孤寂和对友人的怀念之情。在这里，作者不直接写自己对洛阳亲友的思念之情，而是想象旧时朋友踏春欢聚的盛况，运用了"诗从对面写来"的写作手法，使诗意跌宕起伏。诗写至此，似乎已完足诗题中"有怀"二字。但诗人犹觉未够，又引出尾联传颂千古的名句。

尾联构思新颖，造语清新。诗人太熟悉洛阳的一切了，他思念洛城的人，更留恋洛城的春光美景。与一般"有怀"诗相比，这首诗扩大了"有怀"的范围。作者一反前两联的孤独与伤感，将思念化为祝愿，将孤独化为自信，抒发了对洛阳风物无比眷恋和热爱之情，表现出积极向上的乐观情怀。明胡应麟在《诗薮》中说七律结句之妙者，"则杜审言'寄语洛城风日道，明年春色倍还人'"。

杜审言这首《春日京中有怀》，结构齐整平密，起承转合极其自然，其艺术手法对后世影响很大。尤其是结句，因其别出心裁，成为千古佳句。温家宝总理在“两会”记者招待会上，将此诗尾联化为“莫道今年春将尽，明年春色倍还人”，旨在鼓励世人不要被金融危机吓倒，增强对于经济复苏的信心，坚信明年的形势必定会大大好转，明年的春色必将以更加明媚的笑容来报答辛勤耕耘的人们。

乞火不若取燧，寄汲不若凿井

2009年3月13日

河九折注于海，而不绝者，昆仑之输也，潦水不泄，瀇瀁极望，旬月不雨则涸而枯泽，受瀷而无源者。譬若羿请不死之药于西王母，姮娥窃以奔月，怅然有丧，无以续之。何则？不知不死之药所由生也。是故乞火不若取燧，寄汲不若凿井。

——刘安《淮南子·览冥训》（节选）

2009年3月13日上午，十一届全国人大二次会议举行记者招待会，温家宝总理在人民大会堂三楼金色大厅与中外记者见面，并回答记者提问。《人民日报》记者问道："面对国际金融危机的冲击，您在多个场合，包括刚才都强调信心比黄金更重要。请问总理，您的信心从何而来？还有，在政府工作报告中，您提出国内生产总值增长8%左右的目标，对此，国内、国外都有人对实现保八的目标持怀疑态度。请问总理您怎么看这个问题？"

温总理回答说："大家十分关注今年是否能够实现GDP增

长8%的目标。我认为实现这个目标确实有难度，但是，经过努力也是有可能的。我想，对于8%左右的经济发展的目标，可以从三个方面来认识。”在从三个方面解释GDP增长8%的可行性后，温总理说：“其实，最为重要的就是经过几个月的努力，中国人的心开始暖起来了。我以为，心暖则经济暖，我深知这场金融危机任何国家都不可能独善其身，克服困难也不能脱离国际经济的影响。但是我们懂得一个道理，那就是‘**乞火不若取燧，寄汲不若凿井**’，就是说你想得到水不如自己去凿井。因此，我希望全体中国人都要以自己的暖心来暖中国的经济。”

温总理为何会在记者会上引用“乞火不若取燧，寄汲不若凿井”这句话？想要理解温总理为何会引用，首先就要了解这句话的具体含义。这句话出自《淮南子·览冥训》。篇首文段的意思是说：黄河一路曲曲折折最后流注大海，水流却并没有因此而断绝，原因在于昆仑山为它提供了充足的水源。积水没有流逝之时，极目一望，广阔无边，但如果十天一月不下雨，一样会干涸枯竭，因为它失去了源泉。就像后羿向西王母求得不死药，嫦娥偷去奔月后，就再也没有不死药了，因为他不知道这药怎么制作。因此，向别人求火不如自己学会取燧生火，向别人讨水喝不如自己凿个水井。

通过对“乞火不若取燧，寄汲不若凿井”的解读，我们可以知道：只有自强不息，依靠自身的力量，而不是寄食他人，才能在真正意义上建设好自己的美好家园。《淮南子·说林训》“临河而羡鱼，不如归家织网”，《汉书·董仲舒传》“临渊羡鱼，不如退而结网”，说的都是这个道理。它弘扬的是一种刚健有为、自强不息、积极进取的人生态度。中华民族自古以来就崇尚自强不息的奋斗精神。孔子一生“不怨天，不尤人”，用行动实践着“天行健，君子以自强不息”的为人根本。人生立志，重在自强，春天不播种，夏天就不能生长，秋天就不能收割，冬天就不能品尝，这种自立自强的精神，也就是自力更生、艰苦奋斗的精神。中国人民的这种依靠自己、相信自己、自强不息、自力更生的奋斗精神，是中华民族最可宝贵的精神财富。

温家宝总理在“两会”记者会上用“乞火不若取燧，寄汲不若凿井”这句话回答记者提问，意在劝勉大家，面对国际金融危机的冲击，我们不能消极观望，我们需要的是积极行动，自力更生，走出困境。这就是温总理所说“乞火不若取燧，寄汲不若凿井”的真实内涵。

山重水复疑无路，柳暗花明又一村

2009 年 3 月 13 日

游山西村

陆　游

莫笑农家腊酒浑，丰年留客足鸡豚。
山重水复疑无路，柳暗花明又一村。
箫鼓追随春社近，衣冠简朴古风存。
从今若许闲乘月，拄杖无时夜叩门。

2009 年 3 月 13 日上午，十一届全国人大二次会议在人民大会堂举行记者会，温家宝总理在人民大会堂三楼金色大厅与中外记者见面，并回答记者提问。俄罗斯记者提出了“中国在当前世界金融危机中面临哪些机遇？中国在走出危机的同时，能否在世界经济体系中占据更重要的位置？”的问题时，温总理回答说：“你对‘机遇’的了解和我们是一致的，我们认为我国经济面临巨大的挑战，也面临着发展机遇。如果真正把握得好，措施得当，而且实施及时、果断、有力，我真希望中国经济能早一天复苏。那时，中国的经济经历一场困难的考验，将会显示出更强大的生命力。有些事情正像你所说的，**‘山重水复疑无路，柳暗花明又一村’**。要行动，而不能坐等。”

“山重水复疑无路，柳暗花明又一村”引自陆游的《游山西村》，此诗作于宋孝宗乾道三年（1167）初春，即陆游罢职闲居山阴的次年。温总理为何会引用陆游赋闲之时所写的诗呢？陆游此诗又表达了什么深刻的含义呢？只有仔细品读陆游的诗歌，真正理解陆游所想表达的意思，才能理会诗句的真正内涵，进而才会明了温总理为何会引用此诗。

此诗首联渲染出丰收之年农村一片宁静欢悦的气象。腊酒，指腊月即阴历十二月里农家酿制的米酒，一般在开春后饮用，酒液浑浊，气味芳香。豚，小猪，一般泛指猪。足鸡豚，是说农家过年时准备了足够的诸如腌鸡腌猪肉等下酒菜。首联以口语入诗，既像是诗人山村游玩受到农民朋友的热情邀请对方留客时的说辞，又像是诗人对农村淳朴风俗的赞赏。唐代诗人孟浩然《过故人庄》曾云“故人具鸡黍，邀我至田家”，孟浩然的诗句明显可见是田家故人的事先邀请，但陆游的这句诗，是诗人偶游田家时村庄住户的热情挽留，双方并不见得事先认识，正因为事先并不认识，更能显出山西村农民的善良淳朴与热情好客。颔联寓深邃的人生哲理于优美的自然风光的描绘之中。南朝刘义庆《世说新语》记载了东晋王献之的名句：“从山阴道上行，山川自相映发，使人应接不暇”。诗人游赏山西村的感受正与此相似，山西村的秀美风光使他目不暇接，潺潺流水，幽幽深谷，层层远山，还有那苍翠欲滴的树木，争红斗紫的山花，这一切都让诗人陶醉其中，游不择径而迷失道路。正在诗人迷惘恍惚之际，眼前忽然豁然开朗，只见面前柳暗花明，阡陌纵横，鸡犬相闻，出现一个恍如桃花源般的世外山村。颈联诗人由自然描写转入到人事的描述，以简笔白描的手法向读者勾勒出一幅古风犹存的农村画卷。“春社”，是我国古代的一种习俗。这个节日由来已久，《周礼》里就有记载。南宋陈元靓《岁时广记》谓“立春后五戊日为春社”，这一天农民向土地神祭祀，以祈求农事的丰收。当这一天将要来临时，村民们吹箫击鼓，以迎接节日的来临。诗人政治的失意在这古风尚存的山村中得到消释，听着春社的箫鼓，加上农民朋友的争相挽留，诗人不禁发出慨叹：希望以后日日空闲，哪怕是夜里也要乘着优美的月色前来这里与农家把酒畅谈。

陆游的这首七言律诗，结构严谨，层次分明，诗题作“游山西村”，但全诗并不见一个“游”字，而又能处处切合“游”字。清人方东树在《昭昧詹言》（卷二十）中说陆游这首七律“以游村情事作起，徐言境地之幽，风俗之美，愿为频来之约”。从诗的结构来看，这是符合实际的。这首诗最为后人称道的是颔联，此联将所见之景与人生哲理融为一体，贴切自然而又工整秀丽，发人深省。创作此诗的一年之前，陆游因积极支持抗金将帅张浚北伐，被主和投降派以“力说张浚用兵”的罪名，从隆兴府（今江西南昌市)通判任上罢官归田。诗人虽然闲居在家,但他“慷慨心犹壮”,至死都未能忘怀国事,如在《示儿》一诗中,诗人坚信总有一天王师会北定中原,一切都会否极泰来,祖国河山一定能够完全统一。这种内心之境和所游之境的自然结合与两相关照产生了这句千古传诵的名句。

“山重水复疑无路,柳暗花明又一村”是温家宝总理对当时形势的诠释:中国经济在经历一场困难的考验后,必将显示出更为强大的生命力。温总理的这番话,意在勉励大家越是在艰难的时候,越是要乐观。正如温总理所说,信心比黄金还重要。这希望与信心,来自本届政府对时局的理性认识,对现实问题的正视,来自党和国家领导人深刻的忧患认识,更来自每一个中国人脚踏实地的行动与努力。

难事必作于易，大事必作于细

2009 年 11 月 12 日

为无为，事无事，味无味。大小多少，报怨以德。图难于其易，为大于其细，天下难事，必作于易；天下大事，必作于细。是以圣人终不为大，故能成其大。夫轻诺必寡信，多易必多难。是以圣人犹难之，故终无难矣。

——老子《道德经》第六十三章

2009 年 11 月 12 日，温家宝总理在会见全国机关事务工作协会会员代表时强调：无论机关多大，职位多高，各级机关工作人员都要把自己当成人民的服务员，老老实实为人民服务。在为人民群众服务时，要做到事无巨细。之后温总理还引用老子《道德经》中的话“**难事必作于易，大事必作于细**”，勉励广大机关工作人员要任劳任怨，当好人民的“后勤部长”。

老子《道德经》中这段话的意思是：以不妄为的态度去作为，以不滋事的方式去做事，把恬淡无味当作有味。大生于小，多起于少，面对怨恨，用恩德来回应。解决困难要从容易处入手，处理大事要从细微处入手；天下的难事，必定要从容易的做起，天下的大事，必定要从细微的做起。所以有道的人虽然始终不干大事，却能成就大事。轻易地允诺必定会有失信用，把事情看得太容易必定会遭遇更多的困难。所以圣人遇事时总将事情看得艰难，因此最终没有解决不了的困难。

“难”与“易”、“大”与“细”是道家哲学的重要范畴，其思想精髓是“图难于其易，为大于其细”。所谓“图难于其易”，是说要想克服困难，必须防微杜渐，未雨绸缪，在事情还比较简单容易时就积极行动，将困难与祸患消弭于无形。因为“其安易持，其未兆易谋。其脆易泮，其微易散。为之于未有，治之于未乱”（《道德经》第六十四章）。也就是说当局势还比较稳定，事情还没有显现出变化的征兆时，问题处理起来往往比较容易。《韩非子·喻老》也说“千丈之堤，以蝼蚁之穴溃”，意思是说小小的蚁穴如果不去处理，也能够使堤岸溃决。所谓“人无远虑，必有近忧”，在小的事情上如果不注意，不作为，往往会弄出大乱子。因此，老子告诫我们，凡事要防患于未然，在弊端尚未形成的时候就要有防范意识，一旦发现征兆就应该及时地将它们消灭在萌芽状态。《荀子·大略》篇云：“先事虑事，先患虑患。先事虑事谓之接，接则事优成；先患虑患谓之豫，豫则祸不生。事至而后虑者谓之后，后则事不举。患至而后虑者谓之困，困则祸不可御。”这也就是说我们凡事都应该未雨绸缪，而不能临渴掘井，否则大难必至。强调“为大于其细”，这是因为事物的发展是一个由小到大、由易到难的过程，是一个由量变到质变的过程，量的积累可以引发质的变化，所以要想成就大事，就必须从小事做起。老子说："合抱之木，生于毫末；九层之台，起于累土；千里之行，始于足下。"(《道德经》第六十四章)无论做什么事，都要及早动手，从细微处入手。在老子看来，难与易，大与细，都是相对的。只要人们掌握方法，从最容易处着手，从容易被人们忽视的小事做起，循序渐进，由易至难，由细到大，持之以恒，终会实现心目中的理想目标。

老子在这里总结出"图难于其易，为大于其细。天下难事，必作于易；天下大事，必作于细"的处事治世准则，并认为这是圣人能够成其大的关键，在今天看来，亦是我们立身行事的行动宗旨。温家宝总理在此化用老子的话，以"难事必作于易，大事必作于细"劝勉从事机关事务工作以至所有党政机关的工作人员，要把繁杂、琐碎、细小的事当成大事，一丝不苟、兢兢业业地做好；同时也说明国家的大政方针要通过一件件细小的工作去落实，机关事务工作者所做的"小事"也是国家大事的重要组成部分。群众利益无小事，凡是涉及人民群众切身利益和实际困难的事情，就是再小也是大事。

人或加讪，心无疵兮

2010年3月14日

不夭不贱，天之祺兮；重屯累厄，数之奇兮。天与所长，不使施兮；人或加讪，心无疵兮。

——刘禹锡《子刘子自传》(节选)

2010年3月14日上午，温家宝总理在人民大会堂三楼金色大厅与采访十一届全国人大三次会议的中外记者见面。在回答美国《新闻周刊》记者就哥本哈根气候大会上中国代表团“表现傲慢”一事的提问时，温总理引用了“**人或加讪，心无疵兮**”来澄清误会。

“人或加讪，心无疵兮”这句话本是刘禹锡《子刘子自传》的文末铭文，是诗人晚年回顾自己生平时的心境写照。不论是个人还是国家，遭受到一些流言蜚语的干扰总是在所难免。面对外界的种种非难，或许我们应该向古人学习，保持一份“人或加讪，心无疵兮”的坦然。

篇首文字节选自《子刘子自传》，这段文字的意思是说：没有早亡,出身也不卑贱,这是天赐的福分。多灾多难,这是遭遇不好。有着天赋的才能,却不让我来施展。即使遭人诽谤,但我心地光明,问心无愧。

刘禹锡是唐代中晚期著名诗人,有“诗豪”之称,其诗无论短制长篇大都简洁明快,风情俊爽,具有一种振衰起废、催人向上的力量。《子刘子自传》一文,作于唐武宗会昌二年(842),其时刘禹锡行年七十一岁,身在病中,他自知不久于人世,恐怕身后经历后人不能备知,于是为自己作了这篇自传。

这里刘禹锡用“人或加讪,心无疵兮”表达的是一种洁己修身、不为世困的独立人格,一种自强不息、积极进取的儒家精神。刘禹锡一生命运多舛。王叔文“永贞革新”失败后,刘禹锡惨遭迫害,初贬连州刺史,在道再贬为朗州司马,遂居朗州十年。元和九年(814),刘禹锡与柳宗元等人一起奉召还京,次年三月,因作游玄都观戏赠看花诸君子诗触怒权贵,复贬为播州刺史,后改任连州刺史,历任夔州刺史、和州刺史。但他宁折不弯,不因屡遭报复而屈服妥协,回京后又作《再游玄都观》诗,欢呼“种桃道士归何处,前度刘郎今又来”。这里的“刘郎”形象正是刘禹锡正道直行、历尽劫难而无改贞操、屡遭诽谤而问心无愧的人格写照。后人在坎坷失意而又不甘屈服沉沦时,往往自托“刘郎”或“前度刘郎”,借以自勉自励。从“刘郎”身上,我们看到的是二十三年的谪居生涯里,虽然一贬再贬,忧患相仍,却还一直保持着乐观向上、豪迈昂扬的人生态度。诗人曾云:“莫道谗言如浪深,莫言迁客似沙沉。千淘万漉虽辛苦,吹尽狂沙始到金。”

(《浪淘沙词九首》其八)这可以看作是刘禹锡《子刘子自传》中"人或加讪,心无疵兮"这句话的最好注脚。

温家宝总理引用"人或加讪,心无疵兮"这句话,一方面澄清了哥本哈根气候大会上有关"中国傲慢"的传闻;另一方面也申明了中国在哥本哈根大会上的立场与态度。这正如温总理所说:"气候变化问题关系到人类的生存,也关系各国的利益,关系世界的公平和正义。我们坚持'共同但有区别的责任'原则是完全正确的,我们将继续同世界各国一道推进应对气候变化的进程。"

时进则进，时退则退，动静不失其时

2010年3月14日

> 艮，止也。时止则止，时行则行，动静不失其时，其道光明。“艮其止”止其所也。上下敌应，不相与也。是以“不获其身，行其庭，不见其人，无咎”也。
>
> ——《周易·艮卦·彖传》

2010年3月14日上午，温家宝总理在人民大会堂三楼金色大厅与采访十一届全国人大三次会议的中外记者见面并回答记者提出的问题。温总理在回答记者提出的关于宏观经济政策的走向问题之时，说：“你提到一个让我感到非常担心的问题。我曾经讲过，如果发生通货膨胀，再加上收入分配不公，以及贪污腐败，足以影响社会的稳定，甚至政权的巩固。处理好经济发展、结构调整和通胀预期这三者的关系，是一件非常困难的事情。方才我说我们可以走出一条光明的路，这是很难实现的，但却必须实现。我们必须注意三点：第一，货币政策。货币政策就是要保持流动性合理充裕，保持利率的合理水平，同时管理好通胀预期，处理好这三个问题是货币政策的精髓。第二，高度重视农业，千方百计使今年农业有一个好收成。农业不仅是整个经济的命脉，而且就今年来讲，关系经济的平稳较快发展，关系是否能够管好通胀预期。从这个意义上讲，农业的好坏起着决定性作用。第三，我们必须保持政策的连续性和稳定性，也就是说要继续实行积极的财政政策和适度宽松的货币政策，以巩固来之不易的经济起稳回升的好形势。”

温总理接着说：“我们必须密切关注今年国内外经济形势的走向，因时而动，就是说‘**时进则进，时退则退，动静不失其时**’。这需要十分谨慎和灵活。我相信明年的记者招待会我还是满面笑容地来对待你。”

“时止则止，时行则行，动静不失其时”出自《周易·艮卦·彖传》，温总理在引用这句话时，对《周易·艮卦·彖传》卦辞做了调整，但是总体意思并没有变化。这句话的大意是说：根据时势要静止就静止，要行动就行动，静止或行动不失去它的时机，前途才会一片光明。在这里，“时”的概念非常重要。《周易》特别强调对“时”要有所知。如《贲卦·彖传》说：“观乎天文，以察时变。”即仰观日月星辰等天象的运行，可以察知季节的变化；《丰卦·彖传》说：“日中则昃，月盈则食，天地盈虚，与时消息。”即日至中天必将西斜，月至圆满必将亏损，天地的变化都是根据一定的时机而消长生息。

《周易》强调对“时”要有所知，而“明时”的目的则在于让人们依时而动，做到“时行”。“时行”非常重要，因为“时”是事物发展所不可缺少的背景要素，无论自然还是社会，都是在“时”之背景、“时”之条件下的运动变化。另外，依时而行固然重要，依时而止意义也非常重大。所以《艮卦·彖传》谓之“时止则止，时行则行”。但是止的意义并不简单，不能以为停止不动才是止，其实止还包含着行的意义在内。我们坚持不懈地干一件事情，就是止于行的行。后来我们发现情况变了，这件事情必须停止，不能再干了，这就是止于止的止。止于“行”或止于“止”，决定性的因素是“时”，所以说“动静不失其时”。那么，如何把握时呢？《周易》认为，要想很好地把握时，就要多在“知几”上下功夫。“几”是什么呢？通俗一点说，就是苗头。现实生活中，我们常说：“合抱之木，生于毫末；九层之台，起于累土；千里之行，始于足下。”说明事物的发展趋势从细小之处，从眼前之景，便可推得。所以，《周易》特别强调“知几”的功夫，认为如果能够见微知著，守时待变，因时变革，就能够成就大事业。

《周易》中这种“时”的哲学，是中华民族的基本思想之一，正是这种思想使中华民族成为了一个自强不息、与时俱进的伟大民族。温总理强调要“时进则进，时退则退，动静不失其时”，正是对《周易》中这种“时的哲学”的引申。温家宝总理表示在当前的国际形势下，中国的经济政策要十分谨慎和灵活，我们要跟随形势的变化而变化，进一步增强政策的针对性和灵活性。

兄弟虽有小忿，不废懿亲

2010年3月14日

郑之入滑也，滑人听命。师还，又即卫。郑公子士泄、堵俞弥帅师伐滑。王使伯服、游孙伯如郑请滑。郑伯怨惠王之入而不与厉公爵也，又怨襄王之与卫、滑也，故不听王命而执二子。王怒，将以狄伐郑。富辰谏曰："不可。臣闻之，大上以德抚民，其次亲亲以相及也。……如是，则兄弟虽有小忿，不废懿亲。今天子不忍小忿以弃郑亲，其若之何？"

——《左传·僖公二十四年》（节选）

2010年3月14日上午，温家宝总理在十一届全国人大三次会议记者招待会上就台湾《联合报》记者提出的有关商签两岸经济合作框架协议（ECFA）等问题进行回答，温总理说："两岸正在商签的经济合作框架协议是一个综合性的、具有两岸特色的协议。商签这个协议应该把握好三个原则：第一，平等协商；第二，互利双赢；第三，彼此照顾对方的关切。……我知道商签协议是一个复杂的过程，但是正因为我们是兄弟，'**兄弟虽有小忿，不废懿亲**'，问题总会可以解决的。我去台湾的愿望依旧是那么强烈，因为我认为中华民族5000年的文化，具有强大的震撼力和凝聚力，不要因为50年的政治而丢掉5000年的文化。"

"兄弟虽有小忿，不废懿亲"出自《左传·僖公二十四年》。按照公元纪年的方式，僖公二十四年为公元前636年，《左传·僖公二十四年》记述了这一年发生在晋、秦、卫、郑、滑、宋、楚、翟等多个国家之间的事件，后来为大家熟知的晋公子重耳的归国过程以及介子推的故事均出自此篇。

"兄弟虽有小忿，不废懿亲"是富辰在周襄王打算联合狄人攻打郑国时劝谏周襄王的话，是说我们和郑国的关系是兄弟之间的关系，不能因为一时的愤怒而使这种情谊遭到破坏。

《左传·僖公二十四年》中的一段，记述下了这段历史：

事情起因于郑国。郑国当时臣服于强大的楚国，恃强凌弱，郑文公怪滑国侍奉卫国而不侍奉郑国，便对滑国兴师问罪。滑人害怕，表示愿意侍奉郑国。但是当郑国军队撤回后，滑国又去侍奉卫国。于是郑文公再次派公子士洩、堵俞弥带兵进攻滑国。

当时周襄王与卫文公关系和睦，考虑到卫国利益，于是派伯服、游孙伯出使郑国，请求郑国不要进攻滑国。对于周襄王的请求，郑文公非常不满，恼恨周襄王偏袒卫国，加上以前郑文公的父亲郑厉公曾经帮助过周襄王的父亲周惠王夺回王位，但周惠王回国后只赏赐厉公鞶鉴，而赏赐虢公酒爵（爵为礼器，比鞶鉴珍贵）。虽然当时郑厉公不计较，但对郑、虢功同而赏异，郑文公一直耿耿于怀。因此,郑文公不听从周天子的命令,并且还扣押了伯服和游孙伯,吩咐等破了滑国后再释放二人。周襄王知道后大怒,打算联合狄人进攻郑国。

这时,富辰劝谏周襄王,他引用《诗经》中“凡今之人,莫如兄弟”,“兄弟阋于墙,外御其侮”等语,告诫周襄王“兄弟虽有小忿,不废懿亲”,因为郑国始封之祖郑桓公曾为周司徒,是周厉王的儿子,周宣王的母弟;况且周室东迁的时候,借助了郑国的力量;周惠王平定子颓叛乱,又是依靠了郑国的帮助。

但是周襄王不听劝告,派颓叔、桃子联合狄人讨伐郑国,占领了郑国栎地。翟国替周襄王讨伐郑国,周襄王十分感激,于是承诺迎娶翟国国君的女儿为王后。富辰又进谏说:“郑文公姓姬,您也姓姬,你们才是一家人啊,您又受过郑国的好处,您怎么能疏远自己的亲属而去亲近和自己毫不相干的狄人呢?”周襄王还是没有听从劝谏。

翟国在今天的山西省临汾市以北,为狄人所建。孔子所谓“夷狄之有君,不如诸夏之亡也”中的狄即指狄人。在《东周列国志》中,冯梦龙借富辰的话说“翟乃戎狄豺狼,非我同类”。然而,周襄王不听忠言,以至于引狼入室,被翟国攻占了都城,周襄王仓皇出逃。还是郑国不计前仇,接纳襄王,让他避居在郑国的汜地。到后来晋文公出面勤王,平定叛乱,才将周襄王迎回都城。

《左传》的作者具有非常卓越的叙事能力,这在中国的史书中表现突出。《左传·僖公二十四年》全篇仅2000字左右,作者却能够将纷繁复杂的历史事件处理得有条不紊,将事件的前后发展、因果关系以简练而不乏文采的笔触表达出来。作者还善于通过对具体细节的描述来表现人物的性格,使历史事件本身变得妙趣横生。这种叙事能力,对后来的历史著作及其他文学作品,都有极其深远的影响。

《左传》所记述的,是春秋时期政治、军事、外交等方面的重大事件,在记述这些事件时,作者表达了其鲜明的政治与道德倾向。作者希望国家的领导者,要把局部的问题放到整体之中来考虑,解决具体问题要从国家的长远利益来着眼。《左传·僖公二十四年》的记述在一定程度上比较集中地体现了作者的这一创作思想。

温家宝总理引用“兄弟虽有小忿,不废懿亲”这句话,对两岸关系作出形象的比喻,对两岸问题作了高度的概括,表明两岸之间商签 ECFA,大陆愿意向台湾让利,是基于两岸的兄弟情谊,这种情谊也像中华民族5000年的文化一样,具有强大的震撼力和凝聚力,没有什么力量能够破坏。温总理的引述向世人表明,两岸之间的“小忿”是兄弟之间一时的问题,并不妨碍我们从大局、从长远解决问题的努力。

好景关情动秋思，故山如画白云边

2010年11月14日

濠镜新秋晚眺诗

印光任

玲珑孤岛插青莲，掌上金茎玉露天。
杰阁凌波人在镜，高帆落槛屋疑船。
飞残疏柳谁家燕，叫冷斜阳几树蝉。
好景关情动秋思，故山如画白云边。

在出席中葡论坛第三届部长级会议之际，温家宝总理于2010年11月14日在澳门旅游活动中心会见澳门各界人士代表，并发表了题为《同呼吸、共命运、心连心》的演讲。温总理在演讲中回溯了澳门的发展历程，并且对澳门未来的发展进行了展望。演讲一开始，温总理就表达了自己对澳门的喜爱，他说："澳门是伟大祖国的一方宝地。来这里看望澳门同胞，是我期盼已久的心愿。每次到了珠海，我都要驻足眺望近在咫尺的澳门。当时的心情，可用澳门第一任同知印光任的两句诗‘**好景关情动秋思，故山如画白云边**’来形容。昨天，当我第一次踏上这片土地时，心情久久不能平静，就像回到阔别多年的故乡。”

清雍正四年（1726），清世宗下诏天下督抚，各举孝廉方正之士。江苏布政使张坦麟推荐宝山廪生印光任（1691－1758）应诏，印被授予六品顶戴，经由吏部考察使用。“奉旨发广东以知县用，初署高州石城县，实授广宁，调高要，再调东莞”（《国朝耆献类征初编》卷二百二十八）。印每到任地，勤于吏治，严肃政纪，为百姓做了许多好事。《香山志》中说他到任以后既捕盗杀虎，为民除害，又修建学校，设立书院，还大力提拔俊秀新人，深受当地人民赞誉。担任澳门同知期间，更是大力推行制度革新，在一定程度上促进了澳门的发展和进步。清代著名诗人袁枚对印光任评价很高，并为其作传，称印“才流经通，具绝大器”。又认为印光任以国家为重，时时把海疆诸事存于胸中，并“先事预谋，当机立断，终其任海面肃然”。这首《濠镜新秋晚眺诗》即为印光任任职澳门时所作。

细致入微的写景是印光任这首《濠镜新秋晚眺诗》的突出特点，诗歌以清新淡雅的笔触，配合出色的观察力和想象力，描写秋日晚景，一扫士子悲秋的窠臼，表达了对澳门的热爱，同时也展现出了诗人晚眺时的喜悦之情。

“濠镜”是澳门的旧称，亦称“蚝镜”。“蚝镜”最早见于明朝史书，意为海湾如明镜，盛产“蚝”。后又称做“澳”，即船只停航寄泊的地方，故又被称为“蚝镜澳”。“玲珑孤岛插青莲，掌上金茎玉露天”两句，从广阔的视角出发，描写了澳门的地形地貌，突出了远眺的特色。在中国古典诗词当中有不少与远眺相关的题材，南宋江湖派重要诗人戴复古《江村晚眺》诗云“江头落日照平沙，潮退渔船搁岸斜。白鸟一双临水立，见人惊起入芦花。”巧妙地安排了诗歌当中的动与静，并且使诗中的色彩明快艳丽起来。印光任的晚眺诗，同样具有这样的特点。

在首联对全景进行了宏观把握之后，颔联则是细致的描摹。“杰阁”，即高阁，唐韩愈《记梦》诗云：“隆楼杰阁磊嵬高，天风飘飘吹我过。”宋叶绍翁《四朝闻见录·阅古南园》亦有“于是飞观杰阁，虚堂广厦，上足以陈俎豆，下足以奏金石者，莫不毕备”的记载。此一联意在写水之静，但是没有从正面进行描写，而是通过“人在镜”进行了侧面的烘托。高阁漫步，在水的映照下，人仿佛身处镜中；船帆在屋前落下，房屋仿佛成为了水上的行船。现实与幻境，陆地与水面之间的界限似乎被打破，从中足见诗人对这一派初秋景象的惊叹。

如同戴复古的《江村晚眺》，印诗在颈联中也打破了前两联对静的描摹，添加了动态的成分，“飞残疏柳谁家燕，叫冷斜阳几树蝉”，两句动得妙极，疏柳变残、斜阳微冷本是季节所致，但在此处，诗人将此自然当中燕动蝉鸣的动态之景与静态景观巧妙地联系在了一起，自然地过渡到了对动的描摹，从而使得全诗从颈联开始灵动起来，增添了更多的闲情逸致。

尾联“好景关情动秋思，故山如画白云边”，以“好景”统括前三联所写之景,点明正是这美丽景色勾起自己的秋日思绪,秋日是游子归乡时节,秋思的一重重要内涵就是故乡故土之思。然而诗人是宦游他乡,自己的故乡却在大海的对面。唐人卢照邻《悲昔游》诗有谓:“旧乡旧国白云边,飞雪飞蓬暗远天。”明代梁辰鱼《浣纱记》传奇中勾践归越时也唱道:“闻鹈鴃,听杜鹃,家山应在白云边。”尾句诗人也是用“白云边”状写故乡之远,而山与云的自然景观,又和全诗如画景致相映相衬。

温家宝总理用“好景关情动秋思,故山如画白云边”表达自己当年站在珠海眺望还处在葡萄牙殖民统治下的澳门时的心情,其内涵是相当丰富的。首先,那时的澳门孤悬海外,内地人民遥望着虽只一水之隔,却又如远在云边的如画澳门山水,犹如游子思故园般难以割舍。温总理用这两句引诗,极为准确地表达了两地人民的同胞情谊。其次,引用澳门先贤的诗作,还表达了总理对那些为澳门发展做出过贡献的前辈古人的尊重与敬仰,拉近了自己与澳门人民之间的距离。

四百余年长盼望

2010 年 11 月 14 日

临江仙

马万祺

四百余年长盼望,澳门今喜回归。
普天同庆贺佳期,神州歌盛事,国土尽朝晖。
领袖亲临情万丈,五洲宾客增辉。
政权交接纪威仪,光荣留史册,妈阁展雄姿。

2011 年 11 月 14 日,国务院总理温家宝在澳门旅游活动中心会见澳门各界人士代表,并发表了题为《同呼吸、共命运、心连心》的演讲。温总理在演讲中说:“澳门近 400 多年以来的历史,既记录了旧中国的贫弱屈辱,也书写着新中国的发展进步。祖国好,澳门就好;祖国兴盛,澳门就兴盛。这是澳门兴衰变迁告诉我们的一个真理。‘**四百余年长盼望**’,澳门虽与祖国有过分离,遭受几百年的殖民统治,但澳门同胞始终与祖国内地血脉相通、骨肉相连，澳门的命运始终与伟大祖国的兴衰紧密联系在一起。同呼吸、共命运、心连心，是澳门与祖国关系的真实写照。”

1919年出生于广州的马万祺是当今澳门知名的实业家。他既是一位政界要人、工商巨子，更是一位诗词大家。几十年来，马万祺笔耕不辍，创作了大量爱国诗词，在艺术上取得了相当高的成就。早在二十世纪四十年代，在香港和他有过交往的文坛泰斗夏衍就说过：“万祺兄于经营工商业、服务社会之余，仍能以诗词抒其怀抱，其情挚，其言真，信所谓情动于中而形于言者。”1990年7月，澳门中华诗词学会宣告成立，首次会员大会上，大家一致推选马万祺为名誉会长。江泽民同志曾为马万祺的诗词选题词：“词怀祖国，诗效赤诚”，足以表现其在诗词上的造诣之高。

作为一名爱国诗人，马万祺的诗作亦史亦诗，或抒情言志，或感时记事，但时刻紧扣着时代发展的步伐，字里行间都透露着浓浓的爱国之情。诗歌《同仇抗敌》是其1937年的作品，面对日本法西斯的悍然侵略，他将满腔义愤和誓死抗敌的决心浸染到了诗作的一字一句当中，其诗曰：“可恨倭奴太逞凶，同仇敌忾怒发冲。牺牲已至关头后，万众一心扫孽戎。”1949年4月，人民解放军“百万雄师过大江”，解放南京。马万祺欣然赋诗言志：“闻道大军过长江，雄师勇猛世无双。滔滔天堑等闲渡，楚楚南都旦夕亡。箪食壶浆迎解放，佳肴旨酒庆重光。倒悬已解人欢畅，歼尽顽军早建邦。”在诗中足见其兴奋激动之情，爱国热情也同样溢于言表。

1999 年 12 月 20 日，澳门回归祖国的怀抱，刚刚参加完澳门政权交接仪式的马万祺激动难已，激情填词《临江仙》，即引文所选的这首词。在这首词中，诗人极尽溢美之词直抒胸臆，表达了心中的狂喜。“四百余年长盼望，澳门今喜回归”，由澳门先前的历史写起，长达四百年的殷切盼望，一朝得以回归祖国，其间的狂喜可以想见。“普天同庆”、“佳期”、“盛事”三次连用，对澳门回归极尽赞美。“国土尽朝晖”，由于澳门的回归，祖国的统一大业又向前迈进了一大步，中华大地万象更新，一派生机盎然。“妈阁展雄姿”，点明回归祖国之后的澳门展现出了新的面貌，雄姿重现，并且在未来必然会发展得更好。马万祺把浓厚的民族意识、历史意识融会于信念之中，爱国报国是他生命与事业的主旋律，正因为此，他的爱国诗篇才显得越发的真挚动人，具有极强的感染力。

马万祺自 1941 年从香港到澳门发展，在澳门生活了 66 年，称得上是澳门现当代沧桑巨变的见证者。在澳门回归祖国的过程中，马万祺同样发挥了非常积极的作用。在关于澳门回归祖国诸多事宜的谈判中，葡萄牙政府提出：葡方多年来在澳门都没有驻军，中方也不能驻军。马万祺得知后当即找到新华社澳门分社负责人，请他立即向中央反映，并说：“驻军反映国家主权。如果没有驻军，出了什么事情怎么办，因此无论多少一定得有驻军。”这份爱国的赤诚值得每一位国人钦佩。

温总理在演讲中引用马万祺的诗句，表达了对这位毕生爱国的华夏赤子的尊重和敬服。此外,“四百余年长盼望”,可以说是勾起了在场所有人对澳门历史的回忆,四百年的屈辱历程,是每一个澳门人心中永远无法磨灭的记忆。澳门回归祖国之后,在各方面都取得了长足的发展,和祖国的联系也越来越紧密,正如总理提到的:“祖国好,澳门就好;祖国兴盛,澳门就兴盛。这是澳门兴衰变迁告诉我们的一个真理。”总理在会见澳门各界代表时通过引用此句诗文,一定意义上是在提醒广大澳门人勿忘历史,要更加团结,更加奋进,切实落实“澳人治澳”,在祖国大陆的支持和帮助之下,创造澳门更加辉煌的未来。

艰难困苦，玉汝于成

2011年2月1日

富贵福泽，将厚吾之生也，贫贱忧戚，庸玉汝于成也。

——张载《张载集》（节选）

2011年2月1日，中共中央、国务院在北京人民大会堂举行2011年春节团拜会。温家宝总理参加此次团拜会并发表了讲话，在讲话中，温总理对过去的2010年作了简明扼要的总结，并对即将开展"十二五"计划的2011年进行了展望，在讲话的最后，总理说："'**艰难困苦，玉汝于成**'。伟大的中华民族具有自强不息、坚忍不拔的奋斗精神，我们有信心、有能力战胜任何困难和挑战，把中国的事情办好，让人民安居乐业、心情舒畅，生活得更加幸福、更有尊严。"

温总理所引诗句化用自北宋名儒张载（1020－1078）的《西铭》。张载原籍大梁，祖父和父亲都是中小官吏。祖父张复在宋真宗时任给事中、集贤院学士等职，后赠司空。父亲张迪于真宗初携妻陆氏上任于陕西长安,后于涪州任上病故。时年十五岁的张载和五岁的弟弟张戬连同母亲,护送父柩越巴山,奔汉中,出斜谷行至郿县横渠,因路资不足加之前方发生战乱,无力返回故里开封,遂将父安葬于横渠南大振谷迷狐岭上,全家也就定居于此,其后张载也在此地生活,故人称张载为横渠先生。

庆历四年(1044)十月,北宋与西夏议和,朝廷每年向西夏提供大量物资。对此,张载颇感愤慨,于是他向时任陕西经略安抚副使、主持西北防务的范仲淹上书《边议九条》,陈述自己的对外方针,并希望藉此机会能够施展自己在军事上的才华。此次上书,成为了张载人生的一大转折,在接受范仲淹召见时,张载将自己的才华展现得淋漓尽致,颇得范仲淹的赏识。范仲淹的一句"儒家自有名教,何事于兵?"改变了张载的人生轨迹,在其后的岁月中,张载刻苦攻读,经过十多年的钻研,他终于悟出了儒、佛、道互补,互相联系的道理,逐渐建立起自己的学说体系,终成一代鸿儒。

张载在《西铭》当中的这句"富贵福泽,将厚吾之生也,贫贱忧戚,庸玉汝于成也。"可以说是其对人生的深切感悟,张载少年丧父,客居他乡,这其中暗含着太多的辛苦和波折,这些经历对他一生的发展都产生了重大的影响,也正因此,我们才能从这短短的语句中感受到真挚与深刻。另外,此处上下句其实是一种转折的关系,上半句写富贵对一个人生活的影响,下半句一转,点明了遭遇困苦对人生发展的突出作用,并且在一定程度上指出,这些所谓的"贫贱忧戚"对于一个人的成功具有关键性的作用，这种关系设置，体现出张载思考的深刻。“庸”，或许大概的意思，《汉书》有云：“虽王之国，庸独利乎？”。“玉汝”，《诗经·大雅·民劳》有“王欲玉女，是用大谏”之语，其中“女”、“汝”相通，“玉女”即为“玉汝”，意为像爱惜玉一样爱护你（扶助你）；宋代刘克庄在其《顺宁舍记》中有“不以厚吾生者为荣，而以玉汝于成者为乐”表达了同样的意思，今人亦有“玉成”之敬辞，即从此处转化而来。故而后半句的直译当为：“贫贱忧戚”或许才是爱护你，从而使你有所成就的主要原因啊！

张载此论可谓渊源极深，早在先秦，孟子就有“故天将降大任于是人也，必先苦其心志，劳其筋骨，饿其体肤，空乏其身，行拂乱其所为，所以动心忍性，曾益其所不能”（《孟子·告子下》）之论；在《报任安书》中，司马迁历数前辈先贤，在一定程度上也在论证忧劳艰辛使人成就功业的观点；在大唐《贞观政要》中，明君唐太宗与贤臣魏征更是对勤勉兴国进行了多次讨论。由此可见，逆境成就功业似乎已经成为了一种独特的文化心理，同时，这种信念也在不断促使每一个身处逆境当中的人，以更积极的心态投入到为改变现状而奋斗的过程中来。

温总理在 2011 年春节团拜会的讲话中引用“艰难困苦，玉汝于成”这句古语，可以说是对近一段时期整个国家和社会的发展现状进行了精炼的概括，点明我们在推动国家发展时需要面临重重的考验，我们需要在“艰难困苦”当中摸索前进。同时也表现出了国家领导人在面对未来重重考验之时的冷静和乐观，谋求国家发展进步的坚定信念在此时此刻也得到了充分的体现。

政如农功，日夜思之，思其始而成其终

2011年3月14日

晋程郑卒。子产始知然明，问为政焉。对曰："视民如子。见不仁者诛之，如鹰鹯之逐鸟雀也。"子产喜，以语子大叔，且曰："他日吾见蔑之面而已，今吾见其心矣。"子大叔问政于子产。子产曰："政如农功，日夜思之，思其始而成其终。朝夕而行之，行无越思，如农之有畔。其过鲜矣。"

——《左传·襄公二十五年》（节选）

2011年3月14日，温家宝总理在人民大会堂金色大厅与采访十一届全国人大四次会议的中外记者见面并答问。在答问过程中温总理引用了《左传》中的"**政如农功，日夜思之，思其始而成其终**"。

此句出自《左传·襄公二十五年》（约前548）。《左传·襄公二十五年》记载了襄公二十五年发生在齐、晋、莒、郑之间的政治、军事、经济、外交等方面的历史事实。后来为大家所熟知的“崔杼弑齐庄公”、“晏子不死君难”以及“子产戎服献捷”均出自此篇。

篇首引文节选了《左传·襄公二十五年》中子产问政论政的一段话，“晋程郑卒。子产始知然明，问为政焉。”中所提到的程郑是晋平公的宠臣，子产是郑国的宰相，然明是郑国大夫。为何程郑死了，子产开始了解然明？其实是源于这样一段背景故事。

程郑在晋国很受晋平公宠信，让他担任下军统帅。一天，郑国使者公孙挥访问晋国，程郑问他降低官职需要什么理由，众人都对程郑的发问感到很疑惑，这不该是位居高位、身份显赫的人说的话啊。然明知道了这件事后，冷静地说，一个位居尊贵的人这么说，要么是因为他将要死了，要么是因为他要逃到国外去程郑在晋国备受宠信，没有逃跑到他国的理由。看来程郑是有了心悸，忧心忡忡将要死了。然明说完此话的第二年，程郑果然死了。

子产因此才开始了解然明，并向他请教怎样处理政务。然明说，对待人民要像对待自己的孩子一样。遇到不仁不义的要像鹰鹯追赶鸟鹊那样去惩罚。子产听了非常赞同，并把然明的话告诉了子大叔。子大叔向子产请教政事，子产说，为政就像做农活，白天黑夜都要想着怎么开始并期望得到预期的结果。所做的不能超出所思考和计划好的，这和在农田里设置有田埂的道理是一样的。为政如果像做农活这样兢兢业业，那么过失必然会减少。

子产作为春秋时期郑国的政治家和思想家，在郑国为相数十年，他仁厚慈爱、轻财重德、爱民重民，为相期间在政治上颇多建树。《左传·襄公二十五年》记叙了子产第一次到晋国就让晋国的士大夫领略了其雄辩的口才。《左传·襄公三十一年》以大量篇幅记载子产为政用人的事迹。“政如农功，日夜思之，思其始而成其终”也正是子产从政一生的真实写照。

关于政事，孔子在《论语》中多有论述，其中《子路》篇的一段答问与温总理的引语有异曲同工之妙。“子路问政。子曰：‘先之劳之。’请益。曰：‘无倦。’”所谓“先”，是指领导原则，一切要为人之先，众所周知的“先天下之忧而忧，后天下之乐而乐”中“先”的观念，即由此而来。“劳之”并应“无倦”也是领导的从政原则，“政如农功”可以视为对“劳之”“无倦”的最佳解读。

温总理在“两会”记者招待会上引用“政如农功，日夜思之，思其始而成其终”，一方面表达自己的从政准则，另一方面希望党员领导干部能够有“政如农功”的思想意识。农夫在耕种时，何时翻地，何时播种，何时灌溉，何时锄草，何时施肥以及何时收获等都有一套完整缜密的计划。日出而作，日落而归。从播种那一天到谷物成熟那一天，每天都关心自己的庄稼。无论刮风下雨，都按原计划灌溉施肥，毫不含糊。为政就应该像做农活一样，只要身在其位，身负其职，就要朝夕日夜都为之操劳，仅仅心怀重担、口说责任是不够的，要有缜密的计划，并思考怎么去实施政事,实施后还要每天监督维系,直到有预期成果的那一天。

在2011年的“两会”中,两会委员们对涉及民生的诸多问题做出了详细的规划,明确了所要达到的指标。这些计划能否按计划开始并取得如期结果,温总理引用“政如农功,日夜思之,思其始而成其终”这句话给了最好的表述。一方面,“思其始”,要努力规划和搭建一个好的开端,另一方面,“成其终”,要确保所计划的各项指标都能实现。党员领导干部有了“政如农功”的思想意识,才能把全部精力投入到日常工作当中,真心诚意地为人民群众谋求福利。

骨肉之亲，析而不殊

2011 年 3 月 14 日

其明年春，（孝宣帝）乃下诏曰："盖闻象有罪，舜封之，骨肉之亲，析而不殊。其封故昌邑王贺为海昏侯，食邑四千户。"侍中卫尉金安上上书言："贺，天之所弃，陛下至仁，复封为列侯。贺嚚顽放废之人，不宜得奉宗庙朝聘之礼。"奏可。贺就国豫章。

——《汉书·武五子传》（节选）

2011 年 3 月 14 日，温家宝总理在"两会"记者招待会上，谈到大陆与台湾的 ECFA 协议的问题时表示，今年 2 月份，两岸有关方面进行了一次评估，总的认为开局良好，效果初显。温总理表示，台湾同胞要消除这样一个顾虑，台资企业在内地的发展不仅不会被边缘化，而且会有更大的发展趋势。温总理接着说："在 ECFA 实行的过程中，我们会遇到一些问题，但是我们还将本着循序渐进的方式进一步推进 ECFA 的后续谈判。在整个谈判过程中，你都可以感觉到大陆的诚意和对台湾商界和人民利益的关心。我们是同胞，**骨肉之亲，析而不殊**。"

"骨肉之亲，析而不殊"出自《汉书·武五子传》。析是分开之意，殊是隔断、隔绝之意，"骨肉之亲，析而不殊"是言骨肉至亲，即使分离，也断绝不了那份血浓于水的亲情。众所周知，大陆与台湾一脉相连，只是因为近代的历史遗留问题才造成了分离。温总理在谈到台湾同胞在大陆的发展，承诺将会对台资企业继续实行国民待遇之时，引用了《汉书》，是否有深意呢？

细究《汉书》所蕴涵的思想，我们不难发现这种深意所在。班固的父亲班彪为当时大儒，曾自述"唯圣人之道然后尽心"的志向。班固受到汉代中后期"尊儒"风气与家学的影响，信仰儒家思想也就理所当然了。《汉书》浸润着浓厚的儒家思想也就毫不意外了。

《武五子传》是《汉书》中的重要篇目，是以汉武帝五个儿子及其子孙的人生沉浮为背景，从侧面展现汉代中期的政治生活。自武帝推行"独尊儒术"以后，汉王室的子弟自小所受的就是儒家教育，他们所遵守的行为准则也是儒家的。

正是在这样的背景下，汉宣帝才会既用"骨肉之亲，析而不殊"形容自己与昌邑王的关系，也用此形容象与舜的关系。象是舜的异母弟弟，受到母亲的影响，常常欺负哥哥舜。后来舜被尧看中，娶了尧的两个女儿娥皇和女英。象嫉妒舜，就撺掇父亲、母亲一起谋害哥哥。象将舜引到谷仓后，点燃了谷仓下堆着的柴禾，幸好舜命大，逃了出来。不久，象又让父亲将舜骗到深井中，并用石头、泥块填埋深井。象以为舜必死无疑，就跑到舜家中，想要瓜分舜的财产。但是舜平安回来了。舜回来后，没有怨恨弟弟与家人，孝顺父母、友爱兄弟一如往昔，并没有因此而有所改变。舜接受尧的禅让后，把桀骜难驯的弟弟象封到有鼻去做诸侯。象受封以后，被哥哥的宽宏大量所感化，洗心革面，重新做人。这一典故常常被儒家用于阐释"亲亲"观念。"亲亲"观念的核心就是建立在血缘基础之上的文化认同。

舜是儒家所赞扬的明君典范，孝宣帝以舜为行为典范本身就具有强烈的儒家色彩。孝宣帝与昌邑王贺之间也具有"亲亲"观念的实现基础。孝宣帝与昌邑王贺有血缘之亲，同时，他们自小所接受的都是儒家教育。昌邑王贺是汉武帝的孙子，他的奶奶是汉代著名的美人李夫人。汉昭帝过世后，无嗣，大将军霍光在近亲中选中了昌邑王贺继位。由于不遵礼法及淫乱后宫，即位二十七日后昌邑王贺被大臣合力废除，并贬为郡公。孝宣帝受到儒家思想的影响，试图感化昌邑王，因此，恢复了昌邑王的爵位。

大陆与台湾人民拥有相连的血脉，而中华文明又是世界上唯一没有中断并延续数千年的文明，可以说，中华文明最重要的要素是儒家思想赋予的。台湾与大陆同宗同源，都是中华文明的传承者，都是流着同样鲜血的炎黄子孙。温家宝总理用儒家思想阐释台湾问题，笔者认为，是从文化视野的高度对两岸亲缘关系的恰当定位。

2011 年 1 月 11 日，9.5 米高孔子像落户中国政治的心脏地带——天安门广场东侧，这一尊雕像的象征意义可谓不言而喻。

不仅仅是大陆,台湾也意识到了两岸共同的文化传统对于他们自身的重要性。2009 年 4 月 5 日,中国国民党荣誉主席连战出席陕西省黄陵县清明公祭轩辕黄帝典礼活动。公祭黄帝陵的祭祀活动起源于春秋时期(前 8 世纪),汉武帝曾于此筑台祭祀黄帝,其后历代王朝多有祭祀。1912 年孙中山在宣誓就任临时大总统后,曾委派代表团携他亲撰的《祭黄帝陵文》到桥山祭祖。1937 年 4 月 5 日,国共两党各派代表来到黄帝陵前,各自宣读祭文,建立了抗日民族统一战线。翻看黄帝陵祭祀仪式的历史,连战出席所具有的多重文化与象征意义就不难发现了。

不仅连战如此,台湾地区现任领导人马英九自 2008 年打破了以往由"内政部长"代表领导人出席祭孔大典的惯例以来,连续三年参加台湾地区的祭孔大典。台当局"总统府"发言人王郁琦说:"祭孔,不再局限于仪式。"

可见,不管是大陆还是台湾,都意识到了传统文化对于我们的影响,都意识到了中华文明是我们共同的血脉。正是基于这样的立场,温家宝总理才会表示台资企业在内地的发展不仅不会被边缘化,而且还会继续享受国民待遇。"骨肉之亲,析而不殊"所想要体现的也应是这种一脉相承、文化一体的理念。

忧国不谋身

2011 年 3 月 14 日

学阮公体三首(其三)

刘禹锡

昔贤多使气,忧国不谋身。
目览千载事,心交上古人。
侯门有仁义,灵台多苦辛。
不学腰如磬,徒使甑生尘。

在 2011 年 3 月 14 日的“两会”记者招待会上,当美国有线电视新闻网记者问到“希望为后人留下什么‘遗产’”的问题时,温总理回答说:“我的任期还有两年,我面临的工作还十分繁重。我应该像一个战士一样,在自己的岗位上坚持到最后一天,做到**忧国不谋身**,恪尽职守。”

“忧国不谋身”出自刘禹锡《学阮公体三首》中的最后一首。诗名中的“阮公体”指的是魏晋诗人阮籍的五言体咏怀诗。中国古代的咏怀诗很多，表现的都是诗人对现实的体悟、对人生的思考、对生命的把握以及对未来的追求。因阮籍的咏怀诗承建安文学一脉，并于体例和技巧上有所创新，写作范围上也做了扩展，对后世影响很大，故在文学史上有“阮公体”之称。但刘禹锡的《学阮公体三首》却并不是学其体例，而是学其意境。

阮籍（210—263），字嗣宗，陈留尉氏（今属河南）人，阮瑀之子，曾任步兵校尉，世称阮步兵。作为“竹林七贤”之一的阮籍崇奉老庄之学，政治上颇为消极。《晋书·阮籍传》曾言“籍本有济世志”，但其时“天下多故，名士少有全者”，社会的动荡和时局的混乱使得阮籍连性命都难保，更别提施展抱负了。因此他只得“发言玄远，口不臧否人物”以避祸。这也就导致了阮籍的痛苦和愤懑无处发泄，唯有借“咏怀诗”来吐露心声。故此，阮籍共创作了 82 首总题为《咏怀》的五言诗，用以抒发情怀。这些诗大多孤高忧愤，表现了深刻的理性思考和人生的痛苦悲哀，其含蓄的风格也为后世身处逆境的文人提供了一种释放情怀的途径。

刘禹锡的《学阮公体三首》写于其被贬朗州期间。前两首中，第一首主要就其自身从政经历，总结出只有历经挫折才能深刻理解社会现实，并更加珍惜友情；第二首通过对驰骥翔鹰的赞叹，抒发自己壮志难酬而又激越奋进的情怀。

第三首也是组诗中最关键的一首，温总理所引诗句即出自此首。诗中，刘禹锡将昔日圣贤视做榜样，讽刺了那些所谓“仁义”的侯门，表达了自己绝不会弯腰屈膝去迎合权贵的气节。

其中"忧国不谋身"系化用隋朝杨素《出塞》其二中的"汉虏未和亲,忧国不忧身。"以开国重臣的尊贵身份而戍边塞外,杨素身、国之忧的选择确乎令人为之感慨。刘禹锡于此将"不忧身"改为"不谋身",于重臣之忧和寒士之谋的差别中,礼赞了诸多终生和自己一样奔走浮尘的前圣先贤。他们虽未如杨素一样位高权重,但他们同样"使气"孤忠,日日心忧国事,从不为个人身家计较得失。这句诗既是对昔贤的赞叹,也是诗人对自身节操追求的一种砥砺。

《学阮公体三首》可以看做是刘禹锡自我形象的真实写照,充分体现了其高尚的人格和永不妥协的意志。正如诗人自己所说的那样,刘禹锡的一生都在向"忧国不谋身"的"昔贤"学习。刘禹锡被贬朗州是在永贞元年(805),之后虽一贬再贬,但心忧天下的胸怀却丝毫未减。长庆元年(821),被贬夔州的刘禹锡,对当地情况做了全面而又仔细的考察。他关心百姓疾苦,并不顾及自己曾因触怒权贵而多次被贬的身份,义无反顾地于长庆三年(823)和长庆四年(824)分别向朝廷进呈了《夔州论利害表》和《论利害表》,希望穆宗能纳言听谏,改善民生。遗憾的是,穆宗对一个小小的远州刺史所上的表文无动于衷。自此,刘禹锡只能将自己一腔的热血,继续写进诗文中聊以自慰。

就是因为刘禹锡这种正道直行的气节和忧国忧民的精神,使得其很多诗文都带有这样一种不畏强权、敢为民言的豪气。同样是咏怀诗,同样的不得志,阮籍有"昔有神仙者,羡门及松乔。噏习九阳间,升遐叽云霄。人生乐长久,百年自言辽。白日陨隅谷，一夕不再朝。岂若遗世物，登明遂飘飖。”（《咏怀诗其八十一》）反映的也是坚守志节、不愿同流合污的心愿，但阮籍把寻求解脱苦闷的途径放在了隐逸求仙上，而刘禹锡则放在了向“忧国不谋身”的圣贤学习上。相比于阮籍一心避祸的政治态度，刘禹锡毕生都有着一种心忧天下的情怀，虽屡遭贬谪却仍抱有治世之志，因而在境界上也就更高一筹。

如果说阮籍咏怀带有“使气”的悲怆，杨素“忧国不忧身”含有志趣的高尚，刘禹锡“忧国不谋身”积蕴着沦落江湖者的沧桑，温家宝总理在面对外国记者“遗产”问题的回答时再次引用这句为前贤时彦所心折的诗句，则表达了多重内涵。首先，这句诗可以说是古往今来中华民族仁人志士立身处世的座右铭，是他们的追求，也是他们的行动，这句诗所表达的精神，是中华民族薪火相传至今的一份精神“遗产”。其次，这句诗应该看作是温总理自我心志的表达。他强调自己在未来的两年任期内，既要“像一个战士一样”“恪尽职守”，更要像古圣先贤一样，“忧国不谋身”。再次，这句诗还可以看作是温总理以一个政府高级官员的身份向全国所有政府官员发出的倡导。对那些的确做到了“忧国”而“不谋身”的官员而言，这句诗是勉励，而对那些在“国”与“身”之间彷徨不知所措甚至错位选择而“谋身不忧国”者而言，可以认为，这句诗是忠告，更是警醒。

事非经过不知难

2011年3月14日

多公……彼时锐意立功西北，岂料今日尚在商南，所谓事非经过不知难也。弟今欲多军速回金陵，亦不知事之难也。

——曾国藩《曾国藩家书》（节选）

2011年3月14日，在“两会”记者招待会上，俄通-塔斯社记者向温总理提问时说道：“很多俄罗斯的媒体都称赞中国政府采取的应对国际金融危机措施。他们说这些措施让中国与其他国家相比受到的金融危机影响较小，您是否同意这个看法？”温总理在客观讲述了国际金融危机对中国的巨大冲击，以及中国政府在应对金融危机时所作的努力后，说：“你问的问题的要害就是所谓国际金融危机对中国冲击小。我跟你讲，事非经过不知难。我们经过这样的努力，使中国在世界上率先回升向好，从而避免经济建设遭受重大的挫折。这一点是举世公认的。”

这里的“事非经过不知难”是一句谚语，意为“没有亲身经历过的事情，就体会不到它的难处”。

“谚，传言也”（清段玉裁《说文解字注》）。可见谚语乃流传而来，至于出于何处，则“无非前代故训”（出处同上），也就是前人所总结的经验教训。谚语多为口头流传，是大众智慧的结晶，因此我们很难找到谚语出自何人之口，何人笔下。“事非经过不知难”便是如此。

在国内目前出版的收集谚语的辞书中，对于“事非经过不知难”一句，有的辞书只录原句，如《谚语词典》（内蒙古大学出版社，2003 年第一版第 376 页）；有的仅有简单的解释，如《实用谚语俗语集锦》（辽宁人民出版社，2002 年 4 月第一版第 236 页），其释文为“没有亲身经历过的事情，就体会不到它的难处”；有些干脆没有收录，如《中华妙语大辞典》（陕西人民教育出版社，1990 年版）和《古典小说谚语实用词典》（长征出版社，1998 年 3 月第一版）。

在笔者能够查证的资料中，“事非经过不知难”最早出现在清代同治以后。曾国藩在同治三年（1864）给其弟的信中论及其时战事时，有谓：“多公……彼时锐意立功西北，岂料今日尚在商南，所谓**事非经过不知难**也。弟今欲多军速回金陵，亦不知事之难也。”许奉恩在同治十三年（1874）完成其仿《聊斋志异》之作《里乘》时，于篇首《说例》中，有云：“忆予……粗学作文，始知布局造句、起伏照应、经营接构甚非易易……事非经过，不知其难，大抵然也。”在这一时期及其后出现的一些小说和笔记中，这句谚语又成了一副励志联的下联，即：“书到用时方恨少，事非经过不知难。”如光绪时期出现的贪梦道人《彭公案》第141回、岭南民间艺人邵彬儒《俗话倾谈》等均提到了这副励志联。

颇有意思的是，清代朱焘所著《北窗呓语》（成书于清光绪二十年）中，记一殿撰（清代对状元的通称）拜会某公，公“出楹联索书”，“殿撰随意挥洒，即时送进展阅之，则‘书到用时方恨少，事非经过不知难’两句。”某公愤然曰：‘渠自恃状元，以我为少读诗书，不知事务耶？’”遂不欢而散。故作者告诫曰：“为人作书，择语不可不慎！”某公认为此联有训教之意，因而不喜。

今天，有人说这副励志联是唐人白居易所撰，也有说是宋人陆游所撰，还有人说该联辑于《增广贤文》，但遍翻清代以前各种总集（指汇集许多人作品而成的诗文集）、别集（收录个人作品的诗文集），均未见蛛丝马迹，倒是关于作者的传言颇多。这说明这副励志联已在民间得到了广泛的传播，以致引起了种种猜测。

尽管没有确切的出处，但并不妨碍我们从中领会先人的智慧。“谚语是长期流传下来文辞固定的常言”（《辞源》，商务印书馆，1983年12月修订第一版第2907页），它寓意丰富，通俗易懂，其内容是前人在社会实践中的经验总结，对后人具有直接的借鉴和指导意义。在人类未用文字记录语言之前，谚语是总结、储存、传播生产生活经验的宝库。有许多谚语随着时间的改变而消失，也有许多谚语因为在典籍中被引用而得以保存。现存古代典籍中，谚语可以说俯拾皆是。《诗经·大雅》中便有五首引用了当时的谚语，以“先民有言”或“人亦有言”的句式引出，如《大雅·桑柔》:“瞻彼中林,甡甡其鹿。朋友已谮,不胥以谷。人亦有言:进退维谷”;《左传·桓公十年》有言:“周谚有之:匹夫无罪,怀璧其罪。”;《孟子·公孙丑上》中,引用了一则齐国谚语:“虽有智慧,不如乘势;虽有镃基(大锄),不如待时。”

人们之所以在讲话中、文章中经常引用谚语,在于谚语具有说理的权威性,说者与听者都认可其中的道理,省却复杂的说理过程。同时“谚语实际上是一个民族集体智慧的结晶,在一个民族大量的谚语中,往往集中体现着该民族的精神世界”(安德明《谚语史修订稿》)。温总理所引用过的其他诗文大多不为人们所熟知,也很少被引用,“事非经过不知难”则不同,这句谚语在当下被经常引用,就一定意义而言便体现出我们民族在当今时代下的精神特征。在《江泽民文选》中“事非经过不知难”多次出现(《江泽民文选》,人民出版社,2006 年 8 月版,第二卷第 451、521 页,第三卷第 604 页)。江泽民同志引用这句话的时候,都是在对党、国家和军队的发展进行系统回顾、总结的时候,表达的是深深的欣慰和感慨。

温总理除了在本届“两会”时引用这句谚语,在 2010 年“夏季达沃斯论坛”开幕式致辞中也曾引用。在中国地方官员的讲话中,我们也能经常听到这句话。如广东省委书记汪洋在 2011 年广东“两会”期间,就对领导工作发出过“事非经过不知难”的感慨。除此之外,全国各大媒体也经常引用这句谚语,如《人民日报》在 2009 年 8 月 4 日《新中国成立 60 年之际:20 世纪中国历程的启示》一文中便有引用。由此可见,中国正在进行的改看一下中国历代封建王朝由盛转衰，几乎都是从骄奢淫逸、好大喜功、大兴土木开始的。‘**历览前贤国与家，成由勤俭败由奢**’，这是警世名言！我们所花的每一分钱，都来自人民，都是人民用汗水换来的，必须用来为人民办好事、办实事，绝不允许挥霍浪费。”

提起李商隐，人们首先想到的是他那蕴藉哀婉的爱情诗篇，尤其是其《无题》诗，每一首都写得缠绵悱恻，深深地打动人的心扉。其实，李商隐的咏史诗同样委婉而意蕴深长，表达了诗人对国民的深切忧患，以及报国无门的深深落寞和惆怅，同时不乏痛切的讽咏和悲怀，如《富平少侯》、《陈后宫》二首、《隋师东》之托讽敬宗，《茂陵》、《汉宫》、《瑶池》、《海上》之暗喻武宗等等。这首《咏史》正是这一类型诗歌中的一首，诗人在诗中列举前代帝王，对唐文宗进行了祭奠和悲思。

李商隐是晚唐诗人中的巨擘，他一生先后经历了穆宗、敬宗、文宗、武宗、宣宗五代帝王，这一经历使他对帝王的成败得失有了更为深刻的认识。在这首《咏史》诗中，李商隐选取了一个崭新的历史评判视角，批判了因淫奢昏愚而导致国破家亡的帝王，同时对勤俭图治而最终失败的文宗皇帝表示了叹惋、悲悼，从这些叹惋中似乎还能读到他对文宗勤俭贤德而失败的深深不解。也就是说，李商隐其实已经对“成由勤俭破由奢”产生了质疑。关于“成由勤俭破由奢”之论，《韩非子·十过第十》记载：“昔者戎王使由余聘于秦，穆公问之曰：‘寡人尝闻道而未得目见之也，原闻古之明主得国失国常何以？’由余对曰：‘臣尝得闻之矣，常以俭得之，以奢失之。’”由余“以俭得之，以奢失之”的回答正是“成由勤俭破由奢”的根源。综合来看，李商隐在思考这一问题时，始终未能跳出传统德性政治文化影响下形成的观念尺度，这也使得其在这首诗中的思想朦胧起来，形成了一种矛盾冲突。

从艺术角度来分析这首诗，我们能够明显地看出李商隐式的诗歌创作与表达方式，表现最明显的当属频繁地用典。本诗多处皆在用典，首联化用了《韩非子》当中的典故，上文已有交代。颔联中，“琥珀枕”来源于南朝宋武帝刘裕，武帝时宁州献琥珀枕，当得知琥珀可以治疗金疮时，武帝即命将枕捣碎，分给诸将，表现出了为帝王者不恋奢侈，心系朝臣的品德修为。“珍珠车”，《史记·田敬仲完世家》记载：魏惠王曾经向齐威王夸耀自己有十颗可以照亮前后十二辆车的大珍珠，齐威王答道：“我的珍宝是贤臣，‘将以照千里，岂特十二乘哉？’”对比之间，足见魏惠王的贪慕奢华之癖和齐威王的礼贤下士之心。尾联当中的“南薰曲”据传是舜的手笔，传说舜曾作诗《南风》，其中有“南风之薰兮，可以解吾民之愠兮”之语，其大意为“和暖的南风啊，可以解除我的百姓的忧愁烦恼”。“南风”便因此成为了美好政治的象征，同时喻指君王的求治之心。在用语上，本诗同样保持了清新明丽的风格，具有十足的李商隐的气息。

抛开李商隐的思考局限以及其对文宗的个人感情不论，其实“历览前贤国与家，成由勤俭破由奢”之论还是具有一定的权威性的，对于今天的执政者来讲，依然具有极大的借鉴意义。温总理引用的本意正在于此,中国共产党作为执政党,时时刻刻都要保持艰苦朴素的作风,这已经成为我党的光荣传统。早在党的七届二中全会上,毛泽东同志就强调,务必继续保持艰苦朴素的作风;务必继续保持谦虚、谨慎、不骄、不躁的作风。这两个"务必"伴随着中国共产党走过了风雨九十年。温总理在第四次廉政工作会议上引用诗文对各级领导进行敦促,正表现了他对这种作风的重视,希望各位党政领导人能够发扬这种精神。对那些挣扎在贪图享乐和清正廉洁之间不知如何取舍的官员而言,这句引用是忠告,更是警醒。同时,总理的这句引用也亮明了中央对待官员廉政工作的态度,这对于那些已经错位选择的官员来讲,是一种震慑。

附录:新闻背景出处

第一部分

守职而不废,处义而不回

新华网(2012 年 3 月 14 日,国务院总理温家宝会见中外记者)

http://www. xinhuanet. com/politics/2012lh/zhibo/zongli/wz. htm

入则恳恳以尽忠,出则谦谦以自悔

新华网(2012 年 3 月 14 日,国务院总理温家宝会见中外记者)

http://www. xinhuanet. com/politics/2012lh/zhibo/zongli/wz. htm

知我罪我,其惟春秋

新华网(2012 年 3 月 14 日,国务院总理温家宝会见中外记者)

http://www. xinhuanet. com/politics/2012lh/zhibo/zongli/wz. htm

情天再补虽无术,缺月重圆会有时

新华网(2012 年 3 月 14 日,国务院总理温家宝会见中外记者)

http://www. xinhuanet. com/politics/2012lh/zhibo/zongli/wz. htm

信而见疑 忠而被谤

新华网(2012 年 3 月 14 日,国务院总理温家宝会见中外记者)

http://www. xinhuanet. com/politics/2012lh/zhibo/zongli/wz_2. htm

第二部分

苟利国家生死以,岂因祸福避趋之

新华网(2003 年 3 月 18 日,十届全国人大一次会议记者会)

http://www. xinhuanet. com/2h2003/ssbd/2003-03/18b/wz. htm

生于忧患,死于安乐

新华网(2003 年 3 月 18 日,十届全国人大一次会议记者会)

http://www. xinhuanet. com/2h2003/ssbd/2003-03/18b/wz. htm

生之者众，食之者寡

新华网（2003年3月18日，十届全国人大一次会议记者会）

http://www.xinhuanet.com/2h2003/ssbd/2003-03/18b/wz.htm

人民网（2003年3月6日，温家宝与湖北代表共话农村税费改革）

http://www.people.com.cn/GB/shizheng/2003-03/07/938359.html

葬我于高山之上兮，望我大陆

新华网（2003年3月18日，十届全国人大一次会议记者会）

http://www.xinhuanet.com/2h2003/ssbd/2003-03/18b/wz.htm

政者，正也。子帅以正，孰敢不正

人民网（2003年3月21日，国务院第一次全体会议）

http://cpc.people.com.cn/GB/64184/64186/66691/4494662.html

http://news.xinhuanet.com/comments/2004-08/14/content_1783210.htm

安危相易，祸福相生

凤凰资讯（2003年4月29日，中国-东盟领导人关于"非典"问题特别会议）

http://news.ifeng.com/special/wenzong/zhongyao/2007-03/0312_763_86459.shtml

杜鹃再拜忧天泪，精卫无穷填海心

新浪网（2003年6月29日，温家宝访问香港）

http://news.sina.com.cn/c/2003-06/29/1817288717s.shtml

疾风知劲草

CCTV 新闻（2003年6月30日，温家宝在香港参加表扬医护人员的聚会）

http://www.cctv.com/program/zgzk/2003-07/07/101213.shtml

上不怨天，下不尤人

新华网（2003年6月30日，温家宝在香港成功克服非典聚会上讲话）

http://news.xinhuanet.com/newscenter/2003-07/02/content_950554.htm

人民网（2003年4月26日，温家宝看望北京大学学生）

http://www.people.com.cn/GB/shizheng/2003-04/26/980324.html

心中为念农桑苦，耳里如闻饥冻声

新华网（2003年9月10日，温家宝中秋节看望国务院参事、文史馆馆员）

http://news.xinhuanet.com/newscenter/2003-09/11/content_1076603.htm

读万卷书，行万里路

新华网（2003 年 10 月 19 日，世界旅游组织 15 届全体大会）

http://news. xinhuanet. com/newscenter/2003-10/19/content_1131098. htm

观国之光

新华网（2003 年 10 月 19 日，世界旅游组织第 15 届全体大会）

http://news. xinhuanet. com/newscenter/2003-10/19/content_1131098. htm

桃李不言，下自成蹊

新华网（2003 年 11 月 2 日，博鳌亚洲论坛年会）

http://news. xinhuanet. com/zhengfu/2003-11/03/content_1155694. htm

中国新闻网（2006 年 8 月 6 日，温家宝看望季羡林先生）

http://www. chinanews. com. cn/cul/news/2009/07-11/1771081. shtml

结交一言重，相期千里至

新华网（2003 年 11 月 21 日，温家宝接受《华盛顿邮报》总编唐尼采访）

http://news. xinhuanet. com/newscenter/2003-11/23/content_1193918. htm

听其言，观其行

新华网（2003 年 11 月 21 日，温家宝接受《华盛顿邮报》总编唐尼采访）

http://news. xinhuanet. com/newscenter/2003-11/23/content_1193918. htm

会当凌绝顶，一览众山小

新华网（2003 年 12 月 8 日，温家宝出席纽约美国银行家协会午餐会）

http://news. xinhuanet. com/world/2003-12/09/content_1220281. htm

为天地立心，为生民立命

人民网（2003 年 12 月 10 日，温家宝在哈佛大学演讲）

http://www. people. com. cn/GB/shehui/1061/2241298. html

新华网（2006 年 9 月 6 日，温家宝在中南海接受五家媒体联合采访）

http://news. xinhuanet. com/world/2006-09/06/content_5055283. htm

中国新闻网（2007 年 4 月 13 日，温家宝在日本京都参观立命馆大学）

http://www. chinanews. com. cn/gn/news/2007-04/16/916554. shtml

衙斋卧听萧萧竹，疑是民间疾苦声

香港文汇网（2003 年 12 月 10 日，温家宝在哈佛大学发表演讲）

http://paper. wenweipo. com/2003-12/11/YO0312110004. htm

新华网（2006 年 9 月 5 日，温家宝在中南海接受五家媒体联合采访）

http://news.xinhuanet.com/world/2006-09/06/content_5055283.htm

每逢佳节倍思亲

中国新闻网(2004年1月20日,2004年春节团拜会)

http://www.chinanews.com.cn/n/2004-01/20/26/394035.html

安不忘危,治不忘乱

新华网(2004年3月14日,十届全国人大二次会议记者会)

http://www.xinhuanet.com/zhibo/2004-03/14c/wz.htm

海不辞水,故能成其大

新华网(2004年3月14日,十届全国人大二次会议记者会)

http://www.xinhuanet.com/zhibo/2004-03/14c/wz.htm

四万万人同一哭,去年今日割台湾

新华网(2004年3月14日,十届全国人大二次会议记者会)

http://www.xinhuanet.com/zhibo/20040314c/wz.htm

雄关漫道真如铁,而今迈步从头越

新华网(2004年3月14日,十届全国人大二次会议记者会)

http://www.xinhuanet.com/zhibo/2004-03/14c/wz.htm

原乡人的血,必须流返原乡,才会停止沸腾

新华网(2004年3月14日,十届全国人大二次会议记者会)

http://www.xinhuanet.com/zhibo//c/wz.htm

己所不欲,勿施于人

新华网(2004年5月9日,温家宝在中国驻英大使馆讲话)

http://news.xinhuanet.com/world/2004-05/10/content_1461466.htm

诗言志,歌咏声,舞动容

中国网(2004年9月5日,温家宝看望在京的舞蹈艺术家)

http://www.china.com.cn/zhuanti2005/txt/2004-09/09/content_5655394.htm

亲仁善邻,国之宝也

中国广播网(2004年10月8日,温家宝出访越南并出席第五届亚欧首脑会议)

http://www.cnr.cn/tbtj/2004-10/270320.html

新华网(2003年10月7日,温家宝在首次东盟商业与投资峰会上发表演讲)

http://news.xinhuanet.com/world/2003-10/08/content_1112364.htm

嘤其鸣矣,求其友声

新华网(2005 年 3 月 4 日,温家宝参加全国政协十届三次会议经济界、农业界联组会)

http://news.xinhuanet.com/misc/2008-03/05/content_7718600.htm

事者,生于虑,成于务,失于傲

新华网(2005 年 3 月 4 日,温家宝参加全国政协十届三次会议经济界、农业界联组会)

http://news.xinhuanet.com/newscenter/2005-03/04/content_2651027.htm

居安思危,思则有备,有备无患

新华网(2005 年 3 月 5 日,温家宝参加十届全国人大三次会议甘肃代表团审议)

http://news.xinhuanet.com/newscenter/2005-03/06/content_2659393.htm

新华网(2005 年 3 月 14 日,十届全国人大三次会议记者会)

http://big5.xinhuanet.com/gate/big5/www.xinhuanet.com/zhibo/2005lh16/wz.htm

人一之,我十之;人十之,我百之

新华网(2005 年 3 月 5 日,温家宝参加十届全国人大三次会议甘肃省代表团全体会议)

http://news.xinhuanet.com/newscenter/2005-03/06/content_2659393.htm

尤须兢慎

新华网(2005 年 3 月 14 日,十届全国人大三次会议记者会)

http://big5.xinhuanet.com/gate/big5/www.xinhuanet.com/zhibo/2005lh16/wz.htm

中国政府网(2006 年 3 月 14 日,十届全国人大四次会议记者会)

http://www.gov.cn/ztzl/2006-03/14/content_227324.htm

行百里者半九十

搜狐新闻(2005 年 3 月 14 日,十届全国人大三次会议记者会)

http://news.sohu.com/2009-02/28/n262521013.shtml

中国网(2005 年 3 月 4 日,温家宝看望出席全国政协会议的委员)

http://www.china.com.cn/chinese/2005/Mar/802414.htm

人民网(2009年6月,温家宝视察吉利汽车湖南公司)

http://cpc.people.com.cn/GB/64093/64094/9472021.html

一尺布,尚可缝;一斗粟,尚可舂

新华网(2005年3月14日,十届全国人大三次会议记者会)

http://big5.xinhuanet.com/gate/big5/www.xinhuanet.com/zhibo/2005lh16/wz.htm

万民之忧乐

央视国际(2005年3月22日,温家宝回信史晓风)

http://www.cctv.com/culture/2005-08/15/101255.shtml

故人江海别,几度隔山川

新浪网(2005年11月20日,温家宝在钓鱼台国宾馆会见美国总统布什)

http://news.sina.com.cn/c/2005-11/21/17168361483.shtml

身贵自由,国贵自主

新华网(2005年12月1日,温家宝接受法国《费加罗报》采访)

http://news.xinhuanet.com/world/2005-12/03/content_3872003_4.htm

中国政府网(2006年12月6日,温家宝在巴黎综合理工大学发表演讲)

http://www.gov.cn/ldhd/2005-12/06/content_119417.htm

不畏浮云遮望眼,只缘身在最高层

央视网(2005年12月14日,温家宝出席首届东亚峰会并发表重要讲话)

http://www.cctv.com/news/xwlb/2005-12/14/102013.shtml

穷则变,变则通,通则久

新华网(2005年12月6日 温家宝在巴黎综合理工大学发表演讲)

http://news.xinhuanet.com/world/2005-12/06/content_3885342.htm

天时不如地利,地利不如人和

政府网(2005年12月6日,温家宝在巴黎综合理工大学发表演讲)

http://www.gov.cn/ldhd/2005-12/06/content_119417.htm

士不可以不弘毅,任重而道远

南方网(2005年6月24日,温家宝会见香港新任特首曾荫权)

http://www.southcn.com/news/hktwma/zhuanti/tsbx/bxtt/2005-06/240408.htm

相知无远近，万里尚为邻

新华网(2005 年 6 月 26 日，温家宝在第六届亚欧财长会议开幕式上讲话)

http://news.xinhuanet.com/newscenter/2005-06/26/content_3137458.htm

暑退九霄净，秋澄万景清

新华网(2005 年 9 月 5 日，"21 世纪论坛"2005 年会议开幕式)

http://www.xinhuanet.com/zhibo/2005-09/05/wz.htm

不愤不启，不悱不发

新华网(2005 年 9 月 9 日，温家宝会见教师代表)

http://news.xinhuanet.com/mrdx/2005-09/10/content_3470146.htm

新华网(2006 年 5 月 4 日，温家宝看望北京师范大学学生)

http://news.xinhuanet.com/newscenter/2006-05/04/content_4509334.htm

师者，传道受业解惑也

新华网(2005 年 9 月 9 日，温家宝会见北京市教师代表)

http://news.xinhuanet.com/mrdx/2005-09/10/content_3470146.htm

思所以危则安，思所以乱则治，思所以亡则存

中国政府网(2006 年 3 月 14 日，十届全国人大四次会议记者会)

http://www.gov.cn/ztzl/2006-03/14/content_227324.htm

利而不害，为而不争

新华网(2006 年 4 月 3 日，温家宝在澳大利亚发表演讲)

http://news.xinhuanet.com/video/2006-04/03/content_4379609.htm

谁言寸草心，报得三春晖

中评社香港(2006 年 4 月 3 日，温家宝在澳大利亚接见各界代表)

http://www.chinareviewnews.com/doc/1001/2/0/5/100120599.html?coluid=60&kindid=1258&docid=100120599&mdate=0911123624

路遥知马力，日久见人心

新华网(2006 年 4 月 5 日，"中国—太平洋岛国经济发展合作论坛"首届部长级会议)

http://news.xinhuanet.com/newscenter/2006-04/05/content_4388954.htm

天行健，君子以自强不息

新华网(2006 年 4 月 6 日，温家宝在新西兰会见华人华侨)

http://www.ah.xinhuanet.com/news2005/2006-04/07/content
6676007.htm

先天下之忧而忧,后天下之乐而乐

新华网(2006年4月6日,温家宝在新西兰会见当地华人华侨)

http://www.ah.xinhuanet.com/news2005/2006-04/07/content_6676007.htm

忧患与故

新华网(2006年4月7日,温家宝出访亚太四国期间会见华人华侨)

http://news.xinhuanet.com/newscenter/2006-04/09/content_4402033.htm

凡交,近则必相靡以信,远则必忠之以言

新华网(2006年4月7日,温家宝出访亚太四国期间会见华人华侨)

http://news.xinhuanet.com/newscenter/2006-04/09/content_4402033.htm

十年磨一剑

搜狐新闻(2006年5月23日,中国科学技术协会第七次全国代表大会)

http://news.sohu.com/20060524/n243395381.shtml

新华网(2008年1月8日,温家宝参加国家科学技术奖励大会)

http://news.xinhuanet.com/newscenter/2008-01/08/content_7387833.htm

人之有德于我也,不可忘也

新华网(2006年6月18日,温家宝在埃及召开记者会)

http://news.xinhuanet.com/newscenter/2006-06/19/content_4713137.htm

世上无难事,只要肯登攀

新华网(2006年6月22日,温家宝出席首届中南商务合作论坛开幕式)

http://news.xinhuanet.com/newscenter/2006-06/23/content_4735277.htm

和合故能谐

新华网(2006年8月6日,温家宝看望季羡林先生)

http://news.xinhuanet.com/politics/2006-08/06/content_4926562.htm

花径不曾缘客扫,蓬门今始为君开

新华网(2006年9月5日,十一届全国人大第一次会议记者会)

http://news.xinhuanet.com/world/2006-09/06/content_5055283.htm

身无半亩,心忧天下

新华网(2006年9月5日,温家宝在中南海接受五家媒体联合采访)

http://news.xinhuanet.com/world/2006-09/06/content_5055283.htm

长太息以掩涕兮，哀民生之多艰

新华网（2006 年 9 月 5 日，温家宝在中南海接受五家媒体联合采访）

http://news.xinhuanet.com/world/2006-09/06/content_5055283.htm

新浪网（2010 年 3 月 14 日，十一届全国人大三次会议记者会）

新华网（2007 年 2 月 26 日，温家宝《关于社会主义初级阶段的历史任务和我国对外政策的几个问题》）

http://news.xinhuanet.com/book/2007-04/14/content_5986793_1.htm

为什么我的眼里常含泪水

新华网（2006 年 9 月 5 日，温家宝在中南海接受五家媒体联合采访）

http://news.xinhuanet.com/world/2006-09/06/content_5055283.htm

德不孤，必有邻

东方新闻（2006 年 9 月 11 日，温家宝在中国驻芬兰使馆讲话）

http://news.eastday.com/eastday/node81741/node81762/node160691/u1a2316818.html

青山遮不住，毕竟东流去

新华网（2006 年 10 月 8 日，温家宝与日本首相安倍晋三举行会谈）

http://news.xinhuanet.com/politics/2006-10/08/content_5177290.htm

言必信，行必果

新华网（2006 年 10 月 8 日，温家宝与日本首相安倍晋三举行会谈）

http://news.xinhuanet.com/politics/2006-10/08/content_5177134.htm

http://news.xinhuanet.com/politics/2006-10/08/content_5177290.htm

《诗》三百篇，大底贤圣发愤之所为作也

新华网（2006 年 11 月 13 日，中国文联第八次全国代表大会）

http://news.xinhuanet.com/politics/2006-11/28/content_5403392.htm

恻隐之心

新华网（2006 年 11 月 13 日，中国文联第八次全国代表大会）

http://news.xinhuanet.com/politics/2006-11/28/content_5403392.htm

德惟善政，政在养民

新华网（2006 年 11 月 13 日，中国文联第八次全国代表大会）

http://news.xinhuanet.com/politics/2006-11/28/content_5403392.htm

言有物，行有格

新华网（2006 年 11 月 13 日，中国文联第八次全国代表大会）

http://news.xinhuanet.com/politics/2006-11/28/content_5403392.htm

去民之患如除腹心之疾

新华网（2006 年 11 月 23 日，温家宝在十二届全国民政会议前与代表谈话）

http://news.xinhuanet.com/mrdx/2006-11/25/content_5373151.htm

忧民之忧者，民亦忧其忧

新华网（2007 年 2 月 16 日，温家宝在 2007 年春节团拜会上讲话）

http://news.xinhuanet.com/mrdx/2007-02/17/content_5749969.htm

新华网（2008 年 3 月 18 日，十一届全国人大一次会议记者会）

http://www.xinhuanet.com/2008lh/zb/0318b/wzsl.htm

民惟邦本

新华网（2007 年 2 月 26 日，温家宝《关于社会主义初级阶段的历史任务和我国对外政策的几个问题》）

http://news.xinhuanet.com/newscenter/2005-03/04/content_2651027.htm

贤路当广而不当狭，言路当开而不当塞

新华网（2007 年 3 月 4 日，全国政协十届五次会议经济届、农业界联组会）

http://news.xinhuanet.com/misc/2007-03/04/content_5799747.htm

新浪新闻（2007 年 3 月 4 日，全国政协十届五次会议经济届、农业界联组会）

http://news.sina.com.cn/c/2007-03/05/095911341229s.shtml

名为治平无事，而其实有不测之忧

新华网（2007 年 3 月 16 日，十届全国人大五次会议记者会）

http://www.xinhuanet.com/zhibo/2007-03/16b/wz.htm

去问开化的大地，去问解冻的河流

新华网（2007 年 3 月 16 日，十届全国人大五次会议记者会）

http://news.xinhuanet.com/fortune/2007-03/17/content_5859352.htm

水能载舟，亦能覆舟

新华网（2007 年 3 月 16 日，十届全国人大五次会议记者会）

http://www.xinhuanet.com/zhibo/2007-03/16b/wz.htm

党建信息港(2009 年 8 月 14 日,温家宝接见第七届“人民满意的公务员”代表)

http://www.djcs.gov.cn/djzlk/news/2009-8/70_13301.shtml

召远在修近,闭祸在除怨

新华网(2007 年 3 月 16 日,十届全国人大五次会议记者会)

http://www.xinhuanet.com/zhibo/2007-03/16b/wz.htm

沉舟侧畔千帆过,病树前头万木春

新华网(2007 年 3 月 16 日,十届全国人大五次会议记者会)

http://www.xinhuanet.com/zhibo/2007-03/16b/wz.htm

上德不德

中国经济网(2007 年 4 月 12 日,温家宝在日本国会演讲)

http://www.ce.cn/xwzx/gnsz/szyw/2007-04/12/t2007-04/12_11015636.shtml

与朋友交,言而有信

新华网(2007 年 4 月 12 日,李肇星谈温家宝总理访问韩国和日本)

http://news.xinhuanet.com/world/2007-04/14/content_5974295.htm

新华网(2007 年 4 月 12 日,温家宝在日本国会发表演讲)

http://news.xinhuanet.com/mrdx/2007-04/13/content_5970954.htm

非知之难,行之惟难;非行之难,终之斯难

中国经济网(2007 年 5 月 4 日,温家宝看望中国人民大学学生)

http://www.ce..cn/xwzx/gnsz/szyw/2007-09/05/t2007-09/05_12799231.shtml

伐柯伐柯,其则不远

新华网(2007 年 6 月 9 日,中国非物质文化遗产专题展)

http://news.xinhuanet.com/politics/2007-06/09/content_6220593.htm

广直言之路,启进善之门

新华网(2007 年 9 月 24 日,温家宝看望国务院参事和中央文史研究馆馆员)

http://news.xinhuanet.com/newscenter/2007-09/25/content_6791965.htm

烈士暮年,壮心不已

新华网(2007 年 9 月 24 日,温家宝看望国务院参事和中央文史研究馆馆

员）
http://news.xinhuanet.com/newscenter/2007-09/25/content_6791965.htm
言能听，道乃进
新华网（2007年9月24日，温家宝看望国务院参事和中央文史研究馆馆员）
http://news.xinhuanet.com/newscenter/2007-09/25/content_6791965.htm
时移世易，变法宜矣
新华网（2007年12月7日，温家宝在联合国总部会见联合国秘书长安南）
http://news.xinhuanet.com/world/2003-12/08/content_1219042.htm

言者无罪，闻者足戒
搜狐新闻（2008年1月24日，温家宝听取代表对《政府工作报告》的意见）
http://news.sohu.com/2008-01/28/n254923791.shtml
新华网（2008年1月24日，温家宝听取代表对《政府工作报告》的意见）
http://news.xinhuanet.com/newscenter/2008-01/28/content_7512581.htm
度尽劫波兄弟在，相逢一笑泯恩仇
新华网（2008年3月18日，十一届全国人大一次会议记者会）
http://www.xinhuanet.com/2008lh/zb/0318b/wzsl.htm
如将不尽，与古为新
新华网（2008年3月18日，十一届全国人大第一次会议记者会）
http://www.xinhuanet.com/2008lh/zb/0318b/wzsl.htm
事不避难
新华网（2008年3月18日，十一届全国人大一次会议记者会）
http://www.xinhuanet.com/2008lh/zb/0318b/wzsl.htm
天变不足畏，祖宗不足法，人言不足恤
新浪网（2008年3月18日，十一届全国人大一次会议记者会）
http://www.xinhuanet.com/2008lh/zb/0318b/wzsl.htm
行事见于当时，是非公于后世
新浪网（2008年3月18日，十一届全国人大一次会议记者会）
http://www.xinhuanet.com/2008lh/zb/0318b/wzsl.htm
一心中国梦，万古下泉诗
新华网（2008年3月18日，十一届全国人大第一次会议记者会）

http://www.xinhuanet.com/2008lh/zb/0318b/wzsl.htm

周虽旧邦,其命维新

新华网(2008年3月18日,十一届全国人大一次会议记者会)

http://www.xinhuanet.com/2008lh/zb/0318b/wzsl.htm

http://news.sina.com.cn/c/2010-03/15/090017218807s.shtml

多难兴邦

新华网(2008年5月23日,温家宝在北川中学临时学校看望师生)

http://news.xinhuanet.com/newscenter/2008-05/24/content_8240022.htm

天下兴亡,匹夫有责

新华网(2009年1月15日,温总理会见出席中央国家机关第二十三次党的工作会议暨第二十一次纪检工作会议的代表)

http://news.xinhuanet.com/newscenter/2009-01/15/content_10664700_1.htm

永歌之不足,不知手之舞之足之蹈之也

新华网(2009年2月14日,温家宝接见著名舞蹈家刀美兰)

http://news.xinhuanet.com/newscenter/2009-02/17/content_10834960.htm

知屋漏者在宇下,知政失者在草野

新华网(2009年2月28日,温家宝接受中国政府网和新华网联合专访)

http://big5.xinhuanet.com/gate/big5/news.xinhuanet.com/zlft/2009-02/28/content_10918148.htm

人民网(2004年4月8日,温家宝致信《焦点访谈》)

http://www.people.com.cn/BIG5/14677/22114/32867/33593/2536725.html

新华网(2005年3月28日,温家宝回信吕德润)

http://news.xinhuanet.com/zhengfu/2005-03/28/content_2753538.htm

明年春色倍还人

新华网(2009年3月13日,十一届全国人大二次会议记者会)

http://news.xinhuanet.com/misc/2009-03/13/content_11008664.htm

乞火不若取燧,寄汲不若凿井

新华网(2009年3月13日,十一届全国人大二次会议记者会)

http://news.sina.com.cn/c/2009-03/13/105617401417.shtml132

山重水复疑无路，柳暗花明又一村

新华网（2009 年 3 月 13 日，十一届二中全会记者会）

http://www.xinhuanet.com/2009lh/zhibo/zljz/wzsl.htm

难事必作于易，大事必作于细

新华网（2009 年 11 月 12 日，温家宝会见全国机关事务工作协会会员代表）

http://news.xinhuanet.com/politics/2009-11/12/content_12442921_1.htm

人或加讪，心无疵兮

新华网（2010 年 3 月 14 日，十一届全国人大三次会议记者会）

http://news.xinhuanet.com/politics/2010-03/14/content_13171135_1.htm

时进则进，时退则退，动静不失其时

新华网（2010 年 3 月 14 日，十一届全国人大三次会议记者会）

http://news.xinhuanet.com/politics/2010-03/14/content_13169094.htm

兄弟虽有小忿，不废懿亲

新华网（2010 年 3 月 14 日，十一届全国人大三次会议记者会）

http://news.xinhuanet.com/politics/2010-03/14/content_13171135_2.htm

好景关情动秋思，故山如画白云边

人民网（2010 年 11 月 14 日，温家宝在澳门旅游活动中心会见澳门各界代表时发表演讲）

http://politics.people.com.cn/GB/1024/13208622.html

四百余年长盼望

人民网（2010 年 11 月 14 日，温家宝在澳门旅游活动中心会见澳门各界代表时发表演讲）

http://politics.people.com.cn/GB/1024/13208622.html

艰难困苦，玉汝于成

中央政府门户网站（2011 年 2 月 1 日，温家宝在春节团拜会上的讲话）

http://www.gov.cn/ldhd/2011-02/01/content_1797605.htm

政如农功，日夜思之，思其始而成其终

人民网（2011 年 3 月 14 日，第十一届全国人民代表大会第四次会议记者会）

http://2011lianghui.people.com.cn/GB/214392/14136556.html

骨肉之亲，析而不殊

网易(2011 年 3 月 14 日，第十一届全国人民代表大会第四次会议记者会)

http://news.163.com/11/0314/11/6V3R8DKB0001124J.html

忧国不谋身

新浪网(2011 年 3 月 14 日，第十一届全国人民代表大会第四次会议记者会)

http://news.*sin*a.com.cn/o/2011-03/15/075022116822.shtml

事非经过不知难

中国网(2011 年 3 月 14 日，第十一届全国人民代表大会第四次会议记者会)

http://www.china.com.cn/2011/2011-03/15/content_22145685.htm

历览前贤国与家，成由勤俭败由奢

中央政府门户网站(2011 年 3 月 25 日，温家宝在国务院第四次廉政工作会议上的讲话)

http://www.gov.cn/ldhd/2011-04/05/content_1838304.htm